Seria de autor

C(

Paulo Coelho s-a născut la Rio de Janeiro în 1947. Este unul dintre cei mai de succes romancieri ai lumii, cărțile sale traduse în 88 de limbi și editate în peste 170 de țări atingând, până în prezent, vânzări de peste 320 de milioane de exemplare în întreaga lume, iar în România, de peste un milion și jumătate de exemplare. Înainte să devină un adevărat fenomen literar, a fost un hippie rebel, apoi autor dramatic, director de teatru, jurnalist, poet. În 1986 face pelerinajul la Santiago de Compostela, eveniment care i-a marcat viața și cariera. Deși profund atașat de Brazilia natală, romanele lui dezvoltă drame universale, ceea ce explică primirea entuziastă de care se bucură pe toate meridianele. Paulo Coelho este scriitorul cu cea mai mare comunitate online, având peste 45 de milioane de fani pe rețelele de socializare. În 2009, a intrat în Guinness Book drept autorul celei mai traduse cărți (romanul *Alchimistul*).
I s-au decernat numeroase premii (printre care premiul german Bambi 2001, acordat personalității culturale a anului, premiul italian Fregene pentru literatură) și importante distincții (Cavaler al Legiunii de Onoare, Franța, 1999; Comandor al Ordinului Rio Branco, Brazilia, 1998 etc.). Este membru al Academiei Braziliene de Litere din 2002, iar în 2007 a fost numit Mesager al Păcii de către ONU.

Cărți traduse în română: *Jurnalul unui Mag* (1987); *Alchimistul* (1988); *Brida* (1990); *Walkiriile* (1992); *La râul Piedra am șezut și-am plâns* (1994); *Al cincilea munte* (1996); *Manualul războinicului luminii* (1997); *Veronika se hotărăște să moară* (1998); *Diavolul și domnișoara Prym* (2000); *Unsprezece minute* (2003); *Zahir* (2005); *Vrăjitoarea din Portobello* (2006); *Învingătorul este întotdeauna singur* (2008); *Aleph* (2010); *Manuscrisul găsit la Accra* (2012); *Adulter* (2014); *Spioana* (2016); *Hippie* (2018).

PAULO COELHO

Jurnalul unui Mag

Traducere din portugheză de
GABRIELA BANU

HUMANITAS
fiction

Redactor: Florentina Hojbotă
Coperta: Angela Rotaru
Tehnoredactor: Doina Elena Podaru
Corector: Teodora Terciu

Tipărit la Artprint

Descrierea CIP a Bibliotecii Naționale a României
COELHO, PAULO
Jurnalul unui Mag / Paulo Coelho; trad. din portugheză:
Gabriela Banu. – București: Humanitas Fiction, 2018
ISBN 978-606-779-406-9
I. Banu, Gabriela (trad.)
821.134.3

EDITURA HUMANITAS FICTION
Piața Presei Libere 1, 013701 București, România
tel. 021 408 83 50, fax 021 408 83 51
www.humanitas.ro

Comenzi online: www.libhumanitas.ro
Comenzi prin e-mail: vanzari@libhumanitas.ro
Comenzi telefonice: 0723 684 194

CUVÂNT ÎNAINTE

După douăzeci de ani

Așezat într-o grădină dintr-un oraș din sudul Franței.

Privesc munții dinaintea mea și îmi aduc aminte că în urmă cu douăzeci de ani, nu departe de locul unde mă aflu acum, am început să-i străbat pe jos în ceea ce urma să fie primul meu contact cu Drumul spre Santiago.

Și atunci mă întorc în timp: o după-amiază, o cafea, o apă minerală, oameni discutând și plimbându-se, numai că de data aceasta scena este câmpia Leonului, limba este spaniola, ziua mea de naștere se apropie, am plecat din Saint Jean Pied-du-Port de ceva timp și sunt cam pe la jumătatea drumului care duce la Santiago de Compostela. Privesc înainte – peisajul monoton, călăuza care își bea cafeaua într-un bar ce pare răsărit de niciunde. Privesc înapoi – același peisaj monoton, cu singura diferență că praful de pe drum păstrează urma pantofilor mei, dar e ceva temporar, vântul le va șterge pe toate înainte de căderea nopții. Totul mi se pare ireal. Ce fac eu aici? Întrebarea mă urmărește încă, deși au trecut deja câteva săptămâni.

Caut o spadă. Îndeplinesc un ritual RAM, un mic ordin din sânul bisericii catolice, fără secrete sau mistere, cu excepția încercării de a înțelege limbajul simbolic al lumii. Cred că am fost înșelat, că toate căutările spirituale nu sunt decât ceva fără sens și fără logică și că era mai bine să fiu în Brazilia, ocupându-mă cu lucrurile dintotdeauna. Mă îndoiesc de sinceritatea mea în căutările spirituale pentru că îmi este foarte greu să caut un Dumnezeu care nu se arată niciodată, să mă rog la ore fixe, să străbat drumuri ciudate, să respect disciplina, să accept ordine ce-mi par absurde.

Asta e: mă îndoiesc de sinceritatea mea. În fiecare zi, Petrus îmi repeta că drumul e al tuturor, al oamenilor obișnuiți, și asta mă dezamăgea foarte mult. Eu credeam că făceam toate eforturile acelea pentru a mi se da un loc special între puținii aleși care se apropie de marile arhetipuri ale Universului. Mă gândeam că aveam să descopăr în sfârșit că erau adevărate toate poveștile despre guvernele secrete ale înțelepților din Tibet sau licorile magice în stare să provoace dragoste acolo unde nu există atracție sau ritualuri prin care, dintr-odată, porțile Paradisului îți apar în fața ochilor.

Dar Petrus îmi spune exact contrariul: nu există aleși. Toți sunt aleși dacă, în loc să se întrebe „ce fac eu aici?", se hotărăsc să facă ceva care trezește entuziasmul în suflet. Să faci un lucru cu entuziasm, tocmai asta înseamnă a te afla la porțile Paradisului, a simți iubirea care transformă, a face alegerea care te duce în fața lui Dumnezeu. Acest entuziasm ne pune în legătură cu Sfântul Duh, și nu sutele, miile de lecturi din textele sfinte. Voința de a crede că viața este un miracol ne permite să asistăm la miracole, nu așa-numitele „ritualuri secrete" sau „ordine inițiatice". În sfârșit, hotărârea omului de a-și împlini destinul îl face să fie om adevărat, nu teoriile pe care el le dezvoltă pe seama misterului existenței.

Iar eu mă aflu acum aici. Am trecut puțin de jumătatea drumului care duce la Santiago de Compostela.

În seara aceea la Leon, în depărtatul an 1986, încă nu știam că peste șase sau șapte luni voi scrie o carte despre această experiență a mea, că deja îmi umbla prin suflet păstorul Santiago în căutarea unei comori, că o femeie numită Veronika se pregătește să înghită niște pastile și să se sinucidă, că Pilar va ajunge în fața râului Piedra și-și va scrie, plângând, jurnalul. Tot ce știam în acel moment era că mă simțeam încordat, cu nervii întinși, incapabil să discut cu Petrus, pentru că tocmai îmi dădusem seama că nu mai pot face din nou ce făceam înainte – chiar dacă asta însemna să primesc o sumă rezonabilă de bani la sfârșitul lunii, să am o oarecare stabilitate emoțională, să am o ocupație pe care am ajuns s-o cunosc și să-i stăpânesc unele tehnici. Trebuia să mă schimb, să urmeze calea visului meu, un vis care mi se părea infantil, ridicol, imposibil de realizat: dintotdeauna mi-am dorit, în secret, să devin scriitor, dar n-am avut curajul să-mi asum sarcina.

Petrus își termină cafeaua, apa minerală, cere nota de plată și propune să plecăm imediat, pentru că mai sunt ceva kilometri până la orașul următor. Oamenii continuă să treacă și să discute, privind cu coada ochiului la cei doi pelerini de vârstă mijlocie, gândindu-se ce de oameni ciudați există pe lume, mereu gata să retrăiască un trecut mort de-a binelea*. Sunt în jur de 27°C, pentru că amiaza este pe sfârșite, și eu mă întreb în sinea mea, pentru a mia oară, ce fac eu aici.

Voiam să mă schimb? Cred că nu, dar la urma urmelor drumul acesta mă transformă. Voiam să cunosc mistere? Cred că da, dar drumul m-a învățat că nu există mistere, că – așa cum spunea Isus Hristos – nu există nimic ascuns care să nu fi fost revelat. În fine, totul s-a întâmplat exact pe dos față de ceea ce speram eu.

Ne ridicăm și începem să mergem tăcuți. Mă cufund în gândurile mele, în nesiguranța mea, și Petrus cred că se gândește la munca lui de la Milano. Se află aici pentru că într-un fel a fost obligat de Tradiție, dar se prea poate să aștepte ca acest drum să se termine mai repede pentru a se apuca iar de ceea ce îi place.

Mergem aproape toată după-amiaza fără a schimba o vorbă. Încă nu există telefoane celulare, faxuri portabile, scrisori electronice. Suntem izolați în conviețuire forțată. Santiago de Compostela se află înainte și nu-mi pot imagina că drumul mă va conduce nu numai la acel oraș, ci și la multe alte orașe din lume. Nici eu, nici Petrus nu știm că în amiaza aceasta, pe câmpia Leonului, eu mi-am început drumul și spre Milano, orașul lui, unde voi ajunge peste aproape zece ani, cu o carte intitulată *Alchimistul*. Merg către destinul meu, de atâtea ori visat și tot de atâtea ori negat. Merg spre grădina unde, în

* În anul în care am făcut pelerinajul, doar patru sute de persoane au parcurs Drumul spre Santiago. În 1999, conform statisticilor oficiale, patru sute de oameni au trecut – pe zi – prin fața barului menționat în text. [*n.a.*]

amiaza aceasta de iunie din anul 2001 există o cafea, o apă minerală, un soare plăcut și o scrisoare a Elisabettei, care îmi cere o prefață la ediția italiană a *Jurnalului unui Mag*.

Și merg, și merg, pentru a-mi vedea publicată, în țara unde s-a născut Petrus, istorisirea renașterii mele.

PAULO COELHO
St. Martin, ianuarie 2006

Iar ei au zis: Doamne, iată aici două săbii.
Zis-a lor: Sunt de ajuns.

LUCA 22, 38

Când am început pelerinajul, am crezut că realizasem unul dintre cele mai arzătoare vise ale tinereții mele. Tu erai pentru mine vrăjitorul D. Juan, iar eu retrăiam saga lui Castañeda în căutarea miraculosului.

Dar tu ai rezistat cu mult curaj tuturor încercărilor mele de a te transforma în erou. Asta a făcut foarte dificilă relația noastră, până ce am înțeles că Miracolul se ascunde în pașii Oamenilor Obișnuiți. Azi, această înțelegere este lucrul cel mai prețios din viața mea, îmi permite să fac orice și mă va însoți totdeauna.

Pentru această înțelegere – pe care acum încerc s-o împart cu alții – această carte îți este dedicată ție, Petrus.

AUTORUL

PROLOG

— Și în fața Chipului Sacru al RAM, atinge cu mâinile tale Cuvântul Vieții și primește atâta forță încât să devii martor al lui până la capătul Lumii!

Maestrul ridică noua mea spadă, ținând-o în teacă. Flăcările rugului au trosnit – semn bun, arătând că ritualul putea continua. Atunci eu m-am aplecat și, cu mâinile goale, am început să scurm pământul din fața mea.

Era noaptea de 2 ianuarie 1986, iar noi ne aflam pe vârful unui munte din Serra do Mar, aproape de conglomeratul cunoscut sub numele de Acele Negre. În afară de mine și de Maestrul meu mai erau soția mea, un discipol, călăuza – un localnic – și un reprezentant al Marii Frății care reunea ordinele esoterice din toată lumea, cunoscută sub numele de Tradiție. Toți cinci – inclusiv ghidul, care fusese avertizat dinainte de ce avea să se întâmple –, participau la învestirea mea ca Maestru al Ordinului RAM.

Am terminat de săpat o groapă nu foarte adâncă, dar lungă, în pământ. Cu toată solemnitatea am atins pământul, pronunțând cuvintele rituale. Atunci soția mea s-a apropiat și mi-a dat spada pe care o foloseam de peste zece ani și care îmi fusese de mare ajutor în sutele de Operațiuni Magice din vremurile acelea. Am pus-o în groapă. Apoi, am aruncat pământ deasupra și l-am bătătorit. Pe când făceam asta îmi aminteam de încercările prin care trecusem, de lucrurile pe care le cunoscusem și de fenomenele pe care eram în stare să le provoc numai și numai pentru că aveam cu mine acea spadă, așa de bătrână și așa de prietenă. Acum ea urma să fie devorată de pământ, fierul tăișului ei și lemnul mânerului servind din nou ca hrană pentru locul de unde trăsese atâta Putere.

Maestrul se apropie și-mi așeză în față noua spadă, deasupra locului unde eu o îngropasem pe cea veche. Toți și-au deschis atunci brațele, și Maestrul, folosindu-și Puterea, făcu să apară în jurul nostru un fel de lumină ciudată, care nu lumina, dar era vizibilă și făcea ca forma nedeslușită a oamenilor să aibă o culoare diferită de galbenul proiectat de foc. Atunci, scoțându-și sabia din teacă, mă atinse pe umeri și pe cap, spunând:

— În numele Puterii și al Iubirii RAM te numesc Maestru și Cavaler al Ordinului, azi și pentru tot restul zilelor vieții tale. R de la Rigor, A de la Amor, M de la Misericordia; R de la Regnum, A de la Agnus, M de la Mundi. Când vei avea spada, să nu rămână multă vreme în teacă, altminteri va rugini. Dar când va ieși din teacă, să nu se întoarcă niciodată înainte de a fi făcut un Bine, de a fi deschis un Drum sau de a fi vărsat sângele Inamicului.

Cu vârful spadei îmi făcu o zgârietură mică pe cap. Din momentul acela nu mai trebuia să păstrez tăcerea. Nu mai trebuia să țin ascunse lucrurile pe care eram în stare să le fac, nici minunile pe care învățasem să le realizez pe calea Tradiției. Din momentul acela eram un Mag.

Am întins mâna să iau noua spadă, din oțel care nu ruginește și din lemn pe care nu-l înghite pământul, cu apărătoarea ei negru cu roșu și teaca cea neagră. Dar când mâinile mele au atins teaca și mă pregăteam să o apuc, Maestrul făcu un pas înainte și cu toată puterea călcă pe degetele mele, făcându-mă să strig de durere și să dau drumul spadei.

L-am privit fără să pricep nimic. Lumina cea ciudată se înălțase și flăcările focului dădeau o aparență fantasmagorică chipului Maestrului.

El mă privi rece, o chemă pe soția mea și îi înmână noua spadă. Apoi se întoarse către mine și spuse:

— Depărtează mâna care te înșală! Fiindcă drumul Tradiției nu e calea câtorva aleși, ci drumul tuturor oamenilor! Iar Puterea pe care crezi că o ai nu face doi bani dacă nu e o Putere care se împarte cu ceilalți oameni! Trebuia să fi refuzat spada și, dacă ai fi făcut asta, ai fi primit-o, pentru că inima îți era curată. Dar, cum mă și temeam, în clipa cea sublimă ai alunecat și ai căzut. Din pricina lăcomiei va trebui să pornești iar în căutarea spadei tale. Și din pricina mândriei, va trebui s-o cauți între oamenii simpli. Și din pricina fascinației cu care privești minunile, va trebui să lupți mult pentru a obține din nou ceea ce așa de generos ți-a fost dăruit.

Parcă mi-a fugit pământul de sub picioare. Stăteam în genunchi, uimit, fără voință, cu mintea goală de orice gând. Odată ce redasem pământului vechea mea spadă, n-o mai puteam lua înapoi. Și cum noua spadă nu-mi fusese înmânată, însemna că mă aflam iarăși la începutul începuturilor, fără putere și lipsit de apărare. În ziua supremei mele Învestiri Cerești, violența Maestrului meu, care-mi strivise degetele, mă arunca înapoi în lumea Urii și a Țăranei.

Călăuza stinse focul, iar soția veni în fața mea și mă ajută să mă ridic. Ea ținea noua mea spadă în mână, dar conform regulilor Tradiției, eu n-aș fi putut s-o ating niciodată fără permisiunea Maestrului meu. Am coborât în tăcere prin mijlocul buruienilor, urmând lanterna ghidului, până ce am ajuns la drumeagul bătătorit unde ne așteptau mașinile.

Nimeni nu-și luă rămas-bun de la mine. Nevastă-mea așeză spada în portbagaj și porni motorul. Am stat multă vreme tăcuți, în timp ce ea conducea încet, ocolind gropile și denivelările drumului.

— Nu-ți face griji, spuse ea, încercând să mă încurajeze puțin. Sunt sigură că o vei recăpăta.

Am întrebat-o ce-i spusese Maestrul.

— Mi-a spus trei lucruri. Primul, că trebuia să fi adus ceva mai gros, fiindcă aici sus era mult mai frig decât se așteptase. Al doilea, că nimic din ce s-a întâmplat nu a fost o surpriză pentru el, pentru că se mai întâmplase de multe ori, cu mulți alții care ajunseseră unde ai ajuns și tu. Și al treilea, că spada ta te va aștepta la momentul potrivit, în ziua potrivită, într-un anume loc de pe un drum pe care va trebui să-l străbați. Eu nu știu nici ziua, nici ora. Nu mi-a spus decât locul unde trebuie s-o ascund pentru ca tu s-o găsești.

— Și care e drumul ăsta? am întrebat, nervos.

— Ah, asta nu mi-a explicat prea clar. Mi-a spus numai să cauți pe harta Spaniei un drum vechi, medieval, cunoscut sub numele de Straniul Drum spre Santiago.

Sosirea

Vameșul privi îndelung spada pe care o ținea soția mea și ne întrebă ce voiam să facem cu ea. Eu i-am răspuns că un prieten al nostru avea s-o evalueze pentru a o scoate la licitație. Minciuna a dat roade; vameșul ne-a dat o declarație cum că intrasem cu spada prin aeroportul Bajadas și ne-a spus că, dacă aveam probleme la ieșirea din țară, era suficient să arătăm hârtia aceea la vamă.

Ne-am dus la ghișeul de rezervări și am confirmat închirierea celor două automobile. Am luat tichetele și ne-am dus să mâncăm ceva împreună, chiar la restaurantul aeroportului, înainte de a ne despărți.

Petrecusem o noapte albă în avion – amestec de frică de zbor cu teamă pentru ce se va întâmpla de aici înainte –, dar și acum eram încordat și foarte treaz.

— Nu-ți mai face griji, spuse ea pentru a mia oară. Trebuie să mergi în Franța, la Saint Jean Pied-du-Port s-o cauți pe doamna Lourdes. Ea te va pune în legătură cu cineva care o să te conducă pe Drumul spre Santiago.

— Și tu? am întrebat eu, tot pentru a mia oară, deși cunoșteam răspunsul.

— Eu merg acolo unde trebuie să mă duc, pentru a lăsa ce mi-a fost încredințat. Rămân la Madrid câteva zile, apoi mă întorc în Brazilia. Sunt la fel de capabilă ca și tine să conduc lucrurile de acolo.

— Știu asta, am răspuns, vrând să evit chestiunea.

Îngrijorarea mea pentru afacerile pe care le lăsasem în Brazilia era enormă. Am învățat tot ce trebuia să știu despre Drumul spre Santiago în cele cincisprezece zile care urmaseră incidentului de la Acele Negre, dar zăbovisem aproape șapte luni ca să mă hotărăsc să las tot și să fac această călătorie. Până când, într-o bună zi, soția mi-a spus că momentul și ziua se apropiau, și, dacă nu mă hotăram, îmi puteam lua adio pentru totdeauna de la Drumul Magiei și Ordinul RAM. Am încercat să-i arăt că Maestrul îmi dăduse o sarcină imposibilă, pentru că nu puteam așa, pur și simplu, să dau jos de pe umeri responsabilitatea muncii zilnice pe care o aveam. Ea râse și-mi spuse că veneam cu scuze naive, fiindcă în acele șapte luni nu făcusem mai nimic în afară de a mă întreba zi și noapte dacă trebuia să plec sau nu. Și, cu gestul cel mai natural din lume, îmi întinse două bilete de avion, care aveau și data înscrisă pe ele.

— Suntem aici pentru că așa ai hotărât tu, i-am spus când eram la restaurantul aeroportului. Nu știu dacă e bine să las ca decizia de a-mi căuta spada să plece de la altcineva.

Soția mea îmi răspunse că dacă ne apucăm iar să vorbim prostii, mai bine ne suim fiecare în mașina lui și ne luăm imediat rămas-bun.

— Tu niciodată n-ai lăsa ca vreo hotărâre din viața ta să vină de la altcineva. Hai să mergem, se face târziu.

Ea se ridică, își luă bagajul și se îndreptă spre ieșire. Eu nu m-am mișcat. Am rămas așezat, privind felul neplăcut în care îmi ducea spada – era tot timpul pe punctul de a-i cădea de sub braț.

Se opri la mijlocul drumului, se întoarse la masa unde stăteam, mă sărută zgomotos pe gură și mă privi, fără o vorbă, îndelung. Deodată mi-am dat seama că mă aflam în Spania, că nu mă mai puteam întoarce. Chiar și cu oribila certitudine că aveam multe șanse să eșuez, făcusem deja primul pas. Atunci am îmbrățișat-o cu toată dragostea, cu toată dragostea pe care o simțeam în momentul acela și în timp ce ea se afla în brațele mele, m-am rugat pentru tot și pentru toți cei în care eu credeam, am implorat să-mi dea puteri să mă întorc cu ea și cu spada.

— Frumoasă spadă, ai văzut? comentă o voce feminină de la masa de alături, după ce soția mea plecă.

— Stai fără grijă, îi răspunse o voce de bărbat. Îți cumpăr una exact la fel. Magazinele de suveniruri de aici din Spania au mii de asemenea chestii.

După o oră de condus, oboseala acumulată în noaptea precedentă începu să se facă simțită. În plus, căldura în august era așa de puternică încât, chiar și pe o șosea neaglomerată, făcea ca mașina să dea semne de supraîncălzire. Am hotărât să opresc puțin într-un orășel pe care panourile de pe șosea îl anunțau ca fiind Monument național. În vreme ce suiam străduța abruptă care mă ducea într-acolo, am început să derulez în minte tot ce învățasem despre Drumul spre Santiago.

Așa cum tradiția musulmană cere ca fiecare credincios să facă cel puțin o dată în viață drumul pe care Mahomed l-a făcut de la Mecca la Medina, și creștinismul primului mileniu a cunoscut trei itinerarii considerate sfinte, care se concretizau într-o serie de binecuvântări și indulgențe pentru cine le parcurgea. Primul drum ducea la mormântul Sfântului Petru, la Roma; cei care parcurgeau acest itinerariu aveau ca simbol o cruce și erau numiți romari. A doua cale ducea la Sfântul Mormânt al lui Isus Hristos, de la Ierusalim, iar cei care făceau acest drum erau numiți palmerieni, pentru că aveau ca simbol frunzele de palmier cu care a fost Isus întâmpinat când a intrat în oraș. Și, în sfârșit, exista un al treilea itinerariu – un drum care ducea la rămășițele pământești ale Sfântului Apostol Iacob (Santiago) îngropate într-un loc din peninsula Iberică unde, într-o noapte, un păstor a văzut o stea strălucitoare pe un câmp pustiu. Legenda spune că nu numai Sfântul Iacob, dar însăși Fecioara Maria au fost acolo imediat după moartea lui Iisus Hristos, aducând cuvântul Evangheliei și îndemnând poporul de aici să se creștineze. Locul a devenit cunoscut sub numele de Compostela (Câmpul Stelei) și după aceea a apărut un oraș care avea să atragă vizitatori din toată lumea creștină. Acestor călători care străbăteau a treia cale sfântă le-a fost dat numele de pelerini și aveau ca simbol o scoică.

În epoca ei de aur, în secolul al XIV-lea, Calea Lactee (numită așa pentru că noaptea pelerinii se orientau după această galaxie) era parcursă în fiecare an de peste un milion de oameni, veniți din toate colțurile Europei. Până în zilele noastre, mistici, oameni ai bisericii și cercetători încă mai fac pe jos drumul celor șapte sute de kilometri care separă orașul francez Saint Jean Pied-du-Port de Catedrala Santiago de Compostela din Spania. Datorită preotului Aymeric Picaud, care a făcut pelerinajul la Compostela în 1123, calea urmată azi de pelerini este exact aceeași cu drumul medieval străbătut de Carol cel Mare, Sf. Francisc din Assisi, Isabela de Castilia și, mai recent, de papa Ioan al XXIII-lea, între mulți alții.

Picaud a scris cinci cărți despre experiența lui, prezentate ca fiind lucrările papei Calixto II – devotat Sfântului Iacob – și cunoscute mai târziu sub numele de *Codex Calixtinus*. În Cartea a V-a din *Codex Calixtinus, Liber Sancti Jacobi,* Picaud descrie semnele naturale, izvoarele, spitalele, hanurile și orașele care se înșiră de-a lungul drumului. Bazându-se pe notițele lui Picaud, societatea *Les amis de Saint Jacques* (Santiago este Saint Jacques în franceză, James în engleză, Giacomo în italiană și Jacobus în latină) și-a luat sarcina de a menține și în zilele noastre aceste semne naturale și de a orienta pelerinii.

Cam prin secolul al XII-lea, națiunea spaniolă a început să tragă foloase de pe urma legendei lui Santiago în lupta împotriva maurilor care invadaseră peninsula. Au fost create mai multe ordine militare de-a lungul Drumului, iar cenușa Apostolului a devenit o puternică amuletă spirituală în lupta împotriva musulmanilor, care spuneau că au cu ei un braț al lui Mahomed. Însă odată încheiată Recucerirea spaniolă – la Reconquista –, ordinele militare erau așa de puternice încât deveniseră o amenințare pentru stat, ceea ce i-a obligat pe Regii Catolici să intervină direct pentru a evita ca aceste ordine să intre în conflict direct cu nobilimea. Din această cauză

Drumul a căzut încet-încet în uitare și dacă n-ar fi existat manifestările artistice sporadice – cum au fost *Calea Lactee* de Buñuel sau *Drumețul* de Juan Manoel Serrat – nimeni, în zilele noastre, nu și-ar mai aminti că pe aici au trecut milioane de oameni care, mai târziu, aveau să populeze Lumea Nouă.

Orășelul în care am ajuns cu mașina era absolut pustiu. După multe căutări, am găsit un mic local improvizat într-o casă veche, în stil medieval. Stăpânul – care nu-și lua ochii de la un serial de televiziune – mi-a atras atenția că era ora siestei și că eram cam nebun să umblu pe stradă pe căldura aceea.

Am cerut o băutură răcoritoare, am încercat să mă uit puțin la televizor, dar nu reușeam să mă concentrez deloc. Mă gândeam numai că peste două zile aveam să retrăiesc, în plin secol XX, ceva din marea aventură a umanității care l-a dus pe Ulise la Troia, a umblat cu don Quijote prin La Mancha, i-a dus pe Dante și pe Orfeu până în infern și pe Cristofor Columb până în Americi: aventura călătoriei în Necunoscut.

Când m-am întors la mașină, eram ceva mai calm. Chiar dacă nu-mi descopeream spada, pelerinajul pe Drumul spre Santiago avea să facă astfel încât să mă descopăr pe mine însumi.

Saint Jean Pied-du-Port

Un cortegiu cu personaje mascate și o fanfară – toți îmbrăcați în roșu, verde și alb, culorile Țării Franceze a Bascilor – ocupa strada principală din Saint Jean Pied-du-Port. Era duminică, eu îmi petrecusem două zile la volan și nu mai puteam pierde nici un minut asistând și la serbarea aceea. Mi-am făcut loc printre oameni, am auzit câteva insulte în franceză, dar am ajuns la fortificațiile care formau partea cea mai veche a orașului, unde trebuia să o găsesc pe madame Lourdes. Chiar și în partea aceea a Pirineilor era cald în timpul zilei, așa că am ieșit lac de sudoare din mașină.

Am bătut la poartă. Am mai bătut o dată, și nimic. A treia oară, dar nimeni nu răspunse. M-am dus în mijlocul drumului, îngrijorat. Nevastă-mea mi-a spus că trebuia să fiu acolo chiar în ziua aceea, dar acum nimeni nu răspundea la poartă. M-am gândit că poate madame Lourdes ieșise să vadă cortegiul, dar era posibil și ca eu să fi ajuns prea târziu, iar ea să fi hotărât să nu mă mai primească. Drumul spre Santiago se termina înainte chiar de a fi început.

Deodată, poarta se deschise și o copilă ieși în fugă. Pe stradă. Am sărit dintr-odată și, într-o franceză cam stricată, am întrebat de madame Lourdes.

Fetița râse și arătă spre poartă. Atunci mi-am înțeles greșeala: poarta dădea într-o curte imensă, în jurul căreia se aflau vechi case medievale cu balcoane. Poarta era deschisă pentru mine, dar eu nici măcar nu îndrăznisem să-i încerc clanța.

Am intrat repede și m-am îndreptat spre casa pe care mi-o arătase fetița. Înăuntru, o femeie bătrână și grasă se răstea în bască la un băietan micuț, cu ochi căprui și triști. Am așteptat puțin să se termine cearta – și chiar se termină, cu bietul băiat trimis la bucătărie sub valul de insulte proferate de bătrână. După aceea ea se întoarse spre mine și, fără ca măcar să mă întrebe ce voiam, mă conduse – când cu gesturi delicate, când împingându-mă – la al doilea cat al căsuței. Acolo sus nu era decât un birou înghesuit, plin de cărți, de obiecte, de statuete ale Sfântului Iacob și suveniruri luate de pe Drum. Ea scoase o carte de pe raft și se așeză la singura masă din încăpere, lăsându-mă în picioare.

— Dumneata trebuie să fii încă un pelerin pentru Santiago, spuse, fără ocol. Trebuie să notez numele dumitale în caietul celor care fac acest drum.

Eu i-am spus numele, și ea vru să știe dacă am adus „Moluștele". „Moluște" era numele dat scoicilor mari, duse, ca simbol al pelerinajului, până la mormântul apostolului și serveau drept semn de identificare a pelerinilor între ei. Înainte de a veni în Spania, fusesem într-un loc de pelerinaj din Brazilia, Aparecida do Norte. De acolo cumpărasem o icoană cu Sfânta Fecioară Întrupată, montată pe trei cochilii. Am scos-o din rucsac și i-am întins-o doamnei Lourdes.

— Frumos, dar puțin practic, îmi spuse ea, înapoindu-mi scoicile. Se pot sparge pe drum.

— Nu se vor sparge. Și le voi lăsa la mormântul apostolului.

Madame Lourdes părea că nu mai are timp de mine. Îmi dădu un carnețel care avea să-mi faciliteze cazarea la mânăstirile de pe Drum, puse o ștampilă cu Saint Jean Pied-du-Port, pentru a indica unde începusem pelerinajul, și-mi spuse că puteam pleca cu binecuvântarea lui Dumnezeu.

— Dar unde este călăuza mea? am întrebat.

— Care călăuză? mi-o întoarse ea, un pic mirată, dar și cu o strălucire nouă în ochi.

Eu mi-am dat seama că am uitat ceva foarte important. În dorința de a fi imediat servit, nu pronunțasem Cuvântul Ancestral – un fel de semn de recunoaștere a celor care aparțin sau au aparținut ordinelor Tradiției. Mi-am îndreptat imediat greșeala și am pronunțat Cuvântul. Madame Lourdes, cu un gest iute, îmi smulse din mână carnetul pe care mi-l dăduse cu o clipă mai înainte.

— N-ai nevoie de ăsta, spuse, dând la o parte un teanc de ziare vechi de deasupra unei cutii de carton. Drumul dumitale și popasurile depind de hotărârile călăuzei.

Madame Lourdes scoase din cutie o pălărie și o mantie. Păreau haine foarte vechi, dar erau bine păstrate. Îmi ceru să stau în picioare în mijlocul camerei și începu să se roage în gând. Apoi îmi puse mantia pe umeri și pălăria pe cap. Am observat că atât pe pălărie cât și pe fiecare umăr al mantiei erau brodate scoici. Fără a înceta rugăciunea, bătrâna doamnă luă un toiag de pe colțul biroului și mi-l puse în mâna dreaptă. Pe toiag prinse o tărtăcuță mică. Și iată-mă: dedesubt, bermude tip blugi și tricou cu I LOVE NY, iar deasupra, costumul medieval al pelerinilor de Compostela.

Bătrâna se apropie, era la două palme de fruntea mea. Atunci, ca în transă, netezindu-mi cu mâinile creștetul capului, spuse:

— Fie ca Sfântul Apostol Iacob să te însoțească și să-ți arate singurul lucru pe care trebuie să-l descoperi; să nu umbli nici prea încet, nici prea repede, ci totdeauna în armonie cu Legile și Cerințele Drumului; să te supui aceluia care te va îndruma, chiar și când ți-ar da un ordin ucigaș, de blestem, sau smintit. Trebuie să juri supunere totală călăuzei tale.

Am jurat.

— Spiritul vechilor pelerini ai Tradiției să te însoțească tot drumul. Pălăria să te apere de soare și de gândurile rele; mantia să te apere de ploaie și de vorbele rele; toiagul să te apere de dușmani și de faptele rele. Binecuvântarea lui Dumnezeu, a Sfântului Iacob și a Fecioarei Maria să te însoțească zi și noapte. Amin.

După ce a spus aceste cuvinte, a revenit la felul ei obișnuit de a fi: în grabă și cu oarece neplăcere strânse hainele, le puse din nou în cutie, duse toiagul cu dovleac în colțul camerei și, după ce m-a învățat cuvintele de recunoaștere, mi-a cerut să plec imediat, pentru că ghidul meu mă aștepta la vreo doi kilometri de Saint Jean Pied-du-Port.

— Are oroare de fanfară, îmi explică ea. Dar și la doi kilometri distanță tot o aude: Pirineii sunt o excelentă cutie de rezonanță.

Și, fără multă vorbă, coborî scările și se duse la bucătărie ca să-l mai chinuie un pic pe puștiul cu ochi triști. La plecare am întrebat ce trebuia să fac cu mașina, iar ea mi-a spus să-i las cheile pentru cazul în care ar veni cineva să o caute. M-am dus la portbagaj, am luat un mic rucsac albastru cu un sac de dormit prins de el, am pus într-un colțișor ferit icoana cu Sfânta Fecioară Întrupată și cu scoicile, mi-am luat rucsacul în spate și i-am dat cheile doamnei Lourdes.

— Ieși din oraș pe strada asta, până la ultima poartă de la zidurile cetății, îmi spuse ea. Când ajungi la Santiago de Compostela, spune un Ave Maria și pentru mine. Eu am făcut de atâtea ori acest drum, încât acum mă mulțumesc să citesc în ochii pelerinilor emoțiile pe care încă le mai simt, dar pe care nu le mai pot pune în practică din pricina vârstei. Spune-i toate astea Sfântului Iacob. Și mai spune-i că în toate zilele mă voi întâlni cu el, pe alt drum, mai direct și mai puțin obositor.

Am ieșit din orășel traversând zidurile cetății prin Porte d'Espagne. În trecut, aceasta a fost ruta preferată a invadatorilor romani și tot pe aici au trecut oștile lui Carol cel Mare și ale lui Napoleon. Urmam drumul tăcut, ascultând fanfara în depărtare, când deodată, pe la ruinele unui sătuc din apropiere de Saint Jean, mă cuprinse o emoție extraordinară, iar ochii mi se umplură de lacrimi; acolo, lângă ruine, mi-am dat seama pentru prima oară că picioarele mele călcau pe Straniul Drum spre Santiago.

În jurul văii, Pirineii, colorați de muzica micii fanfare și de soarele acelei dimineți, îmi lăsau impresia a ceva primitiv, ceva ce fusese uitat de specia umană, un lucru căruia eu nu reușeam deloc să-i aflu esența. Era însă o senzație ciudată și puternică, și am grăbit pasul pentru a ajunge cât mai repede la locul în care madame Lourdes îmi spusese că mă aștepta ghidul. Fără a mă opri din mers, mi-am scos tricoul și l-am pus în rucsac. Bretelele începură să-mi roadă umerii goi, în schimb, vechii mei teniși erau așa de moi că nici nu-i simțeam. După aproape patruzeci de minute, într-o curbă care înconjura o stâncă uriașă, am dat de un vechi puț abandonat. Acolo, așezat pe jos, un bărbat de vreo cincizeci de ani, cu păr negru și aspect de țigan, scotocea în rucsac după ceva.

— Salut, i-am zis eu în spaniolă, cu aceeași timiditate pe care o aveam ori de câte ori cunoșteam pe cineva. Cred că pe mine mă așteptai. Numele meu e Paulo.

Se opri din scotocit și mă măsură din cap până-n picioare. Avea privirea rece și nu părea surprins de venirea mea. Am avut vaga senzație că-l cunoșteam.

— Da, te așteptam, dar nu știam că te voi întâlni așa repede. Ce vrei?

Întrebarea m-a cam zăpăcit și i-am răspuns că eu eram acela pe care el avea să-l conducă pe Calea Lactee în căutarea spadei.

— Nu neapărat, spuse. Dacă vrei, pot să ți-o găsesc eu. Dar hotărăște-te acum.

Mi se părea din ce în ce mai ciudată discuția cu necunoscutul acela. Dar, cum jurasem supunere totală, m-am pregătit să răspund. Dacă el putea să găsească spada pentru mine, avea să-mi economisească un timp prețios, și eu mă puteam întoarce imediat la oamenii și afacerile din Brazilia, care nu-mi ieșeau din minte. Putea fi o păcăleală, dar ce era rău dacă-i dădeam și eu un răspuns.

M-am decis să accept. Dar deodată, în spatele meu, am auzit o voce în spaniolă, cu accent foarte puternic:

— Omul nu trebuie să suie muntele ca să afle dacă e înalt.

Era parola! Am privit înapoi și am văzut un bărbat de vreo patruzeci de ani, cu bermude kaki, tricou alb pătat de sudoare, care-l privea fix pe țigan. Avea părul grizonat și tenul ars de soare. În graba mea, uitasem cele mai elementare reguli de autoapărare și mă aruncasem, cu trup și suflet, în brațele primului necunoscut care-mi apăruse în cale.

— Vaporul e în siguranță când se află-n port; dar nu pentru asta au fost construite navele, am dat eu răspunsul de consemn. În tot acest timp, nu-și luă ochii de la țigan, dar nici țiganul nu-și pleca privirea. Amândoi se înfruntară, fără frică și fără bravură, minute în șir. Până ce țiganul trânti rucsacul jos, zâmbi cu dispreț și o apucă spre Saint Jean Pied-du-Port.

— Numele meu e Petrus, spuse nou-venitul, imediat ce țiganul dispăru după imensa stâncă pe care eu o ocolisem cu câteva minute înainte. Data viitoare să fii mai prudent.

Am observat o nuanță simpatică în vocea lui, diferită de tonul țiganului și chiar de cel al lui madame Lourdes. El luă rucsacul de pe jos și atunci am observat că avea desenată o scoică pe partea din spate. Scoase o sticlă de vin, luă o înghițitură și apoi îmi întinse și mie. În vreme ce beam, l-am întrebat cine era țiganul.

— Ruta asta merge pe graniță și e foarte utilizată de contrabandiști și de teroriștii refugiați din partea spaniolă a Țării Bascilor, spuse Petrus. Poliția nici nu prea trece pe aici.

— Nu mi-ai răspuns la întrebare. V-ați privit ca doi vechi cunoscuți. Și am impresia că și eu îl cunosc, de aceea am fost așa de deschis.

Petrus râse și ceru să pornim imediat la drum. Mi-am adunat lucrurile și am pornit la drum în tăcere. Dar din râsul lui Petrus, știam că se gândise la același lucru ca și mine.

Ne întâlniserăm cu diavolul.

Am mers tăcuți o vreme – madame Lourdes avusese dreptate: și la trei kilometri distanță încă se auzea sunetul fanfarei care cânta neîntrerupt. Voiam să-l întreb multe pe Petrus – despre viața, despre munca lui și ce-l adusese până aici. Dar știam că mai aveam încă șapte sute de kilometri de parcurs împreună și va veni și clipa când voi primi răspuns la toate aceste întrebări. Cu toate acestea, țiganul nu-mi ieșea din cap, așa că am rupt tăcerea.

— Petrus, eu cred că țiganul era diavolul.

— Da, era diavolul, mi-a spus, și am simțit un amestec de groază și ușurare în vocea lui. Dar nu este diavolul pe care l-ai cunoscut dumneata în Tradiție. În Tradiție, diavolul e un spirit nici bun, nici rău, considerat paznicul celor mai multe secrete accesibile omului, care are forță și putere asupra lucrurilor materiale. Fiind un înger căzut, se identifică cu rasa umană și e mereu dispus să facă înțelegeri și schimburi de favoruri.

Am întrebat care era deosebirea dintre țigan și diavolii Tradiției.

— O să mai întâlnim și alții pe drum, râse el. O să pricepi singur. Dar, ca să-ți faci o idee, încearcă să-ți amintești toată discuția cu țiganul.

Mi-am amintit cuvânt cu cuvânt singurele două fraze pe care le schimbasem cu el. El îmi spusese că mă aștepta și afirmase că avea să caute spada în locul meu.

Petrus îmi răspunse atunci că erau două fraze perfecte pentru un hoț care a furat un rucsac și este prins asupra faptului: încerca să câștige timp și bunăvoință, în timp ce făcea iute un plan de fugă. În același timp, cele două fraze puteau avea un înțeles mai adânc, adică acele cuvinte spuneau exact ce încerca să spună.

— Care dintre cele două este adevărată?

— Amândouă sunt adevărate. Acel amărât de hoț, în timp ce se apăra, a prins din zbor cuvintele pe care trebuia să ți le spună. S-a crezut deștept și instrument al unei forțe superioare. Dacă ar fi rupt-o la fugă când am ajuns eu, discuția aceasta nu mai era necesară. Dar el m-a înfruntat și eu am citit în ochii lui numele unui demon pe care îl vei întâlni pe drum.

Pentru Petrus, întâlnirea fusese de bun augur, pentru că demonul se arătase prea devreme.

— Oricum, nu fi îngrijorat de el, fiindcă, așa cum ți-am spus, el nu va fi singurul. Ar putea fi cel mai important, dar nu va fi singurul.

Ne-am continuat drumul. Vegetația, mai înainte aproape inexistentă, se preschimbă în mici arbuști răspândiți ici și colo. Poate că era mai bine să urmez sfatul lui Petrus și să las lucrurile să-și urmeze calea. Când și când el mai făcea câte o observație despre vreun fapt istoric care se petrecuse prin locurile pe care le străbăteam. Am văzut locul în care o regină a înnoptat înainte să moară, o capelă micuță încrustată între stânci, schit al nu știu cărui sfânt despre care puținii locuitori ai acelei zone jurau că face minuni.

— Minunile sunt foarte importante, nu-i așa? spuse el.

Eu am răspuns că da, deși niciodată nu văzusem un mare miracol. Învățătura mea într-ale Tradiției fusese mai mult în plan intelectual. Credeam că după ce-mi voi fi recuperat spada, atunci voi fi cu adevărat capabil să fac lucrurile mari pe care le făcea Maestrul meu.

— Și care nu sunt miracole, pentru că nu schimbă legile naturii. Maestrul meu nu face decât să-și folosească forța pentru...

N-am reușit să termin fraza, nu găseam nici o explicație pentru faptul că Maestrul reușea să materializeze spirite, să mute obiecte fără a le atinge, și – cum văzusem de atâtea ori – să facă găuri cu cer albastru în serile noroase.

— Poate că face toate astea pentru a te convinge că are Cunoașterea și Puterea să le facă, răspunse Petrus.

— Da, se poate, i-am spus fără prea multă convingere.

Ne-am așezat pe o piatră, pentru că Petrus mi-a spus că avea oroare să fumeze în timp ce mergea. După el, plămânii absorbeau mult mai multă nicotină, iar fumul îi provoca amețeală.

— De asta Maestrul ți-a refuzat spada, spuse Petrus. Pentru că nu știi motivul pentru care el face minuni. Pentru că ai uitat că drumul cunoașterii e un drum deschis tuturor, inclusiv oamenilor obișnuiți. În călătoria noastră, te voi învăța unele exerciții și unele ritualuri, cunoscute ca Practicile RAM. Oricine, într-un anume moment al existenței, are acces la cel puțin una dintre ele. Toate, fără excepție, pot fi găsite de oricine se apucă să le caute, cu răbdare și perspicacitate, în chiar lecțiile pe care ni le dă viața. Practicile RAM sunt atât de simple, încât oameni ca dumneata, obișnuiți să complice prea mult viața, de multe ori nu le dau nici o importanță. Dar ele, împreună cu alte trei tipuri de Practici, îl fac pe om să obțină orice, dar absolut orice își dorește. Isus l-a lăudat pe Tatăl când discipolii Lui au început să facă minuni și vindecări, și I-a mulțumit pentru că El ascunsese aceste lucruri învățaților și le revelase oamenilor simpli. La urma urmelor, dacă cineva crede în Dumnezeu, trebuie să creadă și că Dumnezeu e drept.

Petrus avea foarte multă dreptate. Ar fi o nedreptate divină ca numai oamenii instruiți, cu timp și bani pentru cărți scumpe, să poată avea acces la adevărata Cunoaștere.

— Adevărata cale a înțelepciunii poate fi recunoscută după trei lucruri, spuse Petrus. Mai întâi, trebuie să aibă Agape, și despre asta îți voi vorbi mai târziu; în al doilea rând, să aibă o aplicație practică în viața ta, în caz contrar înțelepciunea devine un lucru inutil și ruginește precum o spadă nefolosită. Și, în sfârșit, trebuie să fie un drum care să poată fi străbătut de oricine. Ca drumul pe care dumneata îl străbați acum, Drumul spre Santiago.

Am mers toată după-amiaza și abia când soarele a început să dispară în spatele munților Petrus a hotărât să ne oprim din nou. În jurul nostru, vârfurile cele mai înalte ale Pirineilor încă străluceau de la lumina ultimelor raze ale zilei.

Petrus îmi ceru să curăț un petec de pământ și să îngenunchez.

— Prima Practică RAM te învață să renaști. Va trebui s-o execuți în timpul următoarelor șapte zile, încercând să simți altfel ceea ce a fost primul tău contact cu lumea. Știi cât de greu este să lași totul și să vii să străbați Drumul spre Santiago în căutarea unei spade, dar această dificultate a existat numai pentru că erai prins în trecut. Ai fost deja învins și îți e teamă să nu fii învins din nou; ai obținut ceva și ți-e frică să nu pierzi din nou acel ceva. Cu toate acestea, un lucru mai puternic decât orice altceva s-a impus: dorința de a-ți găsi spada. Și ai hotărât să-ți asumi riscul.

I-am răspuns că da, dar încă mai eram îngrijorat de acele lucruri la care se referise el.

— N-are importanță. Exercițiul, foarte curând, o să te elibereze de poverile pe care chiar dumneata ți le-ai creat în viață.

Și Petrus mă învăță Prima Practică RAM: EXERCIȚIUL SEMINȚEI.

Exercițiul Seminței

Îngenunchează aici, jos. Apoi sprijină-te pe călcâie și apleacă-ți corpul, astfel încât capul să atingă genunchii. Întinde brațele înapoi. Te afli în poziția fătului. Acum relaxează-te și uită de toate grijile. Respiră calm și adânc. Imediat vei simți că ești o sămânță minusculă, înconjurată de căldura pământului. Totul e călduț și plăcut în jurul tău. Ești cufundat într-un somn liniștit. Deodată, ți se mișcă un deget. Vlăstarul nu mai vrea să fie sămânță, vrea să se nască. Începi să-ți miști ușor brațele, apoi corpul ți se îndreaptă, până ce ajungi iarăși pe călcâie. Apoi începi să te ridici și, treptat, vei ajunge să stai drept, în genunchi, pe pământ. În tot acest timp ți-ai închipuit că ești o sămânță care se transformă în răsad și sparge, încet-încet, învelișul pământului.

A sosit momentul să spargi învelișul pământului complet. Te vei ridica lent, punând un picior pe pământ, apoi celălalt, luptând să-ți ții echilibrul așa cum un vlăstar luptă să-și găsească locul. Până ce ajungi în picioare. Închipuie-ți câmpul din jur, soarele, apa, vântul și păsările. Ești un vlăstar care începe să crească. Ridică, încet, brațele înspre cer. Apoi te vei întinde mereu mai mult, ca și cum ai vrea să apuci imensul soare care strălucește deasupra ta și-ți dă forță și te atrage. Trupul îți devine din ce în ce mai drept, mușchii ți se încordează toți în timp ce te simți crescând. Crești, și crești, și devii imens. Încordarea se mărește mereu, până ce devine dureroasă, insuportabilă. Când nu mai poți, țipă și deschide ochii.

Repetă acest exercițiu șapte zile la rând, la aceeași oră.

— Fă-l acum pentru prima oară, îmi spuse.

Mi-am înclinat capul până a ajuns între genunchi, am respirat profund și am început să mă relaxez. Corpul mă ascultă cu supunere – poate fiindcă umblasem mult toată ziua și eram sfârșit. Am început să aud foșnetul pământului, un foșnet surd, grav, și imediat m-am transformat într-o sămânță. Nu gândeam. Era întuneric și eu dormeam în fundul pământului. Deodată, se mișcă ceva. Era o parte din mine, o minusculă parte din mine care voia să mă trezească, care-mi spunea că trebuia să ies pentru că era altceva „acolo, deasupra". Eu voiam să dorm, dar părticica asta insista. A început să-mi miște degetele și degetele, mi-au mișcat brațele – dar nu erau degete, nici brațe, ci un mugураș care se lupta să înfrângă forța pământului și să pornească spre „lucrul de deasupra". Am simțit cum corpul începe să urmeze mișcarea brațelor. Fiecare secundă părea o veșnicie, dar sămânța avea ceva „acolo, deasupra" și trebuia să se nască, să afle cine era. Cu un efort uriaș, capul, apoi întreg trupul au prins a se ridica. Totul era așa de lent și eu trebuia să lupt cu forța care mă trăgea în jos, spre fundul pământului, unde dormisem mai înainte liniștit somnul meu cel etern. Dar învingeam, învingeam, și în cele din urmă am sfâșiat ceva și m-am trezit drept. Forța care mă trăgea în jos a încetat dintr-odată. Spărsesem coaja pământului și acum eram înconjurat de „lucrul acela de deasupra“.

„Lucrul de deasupra“ era câmpia. Am simțit căldura soarelui, zumzetul țânțarilor, clipocitul unui râu care curgea mai încolo. M-am ridicat încet, cu ochii închiși, și aveam impresia că o să mă dezechilibrez și o să mă întorc în pământ, dar continuam să cresc. Brațele mi se desprindeau de corp, corpul se întindea. Iată-mă acolo, renăscând, cu dorința de a fi scăldat pe dinăuntru și pe dinafară de soarele acela imens care strălucea și-mi cerea să cresc tot mai mult, ca să-l pot îmbrățișa cu toate ramurile mele. Brațele mi se încordau din ce în ce mai mult, mușchii întregului corp începură să mă doară, iar eu am simțit că aveam o mie de metri înălțime și că puteam îmbrățișa toți munții. Trupul se întinse, se întinse până ce durerea musculară deveni atât de atroce încât n-am mai suportat și am țipat.

Am deschis ochii; Petrus stătea înaintea mea, fumând zâmbitor. Lumina zilei încă nu dispăruse, dar am fost surprins că soarele nu era cum mi-l închipuisem eu. L-am întrebat dacă voia să-i descriu senzațiile și el îmi răspunse că nu.

— E un lucru foarte personal, trebuie să-l păstrezi pentru dumneata. Cum aș putea eu să-ți judec senzațiile? Sunt ale dumitale, nu ale mele.

Petrus a hotărât să dormim chiar acolo. Am făcut un foc mic, am băut ce mai rămăsese din sticla lui de vin, iar eu am pregătit niște sandvișuri cu pateul pe care l-am cumpărat înainte de a ajunge la Saint Jean. Petrus se duse până la râul care curgea în apropiere și aduse câțiva pești, pe care i-a fript pe jar. Apoi ne-am culcat, fiecare în sacul lui de dormit.

Între senzațiile extraordinare pe care le-am trăit în viața mea, nu pot uita prima noapte pe Drumul spre Santiago. Era frig, deși era vară, iar eu încă mai aveam în gură gustul vinului adus de Petrus. Am privit spre cer, și Calea Lactee se întindea deasupra mea, arătând imensul drum pe care urma să-l parcurgem. Altădată, această imensitate îmi provoca o mare neliniște, o frică teribilă că nu aveam să reușesc, că eram prea neînsemnat pentru așa ceva. Dar acum eu eram o sămânță și mă născusem din nou. Descoperisem că, în ciuda confortului pământului și al somnului, era mult mai frumoasă viața „de deasupra". Iar eu mă puteam naște mereu, de câte ori voiam, până ce brațele îmi vor fi ajuns destul de mari pentru a îmbrățișa pământul de unde venisem.

Creatorul și creația

Timp de șase zile am mers prin Pirinei, urcând și coborând munți, cu Petrus care-mi cerea să fac Exercițiul Seminței de fiecare dată când razele soarelui abia luminau vârfurile cele mai înalte. În a treia zi de drum, un arc de ciment vopsit în galben arăta că ajunsesem la granița și, de acolo, picioarele noastre călcau pe pământ spaniol. Petrus începu, încet-încet, să mai spună câte ceva despre el; am descoperit că era italian și că lucra în domeniul designului industrial. Am vrut să știu dacă nu era îngrijorat de mulțimea de lucruri pe care trebuia să le facă pentru a călăuzi un pelerin aflat în căutarea spadei lui.

— Vreau să-ți explic ceva, îmi răspunse el. Eu nu te îndrum spre spadă. Este numai și numai sarcina dumitale să o găsești. Eu mă aflu aici ca să te conduc pe Drumul spre Santiago și să te învăț Practicile RAM. Cum vei aplica toate astea ca să-ți regăsești spada nu e problema mea.

— Dar nu mi-ai răspuns la întrebare.

— Când călătorești, experimentezi într-un mod foarte practic actul renașterii. Te întâlnești cu niște situații absolut noi, ziua trece mai încet, iar limba celor din jur nu o înțelegi. Exact ca un copil care abia a ieșit din pântecul matern. În felul acesta, vei da mult mai multă importanță lucrurilor care te înconjoară, pentru că de ele depinde propria dumitale supraviețuire. Fii mai accesibil pentru oameni, pentru că ei vor putea să te ajute în situații grele. Și primește orice mică favoare a zeilor cu mare bucurie, ca și cum ar fi un episod demn de reținut pentru tot restul vieții. În același timp, cum toate lucrurile sunt noi, abia le vezi frumusețea, fiindcă ești prea fericit că trăiești. De aceea, pelerinajul religios a fost una din modalitățile cele mai obiective de a reuși să ajungi la iluminare. Cuvântul păcat vine de la *pecus*, care înseamnă picior strâmb, cu defect, incapabil să parcurgă un drum. Modul de îndreptare a păcatului este să mergi mereu înainte, adaptându-te la situațiile noi și primind în schimb toate milioanele de binecuvântări pe care viața le dă cu generozitate celor care le cer. Crezi că eu aș putea să mă mai gândesc la proiectele pe care le-am lăsat ca să vin să fiu aici cu dumneata?

Petrus privi în jur și eu i-am urmărit privirea. Sus pe un munte, câteva capre pășteau. Una dintre ele, mai îndrăzneață, se cocoțase în vârful stâncii foarte înalte, iar eu nu reușeam să înțeleg cum ajunsese acolo și cum ar putea să coboare. Dar în clipa când eu mă întrebam toate astea, capra a sărit, prin locuri ascunse privirii mele, și a ajuns lângă celelalte surate ale ei. Totul în jur reflecta o liniște încordată, liniștea unei lumi care mai avea încă mult să crească și să creeze, și care știa că pentru asta trebuia să-și continue drumul. Chiar dacă un mare cutremur sau o furtună mi-ar fi dat senzația că natura putea fi și crudă uneori, am înțeles că acestea erau vicisitudinile drumului. Natura călătorea și ea, în căutarea iluminării.

— Eu sunt foarte mulțumit că sunt aici, spuse Petrus. Pentru că lucrările pe care le-am întrerupt nu mai contează, iar cele pe care le voi realiza după călătoria asta vor fi mult mai bune.

Când am citit opera lui Carlos Castañeda, mi-am dorit foarte mult să-l întâlnesc pe bătrânul vrăjitor indian, D. Juan. Văzându-l pe Petrus cum privea munții, mi s-a părut că stau lângă cineva care-i seamănă foarte mult.

În seara celei de-a șaptea zile am ajuns sus pe o stâncă, după ce traversasem o pădure de pini. Acolo, Carol cel Mare s-a rugat pentru prima oară numai în spaniolă, și un monument străvechi cerea în latină ca – din această cauză – toți să spunem un „Dumnezeu s-o țină pe Regină". Noi am făcut ce ne cerea inscripția. Apoi, Petrus îmi spuse să fac Exercițiul Seminței pentru ultima oară.

Bătea vântul și era foarte frig. I-am spus că era încă devreme, era cel mult ora trei a amiezii, dar el mi-o întoarse spunându-mi să nu discut și să fac exact ce-mi ceruse.

Am îngenuncheat și am început să fac Exercițiul. Totul a decurs normal până ce mi-am întins brațele și am început să-mi închipui soarele. Când am ajuns la acest punct, cu soarele uriaș strălucindu-mi în față, am simțit că intram în extaz, amintirile mele de om se estompau, eu nu mai făceam un exercițiu, ci devenisem un copac. Eram fericit și mulțumit. Soarele strălucea și se învârtea în jurul meu – ceea ce nu se întâmplase niciodată mai înainte. Am rămas acolo, cu ramurile întinse, cu frunzele scuturate de vânt, fără să mai doresc să mă mișc. Până când mă atinse ceva și pentru o fracțiune de secundă totul se întunecă.

Am deschis ochii imediat. Petrus îmi dăduse o palmă zdravănă peste față și mă scutura de umeri.

— Nu uita de obiectivul tău! strigă mânios. Nu uita că mai ai încă multe de învățat înainte de a-ți găsi spada!

M-am așezat pe jos, tremurând din pricina vântului înghețat.

— Așa se întâmplă mereu? am întrebat.

— Aproape totdeauna, spuse el. Mai ales cu oameni ca dumneata, care sunt atrași de detalii și uită ce caută.

Petrus își scoase din rucsac un pulover și se îmbrăcă. Eu mi-am pus tricoul de rezervă peste cel cu I LOVE NY – nu-mi trecuse prin cap că într-o vară pe care ziarele o numiseră „cea mai fierbinte din deceniu" putea să fie așa de frig. Cele două tricouri m-au ajutat împotriva vântului, dar i-am cerut lui Petrus să mergem mai repede ca să mă încălzesc.

Acum drumul era ușor, mergeam la vale. Credeam că frigul groaznic care mă scuturase era din cauza hranei sărăcăcioase – mâncam numai pește și fructe de pădure. El însă m-a contrazis și mi-a spus că frigul se explica prin faptul că atinsesem punctul cel mai înalt al munților.

Nu străbătusem mai mult de cinci sute de metri când, după o cotitură a drumului, lumea se schimbă dintr-odată. O uriașă câmpie ondulată se întindea acum în fața noastră. Iar la stânga, la coborâre, la mai puțin de douăzeci de pași, ne aștepta o frumoasă așezare cu coșurile caselor fumegând.

Eu am grăbit pasul, dar Petrus mă opri.

— Cred că e momentul potrivit să te învăț a doua Practică RAM, spuse el, așezându-se pe jos și arătându-mi un loc lângă el.

M-am așezat cam nemulțumit. Vederea orășelului cu coșurile fumegânde mă tulburase. Deodată mi-am dat seama că ne aflam de o săptămână în mijlocul sălbăticiei, fără să vedem pe nimeni, dormind sub cerul liber și mergând toată ziua. Țigările mi se terminaseră și eram obligat să inspir groaznicul fum al țigărilor răsucite de Petrus. Să dormi într-un sac și să mănânci pește fără sare și piper erau lucruri care nu mă deranjau când aveam douăzeci de ani, dar care aici, pe Drumul spre Santiago, cereau multă resemnare. Am așteptat nerăbdător ca Petrus să-și termine de răsucit și de fumat țigara în tăcere, în timp ce visam la căldura unui pahar de vin în barul ce se zărea la mai puțin de cinci minute de drum.

Petrus, înfășurat bine în puloverul lui, era liniștit și privea distrat imensa câmpie.

— Cum ți se pare traversarea Pirineilor? întrebă, după o vreme.

— Grozavă, am răspuns eu, fără chef de conversație.

— Pesemne că a fost într-adevăr grozavă, fiindcă ne-a luat șase zile ca să facem ce se putea face într-una singură.

N-am crezut ce-mi spunea. El luă harta și-mi arătă distanța: doar 17 kilometri. Chiar mergând încet, din cauza suișurilor și coborârilor, drumul acela putea fi parcurs în șase ore.

— Ești așa de obsedat să ajungi la spada dumitale încât ai uitat ce era mai important: că trebuie să mergi până la ea. Privind drept spre Santiago – pe care nu-l poți vedea de aici – nu ți-ai dat seama că am trecut prin aceleași locuri de patru-cinci ori la rând, schimbând foarte puțin drumul.

Acum, că-mi spusese Petrus – mi-am dat seama că muntele Itchasheguy – cel mai înalt din regiune – era când la dreapta mea, când la stânga. Dar și dacă observam asta la timp, tot n-aș fi ajuns la singura concluzie posibilă: ne întorseserăm de mai multe ori pe același drum.

— Singurul lucru pe care l-am făcut a fost să te conduc pe cărări diferite, printre tufișuri, bătute de contrabandiști. Dar și așa, ar fi trebuit să-ți dai seama. Asta s-a întâmplat pentru că actul de a merge n-a existat pentru dumneata. A existat numai dorința de a ajunge.

— Și dacă mi-aș fi dat seama?

— Am fi întârziat oricum tot șapte zile, pentru că așa cer Practicile RAM. Dar cel puțin te-ai fi bucurat de Pirinei altfel.

Eu eram așa de surprins că am uitat și de frig și de orășel.

— Când ai un obiectiv al călătoriei, spuse Petrus, e foarte important să fii atent la drum. Drumul ne învață totdeauna cel mai bun mod de a ajunge și ne îmbogățește în timpul parcurgerii lui. Dacă îl comparăm cu o relație sexuală, aș spune că seamănă cu mângâierile premergătoare care determină intensitatea orgasmului. Oricine știe asta. Și tot așa e când ai un obiectiv în viață. Poate fi mai bun sau mai rău, depinde de drumul pe care-l alegem ca să ajungem la el și de felul cum străbatem drumul. De aceea a doua Practică RAM e atât de importantă: să scoatem din tot ce suntem obișnuiți să privim zi de zi secretele pe care, din cauza rutinei, nu reușim să le vedem.

Și Petrus mă învăță EXERCIȚIUL VITEZEI.

Exercițiul Vitezei

Mergi timp de douăzeci de minute de două ori mai încet decât de obicei. Fii atent la toate amănuntele, la oamenii și la peisajul din jur. Perioada cea mai indicată pentru acest exercițiu este după-amiază.

Repetă exercițiul timp de șapte zile.

— În orașe, în mijlocul problemelor noastre zilnice, acest exercițiu trebuie să fie executat în douăzeci de minute. Dar, cum străbatem Straniul Drum spre Santiago, o să dureze o oră până ajungem în oraș.

Frigul – de care uitasem – s-a întors și l-am privit disperat pe Petrus. Dar el nu m-a băgat în seamă: s-a ridicat, și-a luat rucsacul și am început să parcurgem acei douăzeci de metri cu o încetineală exasperantă.

La început, eu priveam numai cârciuma, o căsuță veche, cu două caturi, cu o firmă de lemn atârnând deasupra ușii. Eram așa de aproape că puteam citi anul în care fusese făcută casa: 1652. Mergeam, dar parcă nu ne mișcasem din loc. Petrus punea un picior înaintea celuilalt cu mișcări de melc, iar eu îl imitam. Mi-am scos ceasul din rucsac și mi l-am pus la mână.

— E mai rău așa, spuse el, fiindcă timpul nu e ceva care curge egal, în același ritm. Noi suntem cei care determinăm acest ritm.

Am început să privesc ceasul clipă de clipă și mi-am dat seama că avea dreptate. Cu cât priveam mai des, cu atât treceau mai greu minutele. M-am hotărât să-i urmez sfatul și am băgat ceasul în buzunar. Am încercat să fiu atent la peisaj, la platoul muntos, la pietrele pe care le călcam, dar tot timpul întorceam privirea spre cârciumă și vedeam că nu ne mișcaserăm din loc. M-am gândit să-mi povestesc în minte câteva istorioare, dar exercițiul acela mă făcea atât de nervos că nu reușeam să mă concentrez. Când n-am mai rezistat și am scos ceasul din buzunar, trecuseră abia unsprezece minute.

— Să nu faci din exercițiul ăsta o tortură, pentru că nu asta e menirea lui, spuse Petrus. Încearcă să găsești plăcerea unui ritm cu care nu ai fost obișnuit. Dacă schimbi felul în care faci lucruri obișnuite, dai voie noului om să crească în tine. Dar, în sfârșit, dumneata decizi.

Amabilitatea ultimelor lui cuvinte m-a mai liniștit. Dacă eu hotăram, atunci era mai bine să văd părțile bune ale situației. Am respirat profund și am încercat să nu mă mai gândesc la nimic. Am trezit în mine o stare minunată, ca și cum timpul era ceva depărtat care nu mă mai interesa. M-am calmat încet-încet și am început să văd cu alți ochi lucrurile care mă înconjurau. Imaginația, care se revolta ori de câte ori eram nervos, a început să funcționeze în favoarea mea. Privind orășelul din fața mea, am început să-i creez o întreagă poveste: cum fusese construit, ce pelerini trecuseră pe aici, bucuria de a întâlni oameni și o primire caldă, după vântul rece din Pirinei. La un moment dat, mi s-a părut că există în oraș o prezență puternică, misterioasă și înțeleaptă. Imaginația mea a umplut platoul cu cavaleri care se luptau. Le puteam vedea spadele strălucind în soare și le auzeam strigătele de luptă. Orășelul nu mai era doar un loc unde să-mi încălzesc sufletul cu vin și trupul cu o pătură: era un cadru istoric, opera unor eroi care lăsaseră totul pentru a veni în acele pustietăți. Lumea era acolo, înconjurându-mă, și am înțeles că foarte rar îi dădusem atenție până atunci.

Când mi-am dat seama de asta, eram deja la ușa cârciumii și Petrus mă invita să intru.

— Eu plătesc vinul, spuse el. Și mergem să ne culcăm devreme, pentru că mâine trebuie să te prezint unui mare vrăjitor.

Am avut un somn greu și fără vise. Cum s-au răspândit zorii peste cele două străduțe – singurele din orășelul Roncesvalles –, Petrus bătu la ușa camerei mele. Eram cazați la catul superior al cârciumii care servea și de han.

Am luat cafea neagră, pâine cu ulei de măsline și am plecat. O ceață deasă se lăsase peste oraș. Mi-am dat seama că Roncesvalles nu era un simplu oraș, cum crezusem până atunci; în perioada marilor pelerinaje pe Drum, fusese cea mai puternică mănăstire din regiune, având legături directe cu teritoriile care mergeau până la granița cu Navarra. Și încă mai păstra aceste trăsături: puținele sale clădiri erau ale unui ordin religios. Singura construcție cu caracteristici „laice" era hanul în care înnoptaserăm.

Am mers prin ceață și am intrat în Biserica Ordinului. Înăuntru, îmbrăcați în odăjdii albe, mai mulți preoți oficiau împreună prima mesă a dimineții. Mi-am dat seama că nu puteam pricepe o iotă, fiindcă slujba era în bască. Petrus se așeză într-una din băncile din fund și-mi ceru să mă așez lângă el.

Biserica era imensă, plină de obiecte de artă de o valoare inestimabilă. Petrus îmi explică în șoaptă că fusese construită cu donații ale regilor și reginelor din Portugalia, Spania, Franța și Germania, într-un loc indicat de împăratul Carol cel Mare. În altarul principal, Fecioara din Roncesvalles – toată în argint masiv, cu chipul din lemn prețios – ținea în mână un buchet de flori din pietre prețioase. Izul de tămâie, construcția gotică, preoții îmbrăcați în alb, imnurile lor începeau să-mi creeze o stare foarte asemănătoare transelor pe care le simțisem în ritualurile Tradiției.

— Și vrăjitorul? am întrebat, amintindu-mi ce-mi spusese în ajun.

Petrus arătă cu un gest din cap spre un preot între două vârste, slab și cu ochelari, așezat alături de alți călugări în băncile înguste care se aflau pe laturile altarului principal. Un vrăjitor care era preot! Aș fi vrut ca slujba să se termine imediat, dar – așa cum îmi spusese Petrus cu o zi înainte – noi suntem aceia care determină ritmul timpului: nerăbdarea mea a făcut ca ceremonia religioasă să dureze mai mult de o oră.

Când s-a sfârșit mesa, Petrus m-a lăsat singur pe bancă și a intrat pe ușa pe care ieșiseră preoții. Am stat o vreme să privesc biserica, simțind că ar fi trebuit să mă rog cumva, dar n-am reușit să mă concentrez deloc. Icoanele păreau depărtate, prizoniere într-un trecut care nu se mai întorcea, așa cum niciodată nu mai avea să se întoarcă epoca de aur a Drumului spre Santiago.

Petrus apăru în ușă și, fără o vorbă, îmi făcu semn să-l urmez.

Am ajuns în grădina interioară a mânăstirii, înconjurată de o verandă de piatră. În mijlocul grădinii era o fântână, iar pe marginea ei ne aștepta preotul cu ochelari.

— Părinte Jordi, acesta e pelerinul, spuse Petrus, prezentându-mă.

Preotul îmi întinse mâna și ne-am salutat. Nimeni nu mai scoase o vorbă. Am așteptat să se întâmple ceva, dar nu se auzea decât cântul cocoșilor în depărtare, iar ereții ieșeau în căutarea vânatului de zi cu zi. Preotul mă privea fără nici o expresie, o privire foarte asemănătoare cu a lui madame Lourdes după ce-i spusesem Cuvântul Ancestral.

Într-un târziu, după o tăcere lungă și stânjenitoare, preotul Jordi vorbi.

— Se pare că dumneata ai urcat treptele Tradiției prea devreme, dragul meu.

I-am răspuns că aveam deja 38 de ani și că trecusem cu bine toate probele învestirii.

— În afară de una – ultima și cea mai importantă, spuse el, continuând să mă privească cu ochi goi. Și fără aceasta, tot ce ai învățat e zadarnic.

— De aceea fac Drumul spre Santiago.

— Care nu este o garanție în nici un caz. Vino cu mine.

Petrus a rămas în grădină, iar eu l-am urmat pe părintele Jordi. Am traversat niște chilii, am trecut prin locul unde era înmormântat un rege – Sancho el Fuerte – și ne-am oprit într-o capelă mică, separată de clădirile principale care formau mânăstirea Roncesvalles. Înăuntru nu era aproape nimic. Numai o masă, o carte și o spadă. Dar nu era a mea.

Părintele Jordi se așeză în capul mesei, lăsându-mă în picioare. Apoi luă niște ierburi și le dădu foc, umplând odaia de parfum. Situația îmi amintea din ce în ce mai mult de întâlnirea cu madame Lourdes.

— Mai întâi, un avertisment, spuse părintele Jordi. Ruta Iacobină e doar unul din cele patru drumuri.

E Drumul Spadei. Îți poate aduce Putere, dar nu e de ajuns.

— Care sunt celelalte trei?

— Cunoști cel puțin două: Drumul Ierusalimului, care este Drumul Cupei sau al Graalului, îți aduce puterea de a face minuni; și Drumul Romei, Drumul Toiagului, îți înlesnește comunicarea cu alte lumi.

— Lipsește Drumul Aurului pentru a completa cele patru cărți de joc, am glumit eu. Părintele Jordi râse.

— Exact. Acesta e drumul secret pe care, dacă o să-l faci vreodată, n-o să poți spune nimănui că l-ai făcut. Dar deocamdată să-l lăsăm deoparte. Unde-ți sunt scoicile?

Am deschis rucsacul și am scos scoicile cu icoana Sfintei Fecioare Întrupate. El le așeză pe masă. Întinse mâinile deasupra lor și se concentră. Îmi ceru să fac același lucru. Parfumul din încăpere era din ce în ce mai puternic. Și părintele, și eu aveam ochii deschiși, așa am putut vedea că brusc s-a petrecut același fenomen pe care l-am văzut la Itatiaia: scoicile străluceau cu o lumină care nu lumina. Strălucirea devenea din ce în ce mai puternică, iar eu am auzit o voce misterioasă ieșind din gura părintelui Jordi și spunând:

— Unde va fi comoara ta, acolo îți va fi și inima.

Era o frază din Biblie. Dar vocea continuă:

— Și unde-ți va fi inima, acolo va fi leagănul Celei de-a Doua Veniri a lui Hristos; asemenea acestor scoici, pelerinul Rutei Iacobine este doar o coajă. Dacă se sparge coaja, care este a Vieții, apare Viața, care este făcută din Agape.

Își trase mâinile, și scoicile încetară să mai strălucească. Apoi îmi scrise numele în cartea de pe masă. Pe parcusul Drumului spre Santiago n-am văzut decât trei cărți, în care a fost înscris numele meu: cea a lui madame Lourdes, a părintelui Jordi, și cartea Puterii, unde aveam să-mi înscriu eu însumi numele.

— Gata, spuse el. Poți pleca cu binecuvântarea Fecioarei din Roncesvalles și a Sfântului Iacob al Spadei.

— Ruta Iacobină e marcată cu repere galbene, pictate de-a lungul întregii Spanii, mai spuse părintele, în timp ce ne întorceam la locul unde rămăsese Petrus. Dacă vreodată te rătăcești, caută punctele acestea pe copaci, pe pietre, pe semnele de circulație, așa vei găsi un loc sigur.

— Am un ghid bun.

— Da, dar încearcă să te bizui pe tine. Ca să nu umbli bezmetic șase zile prin Pirinei.

Vasăzică părintele știa povestea.

Am ajuns la Petrus și ne-am despărțit. Am plecat din Roncesvalles dimineața, când ceața dispăruse complet. Un drum drept peste câmpie se întindea în fața noastră, iar eu am început să observ reperele galbene despre care-mi vorbise părintele Jordi. Rucsacul era ceva mai greu, pentru că luasem o sticlă de vin de la cârciumă, deși Petrus îmi spusese că nu era nevoie. După Roncesvalles, sute de orășele se înșirau pe drum și foarte rar aveam să dormim sub cerul liber.

— Petrus, părintele Jordi a vorbit despre a Doua Venire a lui Isus ca și cum era ceva ce se întâmplase deja.

— Și care continuă să se întâmple. Acesta e secretul spadei tale.

— În plus, ai spus că aveam să mă întâlnesc cu un vrăjitor, dar eu m-am întâlnit cu un preot. Ce are a face Magia cu Biserica catolică?

Petrus pronunță un singur cuvânt.

— Totul.

Cruzimea

— Acolo, exact în locul acela a fost ucisă Dragostea, spuse țăranul cel bătrân, arătând spre un mic schit dintre stânci.

Umblasem cinci zile fără încetare, oprindu-ne numai cât să mâncăm și să dormim. Petrus era la fel de tăcut în ceea ce privește viața lui particulară, dar punea multe întrebări despre țara și despre munca mea. Mi-a spus că-i plăcea mult Brazilia, pentru că imaginea pe care o cunoștea cel mai bine era aceea a lui Isus Mântuitorul pe promontoriul Corcovado, cu brațele întinse, nu torturat pe o cruce. Voia să știe totul și mereu mă întreba dacă femeile erau tot așa de frumoase ca cele de aici. Căldura din timpul zilei era aproape insuportabilă și în toate barurile și orășelele unde ajungeam oamenii se plângeau de secetă. Din pricina căldurii am renunțat să mai mergem între două și patru, când soarele frigea cel mai tare, și am preluat obiceiul spaniol al siestei.

În acea după-amiază, când ne odihneam în mijlocul unei plantații de măslini, un țăran bătrân se apropiase și ne oferise o înghițitură de vin. Nu conta canicula, obiceiul vinului făcea parte de secole din viața locuitorilor acelei regiuni.

— De ce a fost ucisă dragostea acolo? am întrebat eu, văzând că bătrânul abia aștepta să-și deșerte sacul cu vorbe.

— E mult de-atunci, câteva secole, o prințesă care străbătea Drumul spre Santiago, Felicia de Aquitania, a hotărât să lase tot și să rămână să locuiască aici, după ce s-a întors de la Compostela. Era Dragostea întruchipată, fiindcă și-a împărțit toate bunurile săracilor de pe aici și stătea și îngrijea de bolnavi.

Petrus își aprinsese oribila lui țigară răsucită dar, în pofida aerului de indiferență afișat, mi-am dat seama că era atent la povestea bătrânului.

— Atunci, fratele ei, ducele Guillermo, a fost trimis de tatăl lor ca s-o aducă înapoi. Dar Felicia a refuzat. Înfuriat, ducele a înjunghiat-o chiar în micul schit pe care-l vedeți, pe care ea însăși l-a construit cu mâinile ei, ca să îngrijească bolnavii și să-l laude pe Dumnezeu. După ce și-a venit în fire și a înțeles ce făcuse, ducele s-a dus la Roma, ca să ceară iertare Papei. Ca penitență, Papa i-a cerut să facă pelerinajul la Compostela. Atunci s-a petrecut ceva foarte curios: la întoarcere, ajungând aici, a simțit același impuls, așa că a rămas aici la schitul construit de sora lui, îngrijind de nevoiași până în ultima clipă a lungii lui vieți.

— Asta este Legea Revenirii, râse Petrus.

Țăranul n-a înțeles comentariul lui, dar eu știam exact ce voia el să spună. Pe drum, am avut lungi dispute teologice despre legătura lui Dumnezeu cu oamenii. Eu spuneam că în Tradiție există totdeauna o relație cu Dumnezeu, dar calea era cu totul diferită de cea pe care-o urmam pe Ruta Iacobină, cu preoți vrăjitori, țigani demonizați și sfinți făcători de minuni. Toate astea mi se păreau foarte primitive, prea legate de creștinism, fără fascinația și extazul pe care Ritualurile Tradiției erau capabile să mi le provoace. Petrus spunea însă că Drumul spre Santiago era un drum pe care oricine îl putea face și numai un asemenea drum poate duce la Dumnezeu.

— Dumneata crezi că există Dumnezeu, iar eu – la fel, spunea Petrus. Atunci Dumnezeu există pentru noi. Dar dacă cineva nu crede în El, asta nu înseamnă că El ar înceta să existe, și nici omul care nu crede nu greșește.

— Atunci Dumnezeu e limitat la dorința și la posibilitățile omului?

— Am avut un prieten care umbla tot timpul beat, dar în fiecare seară spunea trei Ave Maria, pentru că așa îl învățase mama lui când era mic. Chiar dacă ajungea acasă beat mort, chiar dacă nu credea în Dumnezeu, prietenul meu spunea oricum cele trei Ave Maria. După ce a murit, la un Ritual al Tradiției, l-am întrebat pe Spiritul Ancestral unde era prietenul meu. Spiritul mi-a răspuns că era foarte bine, învăluit de lumină. O viață întreagă n-a avut credință, dar opera lui – care nu consta decât în cele trei rugăciuni zilnice făcute din obligație, automat – l-a salvat. Dumnezeu a fost prezent chiar și în grotele și în tunetele strămoșilor noștri; după ce omul a descoperit că acestea erau fenomene naturale, El s-a dus să locuiască în anumite animale și păduri sacre. A fost o epocă în care n-a existat decât în catacombele marilor orașe ale istoriei antice. Dar niciodată El n-a încetat să curgă în sufletul omului sub forma Dragostei.

— Azi, Dumnezeu e doar un concept, aproape probat științific. Dar când ajunge în acest punct, Istoria se întoarce și o ia de la capăt. Este Legea Revenirii. Când părintele Jordi a citat fraza rostită de Isus care spune că unde se va afla comoara ta va fi și inima ta, el se referea chiar la asta. Unde vei dori să vezi chipul lui Dumnezeu, acolo Îl vei vedea. Iar dacă nu vrei să-l vezi, nu-i nimic, dacă lucrarea ta este bună. Când Felicia de Aquitania a construit schitul și a început să-i ajute pe săraci, ea a uitat de Dumnezeu și de Vatican și a început să se manifeste în cel mai primitiv și mai înțelept mod: prin Dragoste. Din punctul ăsta de vedere, bătrânul avea dreptate când spunea că Dragostea a fost ucisă.

Dar țăranul nu prea se simțea în largul lui, neputând să ne urmărească discuția.

— Legea Revenirii a funcționat atunci când fratele ei a fost forțat să continue opera pe care o întrerupsese. Totul e permis, mai puțin întreruperea unei manifestări a Dragostei. Dacă se întâmplă așa ceva, cine a încercat să distrugă este obligat să reconstruiască.

I-am explicat că în țara mea Legea Revenirii spunea că diformitățile și bolile oamenilor erau pedepse pentru greșeli comise în reîncarnări anterioare.

— Prostii, spuse Petrus. Dumnezeu nu e răzbunare, Dumnezeu e Dragoste. Singura lui pedeapsă constă în a-l obliga pe cel care a întrerupt o lucrare a Dragostei s-o continue.

Țăranul se scuză, spuse că era târziu și trebuia să se întoarcă la lucru. Lui Petrus i se păru un bun pretext pentru a ne ridica și a ne continua drumul.

— Ne-am îndepărtat de la subiect, spuse el, în timp ce mergeam prin câmpia cultivată cu măslini. Dumnezeu e în tot ce ne înconjoară și trebuie să fie presimțit, trăit, or eu mă aflu aici încercând să-L transform într-o problemă de logică pentru a te ajuta să înțelegi. Continuă să faci exercițiul de a merge foarte încet și vei fi conștient, din ce în ce mai mult, de prezența Lui.

Două zile mai târziu a trebuit să suim un munte numit Vârful Iertării. Urcușul a durat mai multe ore, iar când am ajuns sus am văzut o scenă care m-a șocat: un grup de turiști, cu radioul din mașini dat la maximum, făceau plajă și beau bere. Veniseră pe un drum comunal care ducea până sus pe munte.

— Asta e, spuse Petrus. Sau credeai că o să întâlnești aici sus vreunul din războinicii Cidului pregătit pentru următorul atac al maurilor?

Când am coborât, am făcut pentru ultima oară Exercițiul Vitezei. Ne aflam din nou în fața unei câmpii imense, mărginite de munți albaștri cu o vegetație pitică, arsă de secetă. Aproape că nu erau copaci, doar un teren pietros cu câțiva ciulini. La sfârșitul exercițiului, Petrus mă întrebă ceva despre munca mea, și atunci mi-am dat seama că de mult nu mă mai gândisem la asta. Grijile mele legate de afaceri, de ce încetasem să mai fac, de fapt nu mai existau. Nu-mi aminteam de ele decât noaptea, dar nici atunci nu le mai dădeam importanță. Eram mulțumit că mă aflam acolo, străbătând Drumul spre Santiago.

— Acum te pomenești că o s-o întreci pe Felicia de Aquitania, glumi el, după ce i-am spus ce simțeam. Apoi se opri și-mi ceru să-mi las jos rucsacul.

— Privește în jur și fixează-ți privirea undeva, spuse el.

Eu am ales crucea unei biserici pe care o zăream în depărtare.

— Ține privirea fixă acolo și încearcă să te concentrezi numai asupra a ce-ți voi spune eu. Chiar dacă simți ceva diferit, nu-ți abate atenția. Fă ce-ți spun.

Stăteam în picioare, relaxat, privind fix turnul, în timp ce Petrus se așeză în spatele meu și mă apăsă cu degetul pe ceafă.

— Drumul pe care-l parcurgi este Drumul Puterii și numai exercițiile Puterii îți vor fi arătate. Călătoria, care înainte era o tortură pentru tine, fiindcă nu voiai decât să ajungi mai repede, începe acum să devină plăcere, plăcerea căutării și a aventurii. Cu asta îți alimentezi ceva foarte important, îți hrănești visele. Omul nu poate înceta să viseze niciodată. Visul e hrana sufletului așa cum mâncarea e hrana trupului. De multe ori, de-a lungul existenței noastre, ne vedem visele năruite și dorințele frustrate, dar trebuie să continuăm să visăm, altfel sufletul moare, iar Agape, acea formă a Dragostei, atât de importantă, nu mai pătrunde în el. Mult sânge a curs pe acest câmp, aici s-au dat câteva din bătăliile cele mai sângeroase ale Reconquistei spaniole. Nu contează de partea cui era dreptatea sau adevărul: important e să știi că ambele părți luptau în Lupta Dreaptă. Lupta Dreaptă este cea în care ne aruncăm pentru că inima ne-o cere. În vremurile eroice, pe vremea cavalerilor rătăcitori, lucrul acesta era ușor, erau multe de făcut și mult pământ de cucerit. Însă azi lumea s-a schimbat mult și Lupta Dreaptă s-a mutat de pe câmpul de bătaie în noi înșine. Lupta Dreaptă se poartă în numele viselor. Când acestea explodează în noi cu toată vigoarea, în tinerețe, avem mult curaj, dar încă n-am învățat să luptăm. După multă cazna, învățăm să luptăm, dar atunci nu mai avem același curaj în luptă. De aceea ne întoarcem împotriva noastră și ne luptăm cu noi înșine, ajungând să ne fim cel mai mare dușman. Zicem că visele noastre erau infantile, greu de realizat sau rodul necunoașterii realităților vieții. Ne înăbușim visele pentru că ne este frică să luptăm în Lupta Dreaptă.

Presiunea degetului lui Petrus pe ceafa mea deveni mai puternică. Eu am crezut că turnul bisericii se transforma – conturul crucii părea un om cu aripi. Un înger. Am clipit, și crucea redeveni ce era înainte.

— Primul semn că ne înăbușim visele este lipsa de timp, continuă Petrus. Cei mai ocupați oameni pe care i-am cunoscut în viața mea aveau timp pentru toate. Cei care nu făceau nimic erau tot timpul obosiți, nu vorbeau niciodată despre cât de puține aveau de făcut și se plângeau mereu că ziua era prea scurtă. De fapt, le era frică să lupte în Lupta Dreaptă. Al doilea simptom al morții viselor noastre este certitudinea. Pentru că nu dorim să privim viața ca pe o mare aventură ce urmează a fi trăită, ne apucăm să pozăm în înțelepți, drepți și corecți în puținul pe care-l cerem de la viață. Privim dincolo de zidurile vieții de zi cu zi și auzim zgomotul lăncilor care se rup, simțim mirosul de sudoare și de praf, marile așteptări și privirile însetate de victorie ale războinicilor. Dar nu vedem niciodată bucuria, imensa Bucurie din sufletul celui care luptă, fiindcă pentru el nu contează nici victoria, nici înfrângerea, contează numai Lupta Dreaptă. În sfârșit, al treilea simptom al morții viselor noastre este Pacea. Viața devine o amiază de duminică – nu ne cere nimic, nu vrea decât atât cât vrem noi să dăm. Atunci ne considerăm maturi, lăsăm deoparte fanteziile copilăriei și atingem realizarea personală și profesională. Ne surprinde când cineva de vârsta noastră spune că mai vrea una și alta de la viață. Dar în realitate, în adâncul inimii, știm că am renunțat la lupta pentru vis, am renunțat la Lupta Dreaptă.

Turnul bisericii se tot preschimba, mereu apărea un înger cu aripile desfăcute. Acum, oricât clipeam, nu mai dispărea. Am vrut să-i spun lui Petrus, dar am simțit că încă nu terminase.

— Când renunțăm la vise și ne găsim pacea, spuse el după un timp, avem parte de o scurtă perioadă de liniște. Dar visele moarte încep să putrezească înăuntrul nostru și infestează aerul în care trăim. Devenim cruzi cu cei care ne înconjoară, și în cele din urmă ne îndreptăm cruzimea chiar împotriva noastră. Apar suferințele și psihozele. Ceea ce voiam să evităm în luptă – decepția și înfrângerea – devine singurul testament al lașității noastre. Iar într-o bună zi visele moarte și putrezite fac aerul imposibil de respirat și ajungem să ne dorim moartea, moartea care să ne elibereze de certitudini, de ocupații, de acea pace groaznică a amiezelor de duminică.

Acum eram sigur că vedeam chiar un înger și n-am mai reușit să urmăresc vorbele lui Petrus. Cred că a înțeles, fiindcă și-a luat degetul de pe ceafa mea și n-a mai spus nimic. Imaginea unui înger a mai stăruit câteva clipe, apoi a dispărut. În locul ei răsări din nou turnul bisericii.

Am rămas câteva minute tăcuți. Petrus își răsuci o țigară și începu să fumeze. Eu am scos din rucsac o sticlă de vin și am luat o înghițitură. Era cald, dar savoarea se păstrase.

— Ce ai văzut? întrebă el.

I-am spus de înger. I-am spus că la început, când clipeam, dispărea.

— Și dumneata trebuie să înveți să lupți în Lupta Dreaptă. Ai învățat deja să accepți aventurile și provocările vieții, dar continui să negi extraordinarul.

Petrus scoase din rucsac un obiect mic și mi-l dădu. Era un ac de aur.

— Este un dar de la bunicul meu. În Ordinul RAM, toți străbunii aveau un obiect ca acesta. Se numește „Vârful Cruzimii". Când ai văzut îngerul apărând pe turla bisericii, ai vrut să-l negi. Pentru că era ceva cu care nu erai obișnuit. În viziunea dumitale asupra lumii, bisericile sunt biserici, iar viziunile se pot petrece doar în timpul extazului provocat de Ritualurile Tradiției.

I-am răspuns că viziunea mea a fost mai mult ca sigur efectul presiunii degetului pe ceafă.

— E adevărat, dar asta nu schimbă cu nimic situația. Cert este că ai respins viziunea. Felicia de Aquitania va fi văzut poate ceva asemănător, apoi și-a schimbat toată viața: rezultatul este că și-a prefăcut opera în Dragoste. La fel trebuie că s-a întâmplat cu fratele ei. Și la fel se întâmplă cu toată lumea, în fiecare zi: vedem totdeauna cel mai bun drum, dar apucăm pe acela cu care suntem obișnuiți.

Petrus plecă mai departe, iar eu l-am urmat. Razele soarelui făceau ca acul să strălucească în mâna mea.

— Singurul mod de a ne salva visele este să fim generoși cu noi înșine. Orice încercare de autopedepsire, oricât de subtilă, trebuie să fie tratată sever. Pentru a afla când suntem cruzi cu noi înșine, trebuie să transformăm în durere fizică orice tentativă de durere spirituală: vinovăția, remușcarea, nehotărârea sau lașitatea. Transformând o durere spirituală în durere fizică, vom afla răul pe care ni-l poate pricinui.

Și Petrus mă învăță EXERCIȚIUL CRUZIMII.

Exercițiul Cruzimii

De fiecare dată când îți trece prin cap un gând care crezi că ți-ar putea face rău – gelozie, autocompătimire, suferință din dragoste, invidie, ură etc. – să faci astfel:

Înfigi unghia arătătorului la baza unghiei degetului gros, până ce durerea este destul de intensă. Concentrează-te asupra durerii: ea reflectă în sfera fizică aceeași suferință pe care o simți în sfera spirituală. Eliberează-ți unghia numai când gândul ți-a ieșit din minte.

Repetă ori de câte ori e necesar, până ce gândul te părăsește. Gândul va reveni din ce în ce mai rar și o să dispară complet dacă îți vei înfige unghia în deget de fiecare dată când el apare.

— Pe vremuri foloseau un ac de aur pentru asta, spuse el. În ziua de azi lucrurile s-au schimbat, tot așa cum s-a schimbat peisajul pe Drumul spre Santiago.

Petrus avea dreptate. Văzută de jos, câmpia părea o mare vălurită ce mi se întindea în fața ochilor.

— Gândește-te la un lucru crud pe care l-ai făcut cu tine însuți azi și fă exercițiul.

Nu reușeam să-mi amintesc nici unul.

— Așa se întâmplă mereu. Suntem generoși cu noi exact în puținele momente când ar trebui să fim severi.

Deodată mi-am amintit că m-am considerat un dobitoc pentru că am suit Muntele Iertării așa de greu, când turiștii aceia găsiseră drumul cel mai ușor. Știam că nu aveam dreptate, că eram crud cu mine însumi; turiștii căutau să facă plajă, iar eu îmi căutam spada. Nu eram un idiot, deși mă puteam simți așa. Mi-am înfipt cu putere unghia arătătorului la rădăcina unghiei degetului gros. Am simțit o durere ascuțită, și când mă concentram asupra durerii senzația că fusesem un idiot a dispărut.

I-am spus lui Petrus ce simțisem și el a râs, fără un cuvânt.

În noaptea aceea am rămas la un hotel primitor din acel orășel a cărui biserică o văzusem de departe. După ce am mâncat, am ieșit să facem o plimbare pe străzile din apropiere, pentru a grăbi digestia.

— Dintre toate posibilitățile pe care le-a găsit omul ca să-și facă rău sieși, cea mai rea a fost Dragostea. Suferim mereu pentru cineva care nu ne iubește, pentru cineva care ne-a părăsit, pentru cineva care nu vrea să ne părăsească. Dacă nu suntem căsătoriți înseamnă că nu ne iubește nimeni, dacă suntem – transformăm căsătoria în sclavie. Ce oroare, completă el, întunecat.

Am ajuns la o piațetă, unde se afla biserica văzută de mine. Era mică, fără cine știe ce sofisticării arhitectonice, cu o clopotniță ce se ridica până la cer. Am încercat să văd iar îngerul, dar n-am mai reușit.

Petrus se uita la crucea din înalt. M-am gândit că vede îngerul, dar nu: imediat începu să-mi vorbească.

— Când Fiul Tatălui a coborât pe pământ, a adus cu sine Dragostea. Dar cum oamenii înțeleg Dragostea numai ca suferință și sacrificiu, au ajuns să-L crucifice. Dacă nu era așa, nimeni n-ar fi crezut în dragostea Lui, pentru că toți erau obișnuiți cu suferința zilnică a propriilor iubiri.

Ne-am așezat în mijlocul străzii privind la biserică. Încă o dată Petrus a fost cel care a rupt tăcerea.

— Știi ce înseamnă numele lui Baraba, Paulo? „Bar" înseamnă fiu, iar „aba" înseamnă tată.

Privea fix crucea de pe clopotniță. Ochii îi străluceau și am simțit că era posedat de ceva, poate de dragostea despre care vorbise, dar pe care eu nu reușeam s-o înțeleg prea bine.

— Cum sunt înțelepții trimiși ai gloriei divine! spuse, și vocea lui ridică ecoul în piațeta pustie. Când Pilat a cerut ca poporul să aleagă, de fapt nu i-a dat nici o opțiune. I-a arătat un om sfâșiat, terminat și unul cu capul sus – Baraba, răzvrătit. Dumnezeu știa că poporul îl va trimite pe cel slab la moarte, tocmai pentru a-și dovedi dragostea.

Și conchise:

— Oricum, indiferent de alegere, Fiul Tatălui avea să fie crucificat.

Mesagerul

„Și aici, toate drumurile spre Santiago devin unul singur."

Era dimineața în zori când am ajuns la Puente de la Reina. Fraza era scrisă pe soclul unei statui – un pelerin în costum de epocă, cu tricorn pe cap, mantie, scoici, ținând toiagul cu tărtăcuță în mână – ce amintea de epopeea unei călătorii aproape căzute în uitare, retrăită acum de mine și de Petrus.

Petrecusem noaptea dinainte într-una din multele mânăstiri care se întindeau de-a lungul Drumului. Fratele Portar, care ne primise, ne-a atras atenția că nu puteam schimba nici o vorbă între zidurile abației. Un călugăr tânăr ne-a condus pe fiecare spre chilia lui, unde nu exista decât strictul necesar: un pat tare, așternuturi vechi dar curate, un urcior cu apă și un lighean pentru igiena personală. Nu exista apă curentă, nici vorbă de apă caldă, iar orele de masă erau afișate pe ușă.

La ora arătată, am coborât la refectoriu. Din pricina jurământului de tăcere, călugării comunicau din priviri, iar eu am avut impresia că ochii lor erau mai strălucitori decât ai celorlalți oameni. Cina a fost servită devreme, pe mesele înguste unde ne așezaserăm alături de călugării cu rase maronii. Din locul unde se afla, Petrus îmi făcu un semn pe care eu l-am înțeles imediat: era înnebunit să aprindă o țigară, pesemne că petrecuse toată noaptea fără a-și satisface dorința. Același lucru mi se întâmpla și mie, dar eu mi-am înfipt unghia în deget mai să-mi dea sângele. Clipa era prea frumoasă pentru a fi crud cu mine însumi.

S-a servit masa: supă de legume, pâine, pește și vin. Toți se rugau, iar noi ne-am alăturat lor în rugăciune. Apoi, în timpul mesei, un călugăr lector recită cu voce monotonă fragmente dintr-o epistolă a lui Paul.

— Dumnezeu a ales lucrurile smintite ale lumii ca să-i rușineze pe înțelepți și a ales slăbiciunile din lume ca să-i rușineze pe cei tari, spunea călugărul cu voce suavă și egală. Noi suntem nebuni pentru Hristos. Până acum am ajuns să fim considerați gunoiul lumii, drojdia omenirii. Dar Împărăția Domnului nu stă în vorbe, ci în Putere.

Dojenile lui Paul către corinteni stârniră în refectoriul cu pereți goi un ecou care stărui în tot timpul mesei.

Am intrat în Puente de la Reina vorbind despre călugării din noaptea precedentă. I-am mărturisit lui Petrus că fumasem ascuns în chilie, cu teama că cineva ar putea simți mirosul de tutun. El râse și am înțeles că făcuse același lucru.

— Sfântul Ioan Botezătorul s-a dus în deșert, dar Isus s-a alăturat păcătoșilor și a mers printre ei, spuse el. Iar mie îmi place să fac la fel.

Într-adevăr, cu excepția zilelor petrecute în deșert, Isus a trăit printre oameni.

— Mai mult, prima lui minune nu a fost să salveze sufletul cuiva, să vindece o boală sau să scoată demoni, ci să transforme apa într-un vin excelent la o nuntă, pentru că băutura stăpânului casei se terminase.

După ce spuse asta, se opri brusc. Totul a fost atât de neașteptat că m-am oprit și eu, speriat. Ne aflam în fața podului care dădea numele orășelului. Dar Petrus nu privea spre drumul pe care urma să-l parcurgem. Avea privirea fixată asupra a doi copii care se jucau cu o minge de cauciuc pe marginea râului. Aveau între opt și zece ani și păreau că nu ne-au văzut. În loc să o ia peste pod, Petrus coborî malul abrupt și ajunse aproape de cei doi copii. Eu, ca de obicei, l-am urmat fără o vorbă.

Copiii continuau să nu ne bage în seamă. Petrus se așeză și urmărea joaca, până ce mingea căzu lângă el. Cu o mișcare rapidă, prinse mingea și o aruncă spre mine.

Am prins mingea din zbor și am rămas așteptând să văd ce se va întâmpla.

Unul dintre băieți, care părea mai mare, se apropie. Primul meu impuls a fost să-i dau mingea, dar purtarea lui Petrus a fost așa de neobișnuită, că m-am hotărât să văd ce se va întâmpla.

— Dați-mi mingea, nene, zise puștiul.

Am privit la făptura cea micuță care stătea la doi metri de mine. Mi-am dat seama că era ceva familiar în copilul acela – același sentiment pe care-l avusesem când l-am întâlnit pe țigan.

Puștiul insistă o dată și încă o dată și văzând că eu nu-i răspundeam în nici un fel, se aplecă și luă o piatră de jos.

— Îmi dați mingea sau arunc cu piatra? întrebă el.

Petrus și celălalt copil mă observau tăcuți. Purtarea puștanului m-a iritat.

— Aruncă piatra, i-am spus. Dacă mă lovești, pun mâna pe tine și-ți dau o mamă de bătaie!

Am simțit că Petrus răsufla ușurat. Ceva părea că vrea să răsară din subteranele minții mele. Aveam senzația foarte precisă că mai trăisem odată scena aceea.

Puștiul s-a speriat de vorbele mele. A lăsat piatra jos și m-a luat altfel.

— Aici în Puente de la Reina există o raclă cu moaște, care a fost a unui pelerin foarte bogat. Văd după scoică și după rucsac că și dumneavoastră sunteți pelerini. Dacă-mi dați mingea, vă duc la raclă. E ascunsă în nisip pe aici, pe malul râului.

— Eu vreau mingea, i-am răspuns fără prea mare convingere. De fapt, racla mă interesa mai mult. Puștiul părea să spună adevărul. Dar poate că lui Petrus îi trebuia mingea aceea pentru cine știe ce, iar eu nu puteam să-l decepționez: doar era ghidul meu.

— Nene, matale nu-ți trebuie mingea, spuse băiatul, aproape cu lacrimi în ochi. Sunteți puternic, călătoriți, cunoașteți lumea. Eu n-am văzut decât malurile râului, aici, și n-am decât o jucărie – mingea asta. Vă rog frumos, dați-mi mingea înapoi, nene.

Cuvintele puștiului mi-au pătruns până în adâncul sufletului. Dar atmosfera, atât de ciudat de familiară, senzația că citisem sau trăisem altcândva situația aceea, m-a făcut să mă țin tare și de data asta.

— Nu. Îmi trebuie mingea asta. Îți dau bani ca să-ți cumperi alta, mai bună, dar pe asta o păstrez eu.

Cum am spus aceste cuvinte, timpul parcă s-a oprit. Natura din jurul meu s-a preschimbat fără ca

Petrus să-mi apese cu degetul în ceafă: pentru o fracțiune de secundă mi s-a părut că am fost transportați într-un imens și înspăimântător pustiu cenușiu. Aici nu mai erau nici Petrus, nici celălalt băiat, numai eu și puștiul dinaintea mea. Care era mai mare, avea chipul simpatic și prietenos, dar în ochi îi strălucea ceva care mă înfricoșa.

Viziunea n-a durat mai mult de o secundă. În clipa următoare eram înapoi în Puente de la Reina, locul unde nenumăratele drumuri spre Santiago, venind din toate colțurile Europei, deveneau unul singur. În fața mea, un copil își cerea mingea și avea privirea blândă și tristă.

Petrus se apropie; îmi luă mingea din mână și i-o înapoie băiatului.

— Unde este racla ascunsă? l-am întrebat pe puști.

— Care raclă? întrebă el, în timp ce-și lua prietenul de mână și o rupea la fugă, aruncându-se în apă.

Am suit malul abrupt și în sfârșit am trecut peste pod. Eu am început să pun întrebări despre ce se întâmplase, am vorbit despre viziunea pustiului, dar Petrus a schimbat vorba, spunând că aveam să discutăm despre toate când ne vom fi depărtat puțin de locurile acelea.

După o jumătate de oră am ajuns la o porțiune de drum care încă păstra urme ale pavajului roman. Aici mai era un pod, ruină, unde ne-am așezat ca să ne bem cafeaua de dimineață și să luăm micul dejun pe care ni le dăduseră călugării: pâine de secară, iaurt și brânză de capră.

— De ce voiai mingea puștiului? mă întrebă Petrus.

I-am spus că nu voiam nici o minge. Că făcusem toate astea pentru că el, Petrus, se purtase ciudat.

Ca și cum mingea ar fi fost ceva foarte important pentru el.

— Și chiar a fost. A făcut ca tu să ieși învingător din întâlnirea cu demonul tău personal.

Demonul meu personal? Niciodată de-a lungul întregii călătorii nu mai auzisem asemenea absurditate. Petrecusem șase zile învârtindu-mă prin Pirinei, cunoscusem un preot vrăjitor care nu făcuse nici o vrajă, degetul meu era carne vie fiindcă de câte ori mă gândeam la lucruri crude și rele pentru mine – ipohondrie, sentimente de vinovăție, complexe de inferioritate – eram obligat să-mi înfig unghia în degetul rănit deja. Aici, Petrus avusese dreptate: gândurile negative se răriseră considerabil. Dar povestea asta cu demonul personal era ceva despre care nu mai auzisem vorbindu-se niciodată. Și pe care nu aveam s-o înghit așa ușor.

— Azi, înainte să trecem peste pod, am simțit prezența cuiva care încerca să ne anunțe ceva. Dar anunțul era mai degrabă pentru tine decât pentru mine. Se apropie o luptă, iar tu va trebui să lupți în Lupta cea Dreaptă. Când nu-ți cunoști demonul personal, acesta se întrupează în persoana cea mai apropiată. Am privit în jur, am văzut copiii jucându-se și am dedus că acolo trebuia să fie. Dar eu aveam doar o presimțire. Am fost sigur că apare demonul tău personal numai când ai refuzat să înapoiezi mingea.

I-am răspuns că făcusem toate astea pentru că am crezut că așa voia el.

— De ce? Doar n-am spus nimic.

M-am simțit cam rău. Poate din cauza mâncării, pe care o înghițisem pe nemestecate după aproape o oră de mers pe stomacul gol. În același timp, senzația că puștiul îmi era cunoscut nu-mi ieșea din cap.

— Demonul tău personal te-a ispitit prin trei modalități clasice: cu o amenințare, cu o promisiune și cu partea lui slabă, demnă de milă. Felicitări: ai rezistat cu bravură.

Mi-am adus aminte că și Petrus l-a întrebat pe puști despre raclă. În momentul acela crezusem că puștiul încercase să mă păcălească. Dar trebuia să existe o raclă ascunsă pe acolo – un demon nu face niciodată promisiuni mincinoase.

— Dacă puștiul nu și-a mai amintit de raclă, asta înseamnă că în acel moment demonul tău personal plecase deja.

Și adăugă, fără să clipească:

— E timpul să-l chemi înapoi. O să ai nevoie de el.

Ședeam pe vechiul pod în ruine. Petrus strânse cu grijă resturile de mâncare, punând totul în punga de hârtie pe care ne-o dăduseră călugării. Pe câmpia din fața noastră, oamenii își începuseră munca, dar erau cam departe și nu reușeam să aud ce-și spuneau. Terenul era ondulat, iar bucățile cultivate formau figuri misterioase în peisaj. Sub picioarele noastre, cursul apei, aproape secat, abia murmura.

— Înainte de a pleca în lume, Isus s-a dus să vorbească cu demonul Lui personal în deșert, începu Petrus. A învățat tot ce trebuia să știe despre om, dar n-a lăsat ca demonul să dicteze regula jocului, și în felul acesta a învins. Cândva, un poet a spus că nici un om nu e o insulă. Pentru a lupta în Lupta Dreaptă avem nevoie de ajutor. Avem nevoie de prieteni, și când prietenii nu sunt pe aproape, trebuie să ne transformăm singurătatea în principala noastră armă. Tot ce ne înconjoară trebuie să ne ajute să facem pașii necesari spre obiectivul nostru. Totul trebuie să fie o manifestare personală a voinței noastre de a învinge în Lupta cea Dreaptă. Fără asta, fără să fim conștienți că avem nevoie de toți și de toate, am fi doar niște războinici aroganți. Iar aroganța noastră ne va învinge în final, pentru că vom fi așa de siguri pe noi că nu vom mai vedea capcanele de pe câmpul de bătaie.

Istoria cu războinicii și cu bătăliile mi-a amintit încă o dată de Don Juan-ul lui Carlos Castañeda. M-am întrebat dacă bătrânul vrăjitor indian obișnuia să dea lecții dimineața, înainte ca discipolul lui să poată digera ieșirea din post. Dar Petrus continuă netulburat.

— În afară de forțele fizice care ne înconjoară și ne ajută, există două forțe spirituale de bază lângă noi: un înger și un demon. Îngerul ne apără mereu, și acesta e un har divin – nu trebuie să-l invocăm. Chipul îngerului tău este vizibil totdeauna când vezi lumea cu ochii frumuseții. El este pârâul acesta, țăranii de pe câmp, cerul acesta albastru. Podul cel vechi care ne-a ajutat să trecem peste apă și care a fost pus acolo de mâinile anonime ale legionarilor romani, și el reprezintă chipul îngerului tău. Străbunii noștri îl cunoșteau sub numele de înger păzitor, înger de pază, înger custode. Și demonul este un înger, dar e o forță liberă, rebelă. Prefer să-l numesc Mesager, fiindcă el este principala verigă a legăturii dintre tine și lume. În Antichitate era reprezentat de Mercur, de Hermes Trismegistul – Mesagerul zeilor. Prezența lui este numai în lumea materială. Se află în aurul Bisericii, pentru că aurul vine din pământ și pământul este teritoriul lui. E prezent în munca noastră și în legătura noastră cu banii. Când îl lăsăm liber, tinde să se împrăștie. Când îl exorcizăm, pierdem tot ce e bun din învățătura lui, fiindcă cunoaște foarte bine lumea și pe oameni. Când ne lăsăm fascinați de puterea lui, el ne posedă și ne îndepărtează de Lupta Dreaptă. Cu toate acestea, singurul mod de a intra în contact cu Mesagerul nostru este să-l acceptăm ca prieten. Ascultându-i sfaturile, cerându-i ajutor la nevoie, dar nelăsându-l niciodată să dicteze regulile. Așa cum ai făcut tu cu băiatul. Pentru asta, în primul rând trebuie să știi ce vrei, apoi, să-i cunoști chipul și numele.

— Cum o să aflu toate astea? am întrebat.

Și Petrus mă învăță RITUALUL MESAGERULUI.

Ritualul Mesagerului

1) Așază-te și relaxează-te complet. Lasă-ți mintea să umble pe unde vrea, gândul să curgă fără nici un control. După un timp, repetă-ți: „acum sunt relaxat, iar ochii mei dorm somnul lumii".

2) Când simți că mintea nu-ți mai este prinsă cu nimic, închipuie-ți o coloană de foc la dreapta ta. Ațâță flăcările, ca să fie vii, strălucitoare. Atunci spune-ți încet: „ordon subconștientului meu să se manifeste. El mi se deschide și-și dezvăluie secretele magice". Așteaptă puțin, concentrat asupra coloanei de foc. Dacă apare vreo imagine, ea va fi o manifestare a subconștientului tău. Încearcă s-o reții.

3) Menținând coloana de foc din dreapta, imaginează-ți acum altă coloană de foc, la stânga. Când flăcările vor fi foarte vii, spune încetișor următoarele cuvinte: „Fie ca forța Mielului, care este în tot și-n toate, să fie și în mine când îmi invoc Mesagerul. (Numele Mesagerului) îmi va apărea acum."

4) Discută cu Mesagerul tău, care va trebui să apară între cele două coloane. Discută-ți problema pe care o ai, cere sfaturi și dă-i ordinele necesare.

5) Când discuția s-a terminat, desparte-te de Mesager cu cuvintele: „Mulțumesc Mielului pentru minunea pe care am înfăptuit-o. Fie ca (numele Me-

sagerului) să se întoarcă ori de câte ori îl invoc și, când va fi departe, să mă ajute să-mi realizez opera".

Ia aminte: la prima invocare – sau la primele invocări, depinde de puterea de concentrare a celui care realizează Ritualul – nu se spune numele Mesagerului. Se spune doar „El". Dacă Ritualul a fost bine executat, Mesagerul își dezvăluie imediat numele, prin telepatie. Dacă nu, insistă până ce reușești să-l afli, și numai după aceea poți vorbi cu el. Cu cât repeți mai des Ritualul, cu atât mai puternică va fi prezența Mesagerului și cu atât mai rapide vor fi acțiunile lui.

— Fă-l noaptea, e mai ușor. Azi, la prima voastră întâlnire, îți va spune cum îl cheamă. Numele lui e secret și nu trebuie să fie cunoscut de nimeni niciodată, nici chiar de mine. Cine știe numele Mesagerului tău te poate distruge.

Petrus s-a ridicat și am pornit la drum. În scurt timp, am ajuns la câmpul unde țăranii lucrau pământul. Le-am dat binețe și ne-am continuat drumul.

— Dacă ar fi să folosesc o imagine, aș spune că îngerul e armura ta, iar Mesagerul – spada. O armură te apără în orice împrejurare, spada însă te poate lăsa în toiul luptei, poate ucide un prieten sau se poate întoarce împotriva propriului stăpân. În plus, o spadă e bună la orice, atât doar că nu te poți așeza pe ea, spuse, hohotind încântat.

Ne-am oprit într-un sat ca să luăm prânzul, dar băiatul care ne servea era în mod vizibil supărat. Nu a răspuns întrebărilor noastre, a aruncat neglijent mâncarea pe masă, iar până la urmă a reușit să verse cafeaua pe bermudele lui Petrus. Atunci l-am văzut pe ghidul meu cum nu-l mai văzusem niciodată înainte: furios, l-a chemat pe patron și vocifera arătând lipsa de bună-creștere a chelnerului. S-a dus la baie să se schimbe, iar patronul s-a apucat să-i spele pata de cafea și să-i întindă pantalonii la uscat.

În timp ce așteptam ca soarele de ora două a amiezii să-și facă datoria cu bermudele lui Petrus, eu mă gândeam la tot ce se întâmplase în dimineața aceea. E adevărat că cele mai multe lucruri pe care Petrus la spusese despre copil se potriveau. În plus, eu avusesem viziunea unui deșert și a unui chip. Dar povestea cu Mesagerul mi se părea cam primitivă. Eram în plin secol XX, iar conceptele de infern, păcat și demon nu mai însemnau nimic pentru nici un om cât de cât inteligent. În Tradiție, ale cărei învățături le urmasem mult mai multă vreme decât durase Drumul spre Santiago, Mesagerul – numit chiar demon, fără prejudecăți – era un spirit care domina forțele Terrei, și care era totdeauna favorabil omului. Era invocat în operațiunile magice, dar niciodată ca un aliat și consilier pentru problemele zilnice. Petrus îmi dăduse de înțeles că eu puteam să folosesc prietenia Mesagerului pentru a-mi îmbunătăți munca și a face lumea mai bună. Ideea mi se părea nu doar profană, ci și infantilă.

Însă îi jurasem supunere totală în fața lui madame Lourdes. Drept care încă o dată mi-am înfipt unghia în degetul gros, în carne vie.

— Nu trebuia să mă ambalez, spuse Petrus după ce am ieșit. În fond, n-a vărsat ceașca pe mine, ci pe lumea pe care o urăște. Știe că există o lume uriașă dincolo de propria lui închipuire și participarea lui la această lume se rezumă la a se scula cu noaptea-n cap, a merge la brutărie, a-i servi pe călători și a se masturba noaptea, visând la femei pe care niciodată n-o să le cunoască.

Era ora când trebuia să ne oprim pentru siestă, dar Petrus hotărî să mergem mai departe. Mi-a spus că acesta era un mod de a se căi pentru intoleranța lui. Eu, care nu făcusem nimic rău, a trebuit totuși să-l însoțesc prin soarele acela de foc. Mă gândeam la Lupta Dreaptă și la milioanele de oameni care, în clipa aceea, se aflau răspândiți pe toată planeta și făceau lucuri care nu le plăceau. Exercițiul Cruzimii, deși îmi transformase degetul într-o rană vie, îmi făcea foarte bine. Mă ajuta să înțeleg cât de trădătoare putea să fie mintea mea împingându-mă spre lucruri pe care eu nu le doream și spre sentimente care nu-mi făceau nici un bine. În momentul acela m-am răzgândit, dorind ca Petrus să aibă dreptate: să existe cu adevărat un Mesager cu care să pot vorbi lucruri practice și să pot cere ajutor în lucrurile omenești. Așteptam cu nerăbdare să vină noaptea.

Între timp, Petrus nu încetase să vorbească despre chelner. Până la urmă a ajuns să se convingă de faptul că procedase bine, apelând, încă o dată, la un argument creștin.

— Isus a iertat-o pe femeia adulteră, dar a blestemat smochinul care nu a vrut să-i dea o smochină. Nici eu nu pot fi mereu bun și înțelegător.

Gata. În capul lui, treaba se rezolvase. Biblia l-a salvat încă o dată.

Am ajuns în Estella pe la nouă seara. Am făcut o baie și am coborât la cină. Autorul primului ghid al Rutei Iacobine, Aymeric Picaud, a descris Estella ca pe „un locu roditoriu, cu pâine bună, vinu și mai bunu, carne și pește. Râulu său Ega are apa dulce, de sorbire toată". N-am băut din apa râului, dar în ce privește masa, Picaud încă mai avea dreptate, chiar după opt secole. Ne-au servit pulpă de berbec friptă, anghinare și un vin de Rioja din cea mai bună recoltă. Am zăbovit la masă îndelung, vorbind despre nimicuri și savurând vinul. În sfârșit, Petrus spuse că era ora potrivită pentru a avea primul contact cu Mesagerul.

Ne-am ridicat și am ieșit pe străzile orașului. Câteva ulițe duceau direct la râu – ca în Veneția – și am ales una din ele pentru a mă așeza. Petrus știa că de acum înainte eu conduceam ceremonia și a rămas puțin în urmă.

Am privit râul multă vreme. Apele lui, foșnetul, începură să mă dezlege de lume și să-mi inspire o liniște profundă. Am închis ochii și mi-am închipuit prima coloană de foc. La început mi-a fost cam greu, dar până la urmă a apărut.

Am pronunțat cuvintele rituale și altă coloană a apărut la stânga mea. Spațiul dintre cele două coloane, iluminat de foc, era complet gol. Am stat câteva clipe privind fix acest spațiu, încercând să nu mă gândesc la nimic, pentru ca Mesagerul să-și facă apariția. Dar în loc de această imagine, au început să apară scene exotice: intrarea într-o piramidă, o femeie înveșmântată în aur curat, câțiva negri dansând în jurul unui foc. Imaginile se derulau într-un du-te-vino rapid, iar eu le-am lăsat să curgă fără nici un control. Au mai apărut și multe bucăți din Drumul pe care-l făcusem cu Petrus. Peisaje, restaurante, păduri. Până ce, deodată, deșertul cenușiu pe care-l văzusem dimineața s-a întins între cele două coloane de foc. Și acolo, privindu-mă, stătea omul cel simpatic cu o sclipire trădătoare în ochi.

El a râs, eu am zâmbit în transă. Îmi arătă o geantă închisă pe care o deschise și privi înăuntru, dar eu, din poziția în care mă aflam, nu am putut vedea nimic. Atunci, mi-a venit un nume în minte: Astrain. Am memorat numele și l-am făcut să vibreze între cele coloane de foc, iar Mesagerul dădu din cap afirmativ: îi descoperisem numele.

Trebuia să închei exercițiul. Am spus cuvintele magice și am stins coloanele de foc – mai întâi pe cea din stânga, apoi pe cea din dreapta. Am deschis ochii și am văzut râul Ega în fața mea.

— A fost mult mai ușor decât îmi închipuiam, i-am spus lui Petrus după ce i-am povestit tot ce se petrecuse între coloane.

— Asta a fost prima ta întâlnire. Un contact de recunoaștere și de prietenie reciprocă. Discuția cu Mesagerul va fi folositoare dacă îl vei invoca în fiecare zi, discutându-ți problemele cu el și știind să desparți fără greș ce este ajutor real de ce este capcană. Ține-ți mereu spada pregătită când te întâlnești cu el.

— Dar eu încă nu am spadă, i-am răspuns.

— De aceea nu-ți va putea face prea mult rău. Dar e bine să nu-i dai prilejul.

Ritualul se terminase, iar eu m-am despărțit de Petrus și m-am întors la hotel. Sub pătură, mă gândeam la bietul băiat care ne servise prânzul. Aș fi vrut să mă întorc, să-l învăț Ritualul Mesagerului și să-i spun că totul se putea schimba dacă el voia. Dar era inutil să încerc să salvez lumea: încă nu reușisem să mă salvez nici măcar pe mine însumi.

Dragostea

— Când vorbești cu Mesagerul nu-l întrebi vrute și nevrute despre lumea spiritelor, îmi spuse Petrus a doua zi. Mesagerul nu e folositor decât pentru un singur lucru: să te ajute în lumea materială. Dar nu-ți va da acest ajutor decât dacă știi exact ce vrei.

Ne opriserăm într-un sătuc să bem ceva. Petrus ceruse o bere, iar eu, o băutură răcoritoare. Paharul meu se sprijinea într-o formă de plastic rotundă având niște apă colorată. Degetele mele desenau forme abstracte în apă – eram preocupat.

— Mi-ai spus că Mesagerul s-a întrupat în puștiul acela pentru că trebuia să-mi spună ceva.

— Ceva urgent, confirmă el.

Ne-am continuat discuția despre mesageri, îngeri și demoni. Îmi era foarte greu să accept o întrebuințare atât de prozaică și de practică a misterelor Tradiției. Petrus insista asupra ideii că trebuie să căutăm totdeauna o recompensă, iar eu îmi aminteam că Isus le spunea că cei bogați nu vor intra în Împărăția Cerurilor.

— Isus chiar l-a răsplătit pe omul care a știut să înmulțească talanții stăpânului. În plus, n-au crezut în el, deși era convingător ca orator: a trebuit să facă minuni, să dea recompense celor care îl urmau.

— Nimeni n-o să-L vorbească de rău pe Isus în barul meu, interveni patronul, care ne urmărea conversația.

— Nici vorbă, răspunse Petrus. A-L vorbi de rău pe Isus înseamnă să comiți păcate invocându-I numele. Cum ați făcut domniile voastre aici, chiar în piața asta.

Stăpânul barului șovăi o clipă. Dar răspunse repede:

— Eu n-am avut de-a face cu asta. Eram copil.

— Păi da, totdeauna altcineva e de vină, bombăni Petrus. Patronul ieși pe ușa de la bucătărie. Am întrebat despre ce era vorba.

— Acum cincizeci de ani, în plin secol XX, un țigan a fost ars chiar aici, în față. Acuzat de vrăjitorie și de blasfemii împotriva sfintei cuminecături. Cazul a fost acoperit de atrocitățile războiului civil spaniol și în zilele noastre nimeni nu-și mai aduce aminte de el. Cu excepția locuitorilor acestui sat.

— Și tu de unde știi, Petrus?

— Eu am străbătut deja Drumul spre Santiago.

Am continuat să bem în barul pustiu. Afară era un soare teribil și era ora siestei noastre. Dar la scurt timp, patronul barului reveni cu parohul satului.

— Cine sunteți dumneavoastră? întrebă preotul.

Petrus îi arătă scoica imprimată pe rucsac. De o mie două sute de ani pelerinii trecuseră pe drumul din fața barului, iar tradiția cerea ca fiecare dintre ei să fie respectat și servit, în orice situație. Preotul schimbă tonul.

— Dar cum se face că niște pelerini pe Drumul spre Santiago îl vorbesc de rău pe Isus? întrebă cu un ton ca de predică.

— Nimeni, aici, nu L-a vorbit de rău pe Isus. Vorbeam de rău despre crimele comise în numele lui Isus. Ca țiganul care a fost ars în piață.

Scoica de pe rucsacul lui Petrus îl făcuse și pe patron să o lase mai moale. Ni se adresă, de data aceasta, cu respect.

— Blestemul țiganului mai stăruie și azi, spuse, atrăgându-și o privire mustrătoare din partea preotului.

Petrus insistă să afle mai multe. Preotul spuse că erau povești din popor, fără nici o aprobare din partea Bisericii. Dar patronul continuă:

— Înainte de a muri, țiganul a spus că pruncul cel mai nevârstnic din sat avea să primească și să-i întrupeze demonii lui. Când copilul acesta avea să îmbătrânească și să moară, demonii din el vor trece în alt prunc. Și așa, secole peste secole.

— Pământul de aici e la fel ca pământul tuturor satelor dimprejur, spuse preotul. Când ele suferă de secetă, tot așa suferim și noi. Când plouă acolo și au recoltă bună, și noi ne umplem hambarele. Nu ni s-a întâmplat nimic care să nu se petreacă și în satele vecine. Povestea asta e fantezie curată.

— Nu s-a întâmplat nimic fiindcă noi am ferecat Blestemul, spuse patronul barului.

— Păi, atunci, hai să mergem până la el, zise Petrus. Preotul a râs și a spus că erau doar vorbe. Patronul s-a închinat. Dar nici unul nu s-a clintit.

Petrus plăti nota și mai ceru o dată ca cineva să ne ducă până la cel care primise Blestemul. Preotul se scuză, motivând că trebuia să se înapoieze la biserică, unde întrerupsese treburi importante. Și ieși, înainte ca vreunul dintre noi să poată spune ceva.

Patronul barului îl privi pe Petrus cu teamă.

— Stai liniștit, îi spuse ghidul meu. E de ajuns să ne arăți doar casa unde stă. Iar noi vom încerca să eliberăm satul de Blestem.

Patronul ieși cu noi pe ulița prăfuită, strălucind în soarele fierbinte al amiezii. Am mers împreună până la ieșirea din sat, unde el ne arătă o casă depărtată, pe marginea Drumului.

— Trimitem mereu mâncare, haine, toate cele trebuincioase, se scuză el. Dar nici chiar părintele nu intră acolo.

Ne-am despărțit, iar noi ne-am îndreptat spre casă. Bătrânul a stat și a așteptat, crezând că poate o să trecem mai departe. Dar Petrus s-a dus la intrarea principală și a bătut. Când am privit în urmă, patronul barului dispăruse.

O femeie de vreo șaizeci de ani a venit să ne deschidă. Lângă ea, un câine enorm, negru, dădea din coadă și părea mulțumit de vizită. Femeia ne-a întrebat ce voiam: ne spuse că avea treabă, spăla, și lăsase o oală pe foc. Nu părea surprinsă de vizită. Am dedus că mulți pelerini care nu știau despre Blestem au bătut la ușa aceea, în căutarea unui adăpost.

— Suntem pelerini pe Drumul spre Compostela și avem nevoie de puțină apă fierbinte, spuse Petrus. Știu că n-o să ne refuzați.

Cam în silă, femeia deschise ușa. Am pătruns într-o odaie mică, curată, dar sărăcăcios mobilată. Erau acolo o canapea cu mușamaua zgâriată, un bufet și o masă îngălbenită cu două scaune. Pe bufet, icoana Sfintei Inimi a lui Isus, câțiva sfinți și un crucifix făcut din oglinizi. Două uși dădeau spre o săliță: printr-una puteam zări camera din fund. Femeia îl conduse pe Petrus spre cealaltă ușă, care dădea în bucătărie.

— Am un pic de apă pe foc, spuse ea. O să vă dau o cană, și pe urmă puteți pleca de unde ați venit.

Am rămas singur cu dulăul uriaș în odaie. Acesta dădea din coadă, mulțumit și docil. Peste puțin, femeia se întoarse cu o cutie de conserve veche, o umplu cu apă clocotită și i-o întinse lui Petrus.

— Gata. Plecați cu Dumnezeu.

Dar Petrus nu se mișcă. Scoase un plic de ceai din rucsac, îl băgă în cutie și spuse că i-ar plăcea să împartă puținul pe care-l are cu ea, drept mulțumire că ne-a primit.

Femeia, vizibil contrariată, a adus două cești și s-a așezat cu Petrus la masa îngălbenită. Eu continuam să privesc câinele și ascultam discuția celor doi.

— În sat mi-au spus că există un blestem asupra acestei case, spuse Petrus, cu ton bârfitor. Am simțit că ochii dulăului au scânteiat, ca și cum ar fi înțeles și el discuția. Bătrâna sări ca arsă.

— Asta-i minciună! Superstiții de pe vremuri! Te rog, termină-ți ceaiul imediat, că eu am o grămadă de treabă.

Câinele simți schimbarea bruscă a femeii. Rămase nemișcat, în alertă. Petrus însă continua cu același calm neschimbat. Turnă încet ceaiul în ceașcă, îl duse la gură, apoi îl puse pe masă fără să soarbă nici o picătură.

— E prea fierbinte, spuse el. Să așteptăm să se mai răcească.

Femeia nu s-a mai așezat. Era stânjenită în mod evident de prezența noastră și îi părea rău că deschisese ușa. Observă că eu priveam fix câinele și-l chemă lângă ea. Animalul ascultă, dar când ajunse lângă ea mă privi din nou.

— Uite de asta, dragul meu Paulo, spuse, fără a mă scăpa din ochi. Uite de asta a apărut Mesagerul ieri în copil.

Deodată mi-am dat seama că nu eu eram acela care privea câinele. Chiar de când intrase, acel animal mă hipnotizase și-mi ținuse ochii nedezlipiți de ai lui. Câinele mă privea pe mine și mă făcea să-i îndeplinesc voința. Am început să simt o moleșeală imensă, o dorință de a dormi pe canapeaua aceea zgâriată, pentru că era foarte cald afară și nu mai aveam chef să umblu. Totul mi se părea ciudat, aveam senzația că voi pica într-o capcană. Câinele mă privea fix și pe măsură ce mă privea, mă cuprindea somnul.

— Să mergem, spuse Petrus, ridicându-se și întinzându-mi ceașca de ceai. Bea puțin, fiindcă doamna dorește să plecăm imediat.

Eu șovăiam, abia am putut să iau ceașca, dar apoi ceaiul fiebinte m-a înviorat. Voiam să spun ceva, să întreb cum îl chema pe câine, dar nu puteam scoate nici o vorbă. Ceva înăuntrul meu se deșteptase, ceva ce nu mă învățase Petrus, dar care începea să capete contur. Era o dorință copleșitoare de a spune cuvinte ciudate, cărora nici eu nu le cunoșteam sensul. M-am gândit că Petrus pusese ceva în ceai. Lucrurile toate au început să se depărteze, iar eu nu aveam decât o vagă idee despre faptul că femeia îi cerea lui Petrus să plecăm. Simțeam o stare de euforie, și am început să spun cu voce tare cuvintele ciudate care îmi roiau prin cap.

Din toată încăperea nu-l puteam percepe decât pe câine. Când am început să dau drumul acelor cuvinte ciudate pe care nu le înțelegeam deloc, câinele a început să mârâie. El înțelegea. Din ce în ce mai incitat, vorbeam mereu mai tare. Câinele se ridică și-și arătă colții. Nu mai era animalul blând pe care-l întâlnisem la venire, era ceva rău și amenințător, gata să mă atace. Eu știam că acele cuvinte mă apără, de aceea vorbeam cât mai tare, vărsându-mi toată forța peste câine, simțind că în mine răsărise o putere nouă, care împiedica animalul să mă atace.

Din clipa aceea, totul începu să se desfășoare în *ralenti*. Mi-am dat seama că femeia se îndrepta țipând către mine și voia să mă îmbrâncească spre ușă, dar Petrus o ținea, în timp ce câinele nu dădea nici o atenție luptei celor doi. Mă fixase cu privirea și venea spre mine mârâind și arătându-și colții. Eu încerc să înțeleg limba ciudată pe care o vorbesc, dar de fiecare dată când mă gândesc la înțelesuri, puterea scade și câinele mai face un pas și devine mai puternic. Încep să strig fără să mă mai gândesc la înțelesuri, femeia strigă și ea. Câinele latră și mă amenință, dar atâta timp cât voi continua să vorbesc, voi fi la adăpost. Aud un hohot de râs, dar nu știu dacă e adevărat sau e doar închipuirea mea.

Pe neașteptate, totul începu să se desfășoare în același timp – casa a fost cotropită de un vânt puternic, iar câinele se aruncă peste mine. Am ridicat brațul ca să-mi apăr fața, am urlat un cuvânt și am așteptat impactul.

Câinele se aruncă peste mine cu toată greutatea lui și mă trânti pe canapeaua de mușama. Câteva clipe ne-am privit fix în ochi, apoi sări înapoi și ieși fugind din casă.

Am început să plâng în hohote. Mi-am amintit de familia mea, de nevastă-mea, de prieteni. Mă cuprinsese un val uriaș de dragoste, o bucurie imensă și absurdă, pentru că acum îmi dădeam seama de toată povestea aceea cu câinele. Petrus mă luă de braț și mă conduse afară, amândoi îmbrânciți de femeie. Am privit în jur și n-am văzut nici urmă de câine. L-am îmbrățișat pe Petrus și am continuat să plâng, plecând apoi sub soarele fierbinte.

N-am mai reușit să-mi amintesc drumul acela, știu doar că mi-am revenit când stăteam pe marginea unei fântâni, iar Petrus îmi arunca apă pe față și la ceafă. I-am cerut o înghițitură, dar el mi-a spus că dacă beau ceva acum, o să vomit. Îmi era puțin greață, dar în rest mă simțeam bine. Mă cuprinsese o iubire imensă, pentru toți și pentru toate. Am privit în jur și am văzut copacii de pe marginea drumului, fântâna, simțeam briza răcoroasă și auzeam păsărelele ciripind în tufișuri. Am zărit chipul îngerului meu, așa cum îmi spusese Petrus. Am întrebat dacă eram departe de casa femeii aceleia. El mi-a spus că mersesem vreo cincisprezece minute.

— Probabil că vrei să știi ce s-a întâmplat, îmi spuse el.

De fapt, nu aveam nici o nelămurire. Eram mulțumit cu Iubirea aceea imensă care mă cuprinsese. Câinele, femeia, patronul barului, toate erau o amintire ștearsă care părea să nu aibă nici o legătură cu ce simțeam eu acum. I-am spus lui Petrus că aș vrea să merg puțin, pentru că acum mă simțeam bine.

M-am ridicat și ne-am reluat Drumul spre Santiago. Toată seara n-am scos o vorbă, cufundat în sentimentul acela plăcut care părea să umple tot spațiul. Când și când îmi spuneam că Petrus pusese vreun drog în ceai, dar oricum nu avea nici o importanță. Important era să văd munții, pârâurile, florile de pe drum, trăsăturile slăvite de pe chipul îngerului meu.

Am ajuns la un hotel la opt seara, iar eu continuam – deși cu intensitate mai scăzută – să simt starea aceea de beatitudine. Patronul îmi ceru pașaportul ca să mă înregistreze și eu i l-am întins.

— Sunteți din Brazilia? Am fost și eu acolo. Am stat într-un hotel de la plaja Ipanema.

Fraza aceea absurdă mi-a redat simțul realității. În mijlocul Rutei Iacobine, într-un sat ridicat cu secole în urmă, exista un hotelier care cunoștea plaja Ipanema.

— Sunt pregătit să discutăm, i-am spus lui Petrus. Trebuie să știu tot ce s-a întâmplat azi.

Senzația de beatitudine dispăruse. În locul ei, apăruse din nou Rațiunea, cu temerile ei de necunoscut, cu urgenta și absoluta necesitate de a pune din nou picioarele pe pământ.

— După cină, răspunse el.

Petrus ceru ca patronul hotelului să ne dea drumul la televizor, dar fără sunet. Spuse că acesta era cel mai bun mod de a asculta fără a pune prea multe întrebări, pentru că o parte din mine era ocupată să privească ce se petrecea pe ecran. M-a întrebat până unde îmi aminteam cele întâmplate. I-am spus că-mi aminteam tot, mai puțin drumul până la fântână.

— Asta nu are nici o legătură cu povestea, răspunse el. La televizor, începuse un film a cărui acțiune se petrecea la niște mine de cărbuni. Personajele erau îmbrăcate cu haine de la începutul secolului.

— Ieri, când am presimțit starea de urgență a Mesagerului tău, am înțeles că se pregătea o bătălie pe Drumul spre Santiago. Tu te afli aici pentru a-ți găsi spada și pentru a învăța Practicile RAM. Dar întotdeauna când o călăuză conduce un pelerin, apare cel puțin o situație care le scapă de sub control și care este ca un fel de aplicare practică a celor învățate. În cazul tău, a fost întâlnirea cu câinele.

Amănuntele luptei și motivul pentru care se cuibăriseră așa de mulți demoni în câine o să ți le explic mai târziu. Acum, important este să înțelegi că femeia se obișnuise cu Blestemul. Acceptase totul ca și cum era ceva normal, iar meschinăria lumii i se părea un lucru bun. A învățat să se mulțumească cu foarte puțin, când viața este așa de generoasă și vrea mereu să ne dea mai mult.

Când ai scos demonii din biata bătrână, ai dezechilibrat și tu universul. Zilele trecute am discutat despre cruzimile pe care oamenii sunt în stare să le comită cu ei înșiși. De multe ori, când încercăm să le arătăm binele, să le arătăm că viața este generoasă, ei ne resping argumentele, ca și cum ar veni din partea diavolului. Nimănui nu-i place să ceară mult de la viață, pentru că-i este frică de înfrângere. Dar cine vrea să lupte în Lupta Dreaptă trebuie să privească lumea ca și cum ar fi o comoară imensă care se află acolo pentru a fi descoperită și cucerită.

Petrus mă întrebă dacă eu știam pentru ce venisem acolo, pe Drumul spre Santiago.

— Ca să-mi caut spada, i-am răspuns.

— Și la ce-ți trebuie spada?

— Îmi va aduce Puterea și Înțelepciunea Tradiției.

Am simțit că răspunsul meu nu-l mulțumise deplin. Dar el continuă:

— Ești aici în căutarea unei recompense. Îndrăznește să visezi și vei face posibilă transformarea acestui vis în realitate. Trebuie să știi mai bine ce vei face cu spada, și asta trebuie să clarifici înainte de a ajunge la ea. Dar există cel puțin un lucru în favoarea ta: cauți o Recompensă. Străbați Drumul spre Santiago numai pentru că dorești să fii recompensat pentru efortul tău. Am observat deja că tot ce te învăț, aplici, căutând un obiectiv practic. Ăsta e un lucru foarte bun. Mai lipsește doar să îmbini Practicile RAM cu propriile intuiții. Limbajul inimii tale va fi acela care va determina modalitatea corectă de a descoperi și de a mânui spada. Dacă nu, Exercițiile și Practicile RAM se vor pierde în știința inutilă a Tradiției.

Petrus îmi mai spusese toate astea și cu altă ocazie, altfel, dar în ciuda faptului că eram întru totul de acord cu el, nu asta mă interesa pe mine acum să aflu. Se petrecuseră două lucruri pe care nu mi le puteam explica: limba ciudată pe care o vorbisem și senzația de bucurie și de iubire, după ce scosesem afară câinele.

— Senzația de bucurie ai simțit-o pentru că gestul tău a fost atins de Agape.

— Tot pomenești de Agape, dar până acum nu mi-ai explicat ce înseamnă de fapt. Am senzația că este vorba de ceva legat de o formă superioară de iubire.

— Chiar asta este. În curând va sosi momentul să trăiești această iubire intensă, dragostea care-l devorează pe cel care iubește. Cât despre asta, mulțumește-te să știi că ea se manifestă liber în tine.

— Am mai avut senzația asta și înainte, dar mai scurtă și cumva altfel. Mi se întâmpla totdeauna după o victorie profesională, după o cucerire, sau când presimțeam că Soarta avea să fie generoasă cu mine. Dar de câte ori apărea această senzație, mă inhibam și-mi era teamă s-o trăiesc intens. Ca și cum bucuria ar fi putut trezi invidia celorlalți sau ca și cum eu nu aș fi fost demn s-o primesc.

— Noi toți, înainte de a cunoaște Agape, ne purtăm așa, spuse el, privind fix ecranul televizorului.

Atunci l-am întrebat și despre limba necunoscută pe care o vorbisem.

— A fost o surpriză și pentru mine. Nu este o Practică RAM a Drumului spre Santiago. E vorba despre Carismă și ține de Practicile RAM ale Drumului spre Roma.

Auzisem vorbindu-se câte ceva despre Carisme, dar i-am cerut lui Petrus să-mi explice mai bine.

— Carismele sunt haruri ale Sfântului Duh coborâte peste unii oameni. Sunt o mulțime: harul vindecării, harul miracolelor, harul profeției și multe altele. Tu ai experimentat Harul Limbilor, același pe care apostolii l-au simțit de Rusalii. Harul Limbilor e legat de comunicarea directă cu Sfântul Duh. E bun pentru rugăciuni puternice, exorcisme – cum a fost cazul la tine – și înțelepciune. Zilele cât ai mers pe jos pe Drum și Practicile RAM, împreună cu pericolul pe care câinele îl reprezenta pentru tine, au trezit din întâmplare Harul Limbilor. N-o să ți se mai întâmple, dacă n-o să-ți găsești spada și n-o să te hotărăști să străbați Drumul spre Roma. Oricum, a fost un semn bun.

Mi-am întors privirea spre televizorul fără sunet. Povestea minei de cărbuni se transformase într-o succesiune de imagini de bărbați și femei care vorbeau necontenit, discutau, se certau. Din când în când, un actor se săruta cu o actriță.

— Încă ceva, spuse Petrus. Poate că vei mai întâlni câinele; să nu încerci să trezești iar Harul Limbilor, pentru că nu se va mai întoarce. Încrede-te în ceea ce-ți va spune intuiția. O să te învăț încă o Practică RAM, care îți va trezi intuiția. În felul acesta vei începe să cunoști limbajul secret al minții tale, care-ți va fi foarte folositor în orice moment din viață.

Petrus închise televizorul tocmai când voiam să aflu ceva despre intrigă. Apoi se duse la bar și ceru o sticlă cu apă minerală. Am băut puțin, iar el luă restul cu el, afară.

Ne-am așezat sub cerul liber, și câteva clipe nimeni nu a scos o vorbă. Liniștea nopții ne învăluia, iar Calea Lactee, de sus din cer, îmi amintea stăruitor obiectivul: să-mi găsesc spada.

După o vreme, Petrus mă învăță EXERCIȚIUL APEI.

Exercițiul Apei (Deșteptarea Intuiției)

Toarnă apă pe o suprafață lină și neabsorbantă. Privește-o câteva clipe. Apoi joacă-te, fără nici un scop, fără motiv, cu apa. Trasează desene care nu înseamnă nimic. Fă exercițiul o săptămână, zăbovind de fiecare dată cel puțin zece minute.

Nu căuta rezultate practice în acest exercițiu, pentru că el îți va trezi, în scurt timp, Intuiția. Când va începe să se manifeste la alte ore ale zilei, ai întotdeauna încredere în ea.

— Sunt obosit și mă duc să mă culc, spuse el. Dar tu fă exercițiul ăsta acum. Trezește-ți iar intuiția, latura secretă. Lasă logica, pentru că apa e un element fluid și nu se va lăsa dominat cu ușurință. Dar ea te va pune, foarte curând, fără violență, într-o nouă relație cu universul.

Și adăugă, înainte de a intra în hotel:

— Nu totdeauna primește omul ajutorul unui câine.

Am mai savurat puțin răcoarea și liniștea nopții. Hotelul era depărtat de oraș, așa că nimeni nu trecea pe drum prin fața mea. Mi-am amintit că patronul cunoștea plaja Ipanema și i se părea probabil absurd că eu mă aflam în locurile acestea așa de aride, ars de soarele care se întorcea în fiecare zi cu aceeași furie.

A început să-mi fie somn, așa că m-am hotărât să fac exercițiul imediat. Am vărsat apa din sticlă pe ciment. S-a făcut imediat o mică baltă. N-avea nici o formă specială, și nici eu nu eram interesat să-i găsesc. Degetele au început să mi se plimbe prin apa rece și am simțit același tip de hipnoză pe care oamenii o simt când privesc focul. Nu mă gândeam la nimic, mă jucam doar, fără țintă. Mă jucam cu apa.

Am făcut câteva linii pe margine și păru că se transformă într-un sol ud, dar liniile se amestecau și se topeau imediat. Cu palma, am pleoscăit drept în mijlocul bălții; apa se răspândi împrejur, umplând cimentul de stropi, stele negre pe fond cenușiu. Mă dăruisem cu totul acelui exercițiu absurd, care nu avea absolut nici o finalitate, dar care era așa de plăcut. Am simțit că mintea mi se oprise aproape de tot, ceea ce de obicei reușeam după îndelungi ore de meditație și relaxare. În același timp, ceva îmi spunea că în adâncul sinelui meu, în cotloanele cele mai ascunse ale minții, creștea o forță care se pregătea să se manifeste.

Am stat multă vreme jucându-mă cu apa și mi-a fost greu să încetez exercițiul. Dacă Petrus m-ar fi învățat exercițiul apei la începutul călătoriei, cu siguranță aș fi considerat că era pierdere de vreme. Dar acum, după ce vorbisem în limbi necunoscute și expulzasem diavoli, băltoaca de apă stabilea un contact – încă fragil – cu Calea Lactee de deasupra mea. Îi reflecta stelele, crea desene pe care eu nu le înțelegeam și nu-mi dădea senzația de pierdere de timp, ci de creație a unui nou cod de comunicare cu lumea. Codul secret al sufletului, limba pe care o cunoaștem și pe care o ascultăm așa de puțin.

Când mi-am dat seama de toate, era destul de târziu. Luminile de la recepție se stinseseră și am intrat fără zgomot. În cameră, l-am mai invocat o dată pe Astrain. Mi-a apărut mai clar, și atunci eu i-am vorbit despre spada mea, despre scopurile vieții mele. Deocamdată el nu răspundea nimic, dar Petrus îmi spusese că invocându-l mereu, Astrain avea să devină o prezență vie și puternică lângă mine.

Nunta

Logroño este unul dintre cele mai mari orașe străbătute de pelerinii care merg pe Ruta Iacobină. Înaintea acestuia, singurul oraș mare prin care trecusem fusese Pamplona, dar nu înnoptasem acolo. În plus, în seara când am ajuns la Logroño, orașul era pregătit pentru o mare sărbătoare, iar Petrus a sugerat să rămânem aici, cel puțin pentru o noapte.

Dar eu mă obișnuisem deja cu liniștea și libertatea câmpiei, așa că ideea nu prea mi-a surâs. Trecuseră cinci zile de la incidentul cu câinele, iar eu îl invocam în fiecare seară pe Astrain și făceam exercițiul apei. Mă simțeam mult mai liniștit, conștient de importanța Drumului spre Santiago în viața mea și în ce voi întreprinde de acum înainte. În pofida peisajului arid, a mâncării nu totdeauna grozave, a oboselii provocate de zilele nesfârșite de drumeție, trăiam un vis real.

Dar toate acestea au rămas în urmă atunci când am ajuns la Logroño. În locul aerului fierbinte, dar pur din câmpiile din interior, aici atmosfera era aceea a unui oraș plin de mașini, ziariști și echipe de televiziune. Petrus intră în primul bar ca să întrebe ce se întâmpla.

— Cum, nu știți? E nunta fiicei colonelului M., i se răspunse. O să avem un mare banchet public în piață, iar eu azi închid mai devreme.

A fost greu să găsim un hotel, dar am reușit să ne cazăm la niște bătrânei care au văzut scoica pe rucsacul lui Petrus. Am făcut o baie, eu mi-am pus singurii pantaloni lungi pe care-i luasem și am plecat spre piață.

Aici, zeci de angajați asudând sub cort și îmbrăcați în negru, aranjau ultimele detalii la mesele răspândite peste tot. O televiziune spaniolă lua câteva imagini cu pregătirile. Am luat-o pe o străduță care dădea spre catedrala parohială Santiago El Real, unde ceremonia era gata să înceapă.

Oameni bine îmbrăcați, femei cu machiajul cam întins din cauza căldurii, copii cu haine albe și priviri smerite intrau valuri-valuri în biserică. Câteva focuri de artificii au bubuit deasupra noastră și o imensă limuzină neagră s-a oprit la intrarea principală. Sosise ginerele. Eu și Petrus n-am reușit să intrăm în biserica plină ochi, așa că ne-am hotărât să ne întoarcem în piață.

Petrus s-a dus să dea o raită pe acolo, iar eu m-am așezat pe o bancă, așteptând să se termine cununia religioasă și să înceapă banchetul. Lângă mine, un vânzător de floricele aștepta sfârșitul ceremoniei ca să-și rotunjească încasările.

— Și dumneata ești invitat? întrebă vânzătorul.

— Nu, am răspuns eu. Suntem pelerini pe drumul spre Compostela.

— De la Madrid există un tren direct până acolo, și dacă călătorești vinerea, ai dreptul la o noapte gratis la hotel.

— Dar noi facem un pelerinaj.

Vânzătorul mă privi și spuse cu multă grijă:

— Pelerinajul e pentru oameni sfinți.

N-am insistat. Bătrânul începu să-mi povestească altele, că-și măritase deja fata, dar acum ea trăia despărțită de bărbatu-său.

— Ehe, pe vremea lui Franco era mult mai mult respect, spuse el. În ziua de azi nimeni nu se mai uită la familia lui.

Deși mă aflam într-o țară străină și deci nu era indicat să fac politică, nu am putut să las lucrurile astea fără răspuns. I-am zis că Franco fusese un dictator și că nimic din perioada aceea nu putea să fie ceva bun.

Bătrânul se făcu foc.

— Da' cine ești dumneata ca să vorbești așa?

— Eu cunosc istoria țării dumitale. Cunosc lupta poporului dumitale pentru libertate. Am citit despre crimele din timpul războiului civil spaniol.

— Păi să știți că eu chiar am participat la război. Pot vorbi, fiindcă a curs sânge din sângele meu atunci. Istoria pe care dumneavoastră ați citit-o nu mă interesează; mă interesează ce se întâmplă în familia mea. Eu am luptat împotriva lui Franco, dar după ce ne-a învins, viața mea a devenit mai bună. Nu mai sunt sărac și am o mașină de făcut floricele. Guvernul ăsta socialist de acum nu m-a ajutat să obțin toate astea. Trăiesc mai rău acum decât înainte.

Mi-am adus aminte de ce spunea Petrus despre oamenii care se mulțumeau cu puțin în viață. N-am mai vrut să insist și am plecat de pe banca aceea.

Petrus veni și se așeză pe bancă lângă mine. I-am povestit despre întâmplarea cu vânzătorul de floricele.

— E bine să stai de vorbă, spuse el, mai ales când vrei să vezi cu cine ai de-a face. Eu sunt din Partidul Comunist Italian, și nu-ți cunoșteam înclinațiile fasciste.

— Ce înclinații fasciste? întreb eu, indignat.

— L-ai ajutat pe bătrân să se convingă de faptul că Franco era mai bun. Poate că el habar n-avea de ce îl prefera. Acuma știe.

— Dar și eu sunt foarte surprins să aflu că Partidul Comunist Italian crede în harul Sfântului Duh.

— Eh, oamenii sunt curioși să știe ce-or să zică vecinii, spuse el, și-l imită pe Papă.

Am râs amândoi. Câteva focuri de artificii au bubuit iar. Orchestra sui pe estrada din piață și începu să-și acordeze instrumentele. Petrecerea trebuia să înceapă dintr-o clipă într-alta.

Am privit spre cer. Începea să se întunece și apăruseră deja câteva stele. Petrus se duse la unul dintre chelneri și căpătă două pahare de plastic pline cu vin.

— Aduce noroc dacă bei un pic înainte de începerea petrecerii, spuse el, întinzându-mi un pahar. Ia de-aici. O să te ajute să-l uiți pe moșul cu floricele.

— Nici nu mă mai gândeam la asta.

— Dar trebuia. Pentru că ceea ce s-a întâmplat este mesajul simbolic al unui comportament greșit. Tot timpul încercăm să câștigăm adepți pentru explicațiile pe care le dăm Universului. Considerăm că numărul de oameni care cred în același lucru ca și noi va face ca lucrul respectiv să devină realitate. Și nu e deloc așa. Privește în jurul tău. Se pregătește o petrecere uriașă și o comemorare o să înceapă în același timp. Multe lucruri se petrec în același timp: visul tatălui care vrea să-și căsătorească fiica, visul fetei care vrea să se mărite, visul ginerelui. E un lucru bun, pentru că ei cred în acest vis și vor să arate tuturor că și-au atins țelul. Nu este o petrecere care trebuie să convingă pe cineva, de aceea va fi distractivă. Totul arată că sunt oameni care au luptat în Lupta Dreaptă cu dragoste.

— Dar tu încerci să mă convingi, Petrus. Mă conduci pe Drumul spre Santiago.

M-a privit cu răceală.

— Eu te învăț Practicile RAM. Iar tu vei ajunge la spada ta numai dacă vei descoperi că în inima ta se află drumul, adevărul și viața.

Petrus arătă spre cer, unde stelele străluceau acum din plin.

— Calea Lactee arată Drumul spre Compostela. Nu există religie care să poată strânge toate stelele, fiindcă de s-ar întâmpla asta, Universul ar deveni un imens spațiu gol și și-ar pierde rațiunea de a fi. Fiecare stea – și fiecare om – are trăsături speciale. Există stele verzi, galbene, albastre, albe, există comete, meteori și meteoriți, nebuloase și inele. Ceea ce pare, de aici de jos, o porțiune de punctișoare asemenea, sunt în realitate milioane de lucruri diferite, răspândite într-un spațiu dincolo de înțelegerea omenească.

Un foc de artificii izbucni și lumina lui întunecă pentru o clipă cerul. O cascadă de particule verzi și strălucitoare apăru pe boltă.

— Până acum i-am auzit numai zgomotul, pentru că era încă ziuă. Acum îi putem vedea lumina, spuse Petrus. Asta e singura schimbare la care poate omul să aspire.

Mireasa ieși din biserică, iar oamenii au aruncat orez și au ovaționat-o. Era o fetiță slăbuță, de vreo șaptesprezece ani, la braț cu un flăcău în frac de gală. Toți au ieșit și s-au îndreptat spre piață.

— Ia uită-te la Colonelul M.! Vezi rochia miresei? E frumoasă! spuneau câteva fete de lângă noi. Invitații au înconjurat mesele, chelnerii au turnat vinul și orchestra a început să cânte. Bătrânelul cu floricele a fost imediat luat cu asalt de o mulțime de puștani nebunatici care întindeau banii și scăpau pungile pe jos. Mi-am închipuit că, pentru locuitorii din Logroño, cel puțin în noaptea aceea, nu mai existau restul lumii, amenințarea războiului nuclear, șomajul, crimele și moartea. Noaptea era o *fiesta*, mesele din piață erau pentru popor, toți se simțeau importanți.

O echipă de televiziune își îndreptă atenția către noi, iar Petrus își ascunse fața. Dar echipa trecu mai departe, în căutarea unuia dintre invitați, care se afla lângă noi. L-am recunoscut imediat: era Manolo, șeful galeriei spaniole de microbiști la Mondialele din Mexic. Când s-a terminat interviul, m-am îndreptat spre el. I-am spus că eram brazilian și el, făcând pe supăratul, s-a plâns de un gol furat în prima partidă la Mondiale. Dar imediat m-a îmbrățișat și mi-a spus că Brazilia o să aibă iar cei mai buni jucători din lume.

— Dar cum reușești să vezi jocul, dacă ești mereu cu spatele spre teren, dirijând galeria? l-am întrebat. Era ceva care-mi atrăsese atenția în mod special ai timpul transmisiunilor de la Campionat.

— Asta-i bucuria mea. Să ajut galeria să creadă în victorie.

Și încheie, ca și cum ar fi fost ghid pe Drumul spre Santiago:

— O galerie fără credință face ca o echipă să piardă și când e gata victorioasă.

Manolo a fost imediat acaparat de alții, dar eu am rămas cu gândul la vorbele lui. Chiar dacă nu străbătuse niciodată Ruta Iacobină, știa și el cum era să lupți în Lupta Dreaptă.

L-am descoperit pe Petrus ascuns într-un colț, în mod vizibil deranjat de prezența echipelor de televiziune. Numai după ce s-au stins reflectoarele a ieșit de după copacii din piață și a părut ceva mai relaxat. Am mai cerut două pahare cu vin, eu mi-am pus o farfurie cu gustări, iar Petrus a găsit un loc unde să ne așezăm, lângă alți meseni.

Mirii au tăiat un tort uriaș. Din nou au izbucnit urale.

— Probabil că se iubesc, am gândit eu cu voce tare.

— Bineînțeles că se iubesc, îmi răspunse un domn cu costum închis, care stătea la masa noastră. Ați mai văzut pe cineva să se însoare pentru alt motiv?

M-am abținut, amintindu-mi ce-mi spusese Petrus despre vânzătorul de floricele. Dar ghidul meu nu lăsă lucrurile așa.

— La ce fel de iubire vă referiți: la Eros, Philos sau Agape?

Omul privi fără să înțeleagă. Petrus se ridică, își umplu iar paharul și-mi propuse să ne plimbăm puțin.

— Există trei cuvinte grecești pentru a desemna dragostea, începu el. Astăzi ai asistat la manifestarea lui Eros, sentimentul acela care se naște între două persoane.

Mirii zâmbeau spre flash-uri și primeau felicitări.

— Se pare că cei doi se iubesc, spuse el, arătând spre miri. Și cred că iubirea e ceva care crește. În curând se vor lupta ei singuri cu viața, își vor face o casă, vor fi parteneri în aceeași aventură. Toate astea sporesc dragostea și îi oferă demnitate. El își va urma cariera militară, ea va trebui să învețe să gătească și să devină o gospodină neîntrecută, pentru că așa a fost educată de mică. Îi va fi alături soțului, vor avea copii și vor simți că amândoi construiesc ceva împreună – pentru că se află în bătălia Luptei Drepte. Și atunci, cu toate piedicile, niciodată nu vor înceta să fie fericiți. Cu toate acestea, povestea asta pe care ți-o spun se poate desfășura și pe dos. El poate începe să simtă că nu e destul de liber ca să-și manifeste tot Erosul, toată iubirea pe care o simte pentru alte femei. Ea poate începe să simtă că și-a sacrificat o carieră și o viață strălucită pentru a-și urma soțul. Și atunci, în locul creației comune, fiecare se va simți furat în modul lui de a iubi. Eros, spiritul care-i unește, va începe să-și arate doar partea rea. Și ceea ce Dumnezeu a dat omului ca să-i fie cel mai nobil sentiment, va deveni sursă de ură și distrugere.

Am privit în jur. Eros se vădea în mai multe familii. Exercițiul Apei trezise în mine limbajul inimii și acum vedeam altfel oamenii. Poate era datorită zilelor de singurătate prin desișuri sau a Practicilor RAM. Dar acum puteam simți prezența Erosului Bun și a Erosului Rău, exact cum mi-l descrisese Petrus.

— Fii atent ce curios, spuse Petrus, când a observat același lucru. Indiferent dacă e bun sau rău, chipul lui Eros nu-i niciodată la fel la toți oamenii. Exact ca și stelele despre care vorbeam acum o jumătate de oră. Și nimeni nu poate scăpa de Eros. Toți au nevoie de prezența lui, deși de multe ori Eros ne face să ne simțim departe de lume, zăvorâți în singurătatea noastră.

Orchestra a început să cânte un vals. Oamenii s-au dus pe un ring micuț din fața estradei și au început să danseze. Alcoolul își făcea efectul și toți erau mai asudați și mai veseli. Am zărit o fată îmbrăcată în albastru care așteptase probabil nunta aceasta numai ca să vină momentul valsului – pentru că voia să danseze cu cineva cu care visa să se îmbrățișeze încă de când ajunsese la vârsta adolescenței. Ochii ei urmăreau mișcările unui tânăr bine îmbrăcat, în costum deschis, care se afla într-un cerc de prieteni. Vorbeau toți și râdeau, și nu observaseră că valsul începuse și la câțiva pași de ei o fată în albastru îl privește insistent pe unul dintre ei.

Mă gândeam la orașele mici, la căsătoriile visate încă din copilărie cu alesul fiecăreia.

Fata în albastru a văzut că o priveam și a plecat de lângă ring. Chiar atunci tânărul o căută din ochi. Cum descoperi că se afla lângă alte fete, își continuă conversația animată cu prietenii.

L-am făcut atent pe Petrus. El urmări o vreme jocul privirilor, apoi se întoarse la paharul lui de vin.

— Se poartă ca și cum ar fi o rușine să arate că se iubesc, a fost singurul lui comentariu.

O fată din fața noastră ne privea fix. Avea probabil jumătate din vârsta noastră. Petrus ridică paharul și-i făcu o urare. Fata râse rușinată și făcu un gest arătând spre părinți, parcă dezvinovățindu-se că nu poate veni mai aproape.

— Asta-i partea frumoasă a iubirii, spuse el. Iubirea care provoacă, iubirea a doi străini mai în vârstă care au venit de departe și mâine pleacă deja. Într-o lume în care și ei i-ar plăcea să pătrundă.

După voce, mi-am dat seama că lui Petrus i se cam suise vinul la cap.

— Azi vom vorbi despre Iubire! spuse ghidul meu, cam tare. Vom vorbi despre această iubire adevărată, care crește mereu, mișcând lumea și făcându-l pe om înțelept!

O femeie bine îmbrăcată, lângă noi, părea să nu dea nici o atenție petrecerii. Trecea de la o masă la alta și strângea paharele, farfuriile și tacâmurile.

— Uită-te la doamna aceea, zise Petrus, cea care tot strânge la vase de nu se mai oprește. Așa cum ți-am spus, Eros are multe fețe, și asta este una dintre ele. Este iubirea frustrată, care se împlinește în nefericirea altora. O să se ducă să-i sărute pe mire și pe mireasă, dar o să-și spună că nu sunt făcuți unul pentru celălalt. Încearcă să facă ordine în lume pentru că ea însăși e în mare dezordine. Iar dincoace – și arătă spre altă familie, cu femeia machiată strident și cu părul perfect înțepenit în bucle – este Erosul admis. Iubirea socială, fără pic de emoție. Ea și-a acceptat rolul și a tăiat toate legăturile cu lumea și cu Lupta Dreaptă.

— Ești tare încrâncenat, Petrus. Nu există nimeni aici care să se salveze?

— Ba sigur că există. Copila care ne-a privit. Adolescenții care dansează și care nu cunosc decât Erosul Bun. Dacă nu se vor lăsa dominați de ipocrizia iubirii care a stăpânit generația trecută, lumea va fi alta, cu siguranță.

Arătă spre o familie de bătrâni de la o masă alăturată.

— Și aceia. Nu s-au lăsat contagiați de ipocrizie, ca mulți alții. După aparențe, e o familie de muncitori. Foamea și nevoile i-au obligat să muncească împreună. Au învățat Practicile pe care le înveți și tu fără să fi auzit vreodată vorbindu-se de RAM.

Pentru că și-au extras puterea dragostei din munca lor. Aici Eros își arată fața lui cea mai frumoasă, pentru că se unește cu Philos.

— Ce este Philos?

— Philos e Iubirea sub forma prieteniei. Este ceea ce simt eu pentru tine și pentru alții. Când flacăra lui Eros nu mai reușește să strălucească, Philos menține familia unită.

— Și Agape?

— Azi nu e o zi potrivită să vorbim despre Agape. Agape este în Eros și în Philos, dar asta nu-i decât o frază. Hai să ne distrăm la petrecerea asta, fără să pomenim de Iubirea Care Devorează – și Petrus își mai turnă un pahar de vin.

În jurul nostru era o veselie ce contagiase totul. Petrus se cherchelise și, la început, m-a cam șocat. Dar mi-am amintit ce-mi spusese într-o seară, că Practicile RAM aveau sens numai dacă puteau fi executate de un om obișnuit.

În noaptea aceea, Petrus îmi apăru un om ca toți ceilalți. Era sociabil, prietenos, bătea pe spate pe câte unul, vorbea cu toți cei care-l băgau în seamă. Dar la scurtă vreme, se îmbătă așa de tare că a trebuit să-l iau de braț și să-l duc la hotel.

Pe drum, am înțeles miezul situației. Îmi călăuzeam călăuza. Mi-am dat seama că nici o clipă de-a lungul întregii noastre călătorii Petrus nu făcuse vreun efort să pară mai înțelept, mai sfânt, mai bun decât mine. Nu făcuse decât să-mi transmită experiența lui în Practicile RAM. În rest însă, nu se ferea să arate că era un om ca oricare altul, care simțea Eros, Philos și Agape.

Asta m-a făcut să mă simt mai puternic. Drumul spre Santiago era al oamenilor obișnuiți.

Entuziasmul

— De aș grăi în limbile oamenilor și ale îngerilor; de aș avea darul proorociei, și de aș avea atâta credință încât să mut și munții, iar dragoste nu am, nimic nu sunt.

Petrus o luase iar cu Sfântul Pavel. Pentru el, Apostolul era marele interpret ocult al mesajului lui Hristos. În după-amiaza aceea stăteam la pescuit, după ce umblasem toată ziua. Nici un pește nu mușcase momeala, dar călăuza mea nu dădea nici cea mai mică importanță acestui lucru. După el, pescuitul era un fel de simbol al legăturii omului cu lumea: știm ce vrem și vom obține dacă insistăm, dar momentul atingerii obiectivului depinde de ajutorul lui Dumnezeu.

— Întotdeauna e bine să faci ceva care-ți ia mult timp înainte de a lua o hotărâre importantă în viață, spuse el. Călugării zen stau și ascultă stâncile cum cresc. Eu prefer să pescuiesc.

Dar la ora aceea, cu căldura de afară, nici măcar peștii cei roșii și lacomi, care stăteau la suprafața apei, nu veneau la nadă. Fie că stăteai cu undița în apă, fie afară, tot aia era. Am hotărât să mă las păgubaș și să dau o raită prin împrejurimi. M-am dus până la un vechi cimitir părăsit, aproape de râu – cu o poartă enormă și disproporționată pentru mărimea lui –, apoi m-am întors lângă Petrus. L-am întrebat de cimitir.

— Clădirea a fost a unui fost spital pentru pelerini, spuse el. Dar a fost părăsit și mai târziu cineva a avut ideea să păstreze fațada și să construiască un cimitir.

— Care și el a fost părăsit.

— Așa-i. Lucrurile în viața asta durează foarte puțin.

I-am spus că fusese foarte dur cu o seară în urmă când îi judecase pe toți cei de la petrecere. Petrus mă privi uimit. Mi-a zis că tot ce vorbisem atunci nu era nici mai mult nici mai puțin decât ceea ce am trăit noi înșine în viețile noastre personale. Toți alergăm în căutarea lui Eros, și când Eros se transformă în Philos, ni se pare că Dragostea e inutilă. Fără să ne dăm seama că Philos e ceea ce ne va conduce la forma superioară a dragostei, Agape.

— Mai vorbește-mi despre Agape, i-am cerut eu.

Petrus îmi răspunse că Agape nu se putea explica, trebuia să fie trăit. Dacă aveam noroc, avea să-mi arate chiar în noaptea aceea una dintre fețele lui Agape. Dar pentru asta trebuia ca Universul să se poarte ca și în exercițiul pescuitului: să colaboreze pentru ca totul să iasă bine.

— Mesagerul ajută, dar există ceva care este dincolo de domeniul Mesagerului, de dorințele tale și de tine însuți.

— Ce este?

— Scânteia divină. Aceea pe care oamenii o numesc Noroc.

Când soarele s-a mai domolit puțin, ne-am reluat drumul. Ruta Iacobină traversa câteva vii și câmpuri cultivate care erau pustii la ora aceea. Am străbătut strada principală – pustie și ea – și am reintrat în desișuri. În depărtare puteam vedea vârful San Lorenzo, punctul cel mai înalt din regatul Castiliei. Multe lucruri se schimbaseră în mine de când îl întâlnisem prima oară pe Petrus, în apropierea lui Saint Jean Pied-du-Port. Brazilia, treburile rămase nerezolvate, aproape toate se stinseseră în mintea mea. Singurul lucru viu rămăsese obiectivul meu, discutat în fiecare noapte cu Astrain, care îmi apărea din ce în ce mai clar. Reușeam totdeauna să-l văd așezat lângă mine, observasem că avea un tic nervos la ochiul drept și că obișnuia să zâmbească disprețuitor ori de câte ori repetam anumite lucruri pentru a mă convinge că înțelesesem. Cu câteva săptămâni în urmă – mai ales în primele zile – mă temeam că nu voi putea termina pelerinajul. Când am trecut prin Roncesvalles am simțit dintr-odată o plictiseală teribilă și o dorință imensă să ajung mai repede la Santiago, să-mi recuperez spada și să mă întorc pentru a mă lupta în ceea ce Petrus numea Lupta Dreaptă. Dar acum legăturile cu civilizația, atât de silnic abandonate, erau aproape uitate. În clipa aceea singura mea preocupare era soarele ce-mi cădea pe creștet și nerăbdarea de a cunoaște Agape.

Am coborât o coastă abruptă și am traversat un râuleț, cu mare opinteală când a trebuit să-i urcăm malul. Pârâul acela trebuie să fi fost cândva un torent sălbatic, mugind și săpând solul în căutarea profunzimilor și secretelor pământului. Acum nu mai era decât un firișor peste care puteai păși. Dar opera lui, imensa viroagă pe care o săpase, era încă acolo și aveam nevoie de un mare efort pentru a o învinge. „Toate durează foarte puțin în viața asta", spusese Petrus cu câteva ore mai devreme.

— Petrus, ai iubit mult în viața ta?

Întrebarea răsărise brusc și m-am mirat eu însumi de curajul meu. Până atunci, știam doar esențialul despre viața privată a călăuzei mele.

— Am avut multe femei, dacă asta vrei să spui. Și le-am iubit mult pe fiecare dintre ele. Dar senzația de Agape n-am simțit-o decât cu două.

I-am povestit atunci că și eu iubisem mult și acum începea să mă neliniștească faptul că nu reușeam să mă opresc la nici una. Dacă o țineam așa, mă aștepta o bătrânețe solitară de care-mi era foarte teamă.

— Ia-ți o infirmieră, râse el. Dar, mă rog, nu cred că tu cauți în dragoste o oază, un refugiu de confort.

Era aproape nouă când a început să se întunece. Viile rămăseseră în urmă, acum ne aflam în mijlocul unui peisaj semideșertic. Priveam în jur când am zărit, în depărtare, un schit micuț tăiat în piatră, asemeni multor altor schituri pe lângă care trecusem pe acest drum. Am mai mers puțin, apoi ne-am abătut de la semnele galbene și ne-am îndreptat spre construcția cea mică.

Ne-am mai apropiat puțin și Petrus strigă un nume pe care nu l-am înțeles, apoi se opri să aștepte răspunsul. Dar cu toate că ciulisem urechile, nu s-a auzit nimic. Petrus mai strigă o dată, dar nu-i răspunse nimeni.

— Oricum, hai să mergem, spuse el. Și ne-am îndreptat într-acolo.

Nu erau decât patru pereți văruiți în alb. Ușa era deschisă – de fapt nu era chiar o ușă, ci un fel de portiță de o jumătate de metru înălțime, spânzurând într-o rână. Înăuntru am văzut un fel de sobă de gătit făcută din pietre și niște străchini puse cu grijă pe jos. Două dintre ele erau pline cu grâu și cartofi.

Ne-am așezat tăcuți. Petrus își aprinse o țigară și propuse să mai așteptăm un pic. Deși mă dureau picioarele de atâta mers, mi-am dat seama că în schitul acela era ceva care, în loc să mă liniștească, mă ținea încordat. Și chiar m-ar fi speriat, dacă n-ar fi fost Petrus cu mine.

— Oricine ar fi cel care trăiește aici, unde doarme? am întrebat, spărgând liniștea aceea care începea să-mi facă rău.

— Acolo unde stai tu, spuse Petrus, arătând spre pământul gol. Imediat am vrut să plec de acolo, dar el îmi ceru să rămân pe loc. Probabil că temperatura scăzuse, pentru că începuse să mi se facă frig.

Am așteptat aproape o oră. Petrus mai strigă de două ori numele acela ciudat, apoi se lăsă păgubaș. Tocmai când mă gândeam că o să plecăm, el începu să vorbească.

— Aici e prezentă una din cele două manifestări ale lui Agape – spuse, în timp ce-și stingea a treia țigară. Nu e singura, dar este una dintre cele mai pure. Agape este iubirea totală, iubirea care-l devorează pe cel care o trăiește. Cine cunoaște și trăiește Agape, vede că nimic pe lumea asta nu mai are importanță în afară de iubire. Aceasta a fost iubirea pe care Isus a simțit-o pentru oameni și a fost atât de mare, că a zguduit stelele și a schimbat cursul istoriei umanității. Viața lui singuratică a reușit ceea ce regi, armate și imperii nu au reușit. În decursul mileniilor de istorie a civilizației, mulți au fost cuprinși de această Iubire Care Devorează. Aveau atât de mult de dat – și lumea cerea așa de puțin – încât au fost siliți să caute pustiurile și locurile izolate, fiindcă Iubirea era așa de mare încât îi transfigura. Au devenit Sfinții Părinți pe care îi cunoaștem azi. Pentru mine și pentru tine, care cunoaștem o altă formă de Agape, viața de aici poate părea dură, îngrozitoare. Dar Iubirea Care Devorează face ca totul – absolut totul – să fie lipsit de importanță. Acești oameni nu trăiesc decât pentru a fi hrană pentru Iubirea lor.

Petrus îmi povesti că acolo trăia un om care se numea Alfonso. Îl cunoscuse în timpul primului pelerinaj la Compostela, pe când acela culegea fructe ca să mănânce. Călăuza lui, un om mult mai luminat decât el, era prieten cu Alfonso, și toți trei au făcut Ritualul de Agape, Exercițiul Sferei Albastre. Petrus adăugă că fusese una din experiențele cele mai importante din viața lui și că, până în ziua de azi, când făcea acest exercițiu, își amintea de schit și de Alfonso. Îi vibra emoția în glas, era prima oară când observam așa ceva.

— Agape este Iubirea Care Devorează, repetă el, ca și cum aceasta ar fi fost fraza care putea să definească cel mai bine ciudatul fel de dragoste. Odată, Luther King a spus că atunci când Isus Hristos a spus că trebuie să-ți iubești dușmanul se referea la Agape. Pentru că, după el, „era imposibil să ne placă dușmanii noștri, care ne fac rău și încearcă să amărască și mai mult suferința noastră zilnică". Dar Agape este mult mai mult decât plăcere. E un sentiment care se revarsă peste tot, care umple toate fisurile și face ca orice încercare de agresiune să devină pulbere.

Tu ai învățat să renaști, să nu fii crud cu tine însuți, să discuți cu Mesagerul tău. Dar tot ce vei face de acum încolo, tot ce vei reuși să obții de pe urma Drumului spre Santiago va avea sens numai dacă vei fi atins de Iubirea Care Devorează.

I-am adus aminte că-mi vorbise de două forme de Agape. Și că probabil el nu trăise această primă formă, fiindcă nu devenise schivnic.

— Ai dreptate. Și eu și tu, la fel ca majoritatea pelerinilor care au străbătut Drumul spre Santiago sub învățăturile RAM, am simțit Agape sub cealaltă formă: Entuziasmul.

La antici, Entuziasm înseamnă transă, extaz, legătură cu Dumnezeu. Entuziasmul este Agape îndreptat spre o idee, spre ceva anume. Cu toții am trecut prin asta. Când iubim și credem din adâncul sufletului în ceva, ne simțim cei mai puternici din lume și ne cuprinde o seninătate care vine din certitudinea că nimic nu va putea să ne înfrângă credința. Această forță stranie face ca totdeauna să luăm deciziile corecte, la timpul potrivit, iar când ne atingem obiectivul, ne mirăm de propriile noastre puteri. Pentru că, în Lupta Dreaptă, nimic nu ne mai poate sta în cale, suntem purtați de Entuziasm până la ținta noastră.

Entuziasmul se manifestă cu toată vigoarea în primii ani ai vieții noastre. Avem încă o legătură puternică cu divinitatea și ne aruncăm cu atâta avânt asupra jucăriilor încât păpușile prind viață, iar soldățeii de plumb reușesc să mărșăluiască. Când Isus a spus că Împărăția Cerurilor este a copiilor, se referea la Entuziasm ca formă de Agape. Copiii au ajuns la el fără să bage în seamă miracolele, înțelepciunea Lui, pe farisei și pe apostoli. Au venit veseli, împinși de Entuziasm.

I-am mărturisit lui Petrus că, exact în după-amiaza aceea, mi-am dat seama că eram complet absorbit de Drumul spre Santiago. Zilele și nopțile petrecute pe pământ spaniol aproape că mă făcuseră să uit de spadă, devenind o experiență unică. Tot restul își pierduse orice importanță pentru mine.

— Azi după-masă am încercat să pescuim, dar peștii n-au mușcat momeala, spuse Petrus. De obicei lăsăm ca Entuziasmul să ne scape din mână când e vorba de lucruri mici, care n-au nici o importanță în fața măreției existenței. Ne pierdem Entuziasmul din cauza măruntelor înfrângeri inevitabile din Lupta Dreaptă. Și cum nu știm că Entuziasmul e o forță majoră, îndreptată spre victoria finală, o lăsăm să ne scape printre degete fără să ne dăm seama că tot acum se duce și adevăratul sens al vieții noastre. Învinovățim lumea pentru sila noastră, pentru înfrângere, și uităm că noi am fost aceia care am pierdut această forță încântătoare care justifică tot, manifestare a lui Agape sub forma Entuziasmului.

În fața ochilor îmi reveni imaginea cimitirului de lângă pârâu. Portalul acela straniu, neobișnuit de mare, era reprezentarea perfectă a sensului care se pierdea. După poartă, numai morți.

Parcă ghicindu-mi gândurile, Petrus începu să-mi vorbească de ceva similar.

— Acum câteva zile trebuie că ți s-a părut ciudat că mi-am pierdut capul în fața unui amărât de băiat care a vărsat un pic de cafea pe pantalonii mei deja jegoși de la praful de pe drum. De fapt, motivul supărării mele era că văzusem în ochii acelui tânăr cum i se evapora Entuziasmul, cum i se scurgea vlaga prin venele deschise. L-am văzut pe acest tânăr, așa de puternic și plin de viață, începând să moară încet-încet, pentru că înăuntrul lui, în fiecare clipă, mai murea un pic din Agape. Am trăit mulți ani și am învățat să mă obișnuiesc cu asemenea lucruri, dar tânărul acela, prin înfățișarea lui, prin tot ce am presimțit că putea oferi omenirii întregi, m-a șocat și m-a întristat. Sunt sigur că agresivitatea mea i-a rănit mândria și a întârziat pentru o vreme moartea lui Agape. Tot așa, când ai transmutat spiritul câinelui femeii aceleia, ai simțit Agape în stare pură. A fost un gest nobil și am fost mulțumit că mă aflam acolo și că eram călăuza ta. Pentru acest motiv, pentru prima oară voi participa la un exercițiu împreună cu tine.

Și Petrus mă învăță Ritualul de Agape, EXERCIȚIUL SFEREI ALBASTRE.

Exercițiul Sferei Albastre

Așază-te comod. Încearcă să nu te gândești la nimic.

1) Simți ce bine e să-ți placă să trăiești. Lasă-ți inima să se simtă liberă, prietene, deasupra și dincolo de meschinăria problemelor care au atins-o. Cântă ceva din copilărie, încetișor. Închipuie-ți inima crescând, până ce umple încăperea, apoi casa, cu o lumină albastră, intensă, strălucitoare.

2) Când ajungi aici, începi să simți prezența prietenoasă a Sfinților în care credeai când erai copil. Bagă de seamă că ei sunt de față, venind din toate colțurile, zâmbind și dându-ți încredere și speranță în viață.

3) Reprezintă-ți Sfinții apropiindu-se, punându-și mâinile pe capul tău, în timp ce-ți doresc iubire, pace și comuniune cu lumea. Comuniunea sfinților.

4) Când această senzație este foarte intensă, simți că lumina albastră e un flux care intră și iese din tine, ca un râu strălucitor, în curgere. Lumina albastră începe să se răspândească în casă, apoi peste cartier, oraș, țară și învăluie lumea într-o imensă sferă albastră. Ea e manifestarea Iubirii Supreme, care se află dincolo de bătăliile de zi cu zi, dar care te întărește și-ți dă vigoare, energie și pace.

5) Menține cât mai mult această lumină răspândită deasupra lumii. Inima îți este deschisă, răspândind Iubire. Faza aceasta a exercițiului trebuie să dureze cel puțin cinci minute.

6) Ieși progresiv din transă și întoarce-te în realitate. Sfinții vor rămâne aproape. Lumina albastră va continua să strălucească deasupra lumii.

Acest ritual poate și trebuie să fie făcut de mai multe persoane, e mai bine. În acest caz, participanții trebuie să se țină de mână.

— O să te ajut să-ți trezești Entuziasmul, să creezi forța care se va răspândi ca o sferă albastră peste planetă, spuse el. Ca să-ți arăt că te respect pentru căutările tale și pentru ceea ce ești.

Până atunci Petrus nu-și dăduse cu părerea în nici un fel – nici în bine, nici în rău – despre felul în care făceam exercițiile. Mă ajutase să interpretez primul meu contact cu Mesagerul, mă scosese din transă la Exercițiul Seminței, dar niciodată nu s-a interesat de rezultatele pe care le obținusem. Încă o dată l-am întrebat de ce nu voia să-mi afle senzațiile, iar el îmi răspunse că singura lui obligație, în calitate de călăuză, era să-mi arate Drumul și Practicile RAM. Mie îmi revenea să mă bucur sau să disprețuiesc rezultatele.

Când mi-a spus că avea să facă exercițiul cu mine, m-am simțit dintr-odată nedemn de laudele lui. Îmi știa lipsurile și de multe ori se îndoise că mă va putea conduce pe acest Drum. Am vrut să-i spun toate astea, dar el mă întrerupse înainte de a putea să-i spun ceva.

— Nu fi crud cu tine însuți – sau n-ai învățat lecția de dinainte? Fii blând. Acceptă o laudă pe care o meriți.

Mi s-au umplut ochii de lacrimi. Petrus mă luă de mână și ne-am dus afară. Noaptea era întunecată, mai neagră ca de obicei. M-am așezat lângă el și am început să cântăm. Muzica țâșnea din mine, iar el mă acompania de parcă ar fi știut ritmul de când lumea. Am început să bat din palme încetișor, în timp ce-mi legănam corpul înainte și înapoi. Palmele băteau din ce în ce mai tare, iar muzica curgea prin mine liberă, un cântecel de laudă a cerului întunecat, a câmpiei pustii, a stâncilor fără viață. Am început să-i văd pe Sfinții în care credeam când eram copil și pe care viața îi depărtase de mine, pentru că și eu ucisesem o bună parte din Agape. Acum însă Iubirea Care Devorează se întorsese cu generozitate, Sfinții zâmbeau din cer, cu același chip și cu aceeași intensitate ca atunci când eram copil.

Am desfăcut brațele pentru ca Agape să curgă și un flux misterios de lumină albastră, strălucitoare, începu să intre și să iasă din mine, spălându-mi tot sufletul, iertându-mi toate păcatele. Lumina se răspândi întâi peste natura din jur, apoi învălui lumea, iar eu am izbucnit în lacrimi. Plângeam pentru că retrăiam Entuziasmul, eram un copil în fața vieții, și în clipa aceea eram absolut vulnerabil la rău. Am simțit că o prezență se apropiase de noi și se așeza la dreapta mea și mi-am închipuit că era Mesagerul meu, singurul care putea să zărească lumina aceea albastră care intra și ieșea din mine și se răspândea deasupra lumii.

Lumina crescu în intensitate și am simțit cum învăluia lumea întreagă, pătrundea pe fiecare ușă, pe fiecare uliță, atingea măcar pentru o fracțiune de secundă pe fiecare ființă vie de pe planetă.

Am simțit că sprijineam totul pe palme, cu brațele întinse spre ceruri. În clipa aceea fluxul de lumină albastră crescu într-atât și deveni așa de intens, încât am crezut că voi leșina. Dar am reușit să-l mențin încă câteva clipe, până ce melodia pe care o cântam s-a terminat.

Atunci m-am relaxat, simțindu-mă sleit cu totul, dar liber și mulțumit de viață și de ceea ce reușisem să experimentez. Mâinile care le țineau pe ale mele m-au lăsat slobod. Mi-am dat seama că una era a lui Petrus și am intuit, în străfundul sufletului, a cui era cealaltă.

Am deschis ochii și lângă mine era călugărul Alfonso. Îmi zâmbi și îmi spuse „bună seara". I-am întors zâmbetul, i-am luat din nou mâna și am apăsat-o tare pe pieptul meu. M-a lăsat să fac gestul, apoi și-a retras mâna cu blândețe.

Nici unul dintre noi n-a scos nici un cuvânt. După un timp, Alfonso se ridică și plecă iar peste platoul stâncos. L-am urmărit cu privirea până ce întunericul mi l-a șters de tot din fața ochilor.

Petrus rupse tăcerea aproape imediat. Nu pomeni nimic despre Alfonso.

— Să faci acest exercițiu ori de câte ori poți și curând Agape va veni din nou să-și facă sălaș în tine. Repetă-l înainte de a începe orice proiect, în prima zi a oricărei călătorii sau când simți că ceva te-a mișcat profund. Dacă se poate, fă-l cu o persoană pe care-o simpatizezi. E un exercițiu care trebuie împărtășit cu cineva.

Iată-l din nou pe vechiul Petrus cel tehnic, instructor și călăuză, despre care eu știam așa de puține. Emoția care-l cuprinsese în cabană se împrăștiase. Cu toate acestea, când mi-a atins mâna în timpul exercițiului, i-am simțit mărinimia sufletului.

Ne-am întors la schitul alb, unde ne lăsasem lucrurile.

— Chiriașul lui nu mai vine azi, cred că putem dormi aici, spuse Petrus, întinzându-se pe jos. Mi-am desfăcut sacul de dormit, am luat o dușcă de vin și m-am întins și eu. Eram sfârșit din pricina Iubirii Care Devorează. Dar era o oboseală lipsită de încordare și, înainte de a închide ochii, mi-am amintit de călugărul bărbos, slab, care-mi urase noapte bună și se așezase lângă mine. Undeva, afară, acest om era mistuit de flacăra divină. Poate că de asta noaptea aceea era așa de întunecată – pentru că el adunase în sine toată lumina lumii.

Moartea

— Sunteți pelerini? întrebă bătrâna doamnă care ne servea cafeaua de dimineață.

Ne aflam la Azofra, un sătuc cu case micuțe și blazoane medievale pe fațade, cu o fântână de unde cu câteva minute înainte ne umpluserăm bidonașele.

Eu i-am răspuns că da și imediat ochii femeii se umplură de respect și mândrie.

— Când eram copilă, trecea pe aici cel puțin un pelerin în fiecare zi, pe drumul spre Compostela. După război și după Franco, nu știu ce s-a întâmplat, dar parcă pelerinajul a dispărut. Or fi făcut o șosea. Azi tuturor le place să meargă numai cu mașina.

Petrus nu scoase o vorbă. Se sculase prost-dispus. Eu am aprobat spusele femeii și mi-am închipuit o șosea nou-nouță, suind munți și coborând văi, mașini cu scoici pictate pe capotă și prăvălii cu suveniruri la poarta mânăstirilor. Mi-am terminat cafeaua cu lapte și pâinea cu ulei de măsline. Consultând cartea lui Aymeric Picaud, am calculat că după-amiaza trebuia să ajungem la Santo Domingo de la Calzada, unde eu plănuiam să dormim la Popasul Național. Cheltuiam mult mai puțin decât plănuisem, chiar dacă luam trei mese pe zi. Era timpul să fac o extravaganță și să-i dau trupului meu același tratament pe care-l dădeam stomacului.

Mă trezisem cu o grabă ciudată, cu dorința să ajungem imediat la Santo Domingo – o senzație pe care, cu două zile în urmă, când ne îndreptam spre schit, eram convins că n-o voi mai simți. Petrus era mai visător, mai tăcut ca de obicei, iar eu nu știam dacă era din cauza întâlnirii cu Alfonso de acum două zile. Am simțit o dorință puternică să-l invoc pe Astrain și să vorbesc cu el despre toate astea. Dar niciodată nu-l invocasem dimineața și nu știam dacă ar avea vreun rezultat. Am renunțat.

Ne-am băut cafelele și am pornit la drum. Am trecut pe lângă o casă medievală cu blazon, pe lângă ruinele unui han pentru pelerini și pe lângă un parc al provinciei, la capătul satului. Când mă pregăteam să dispar iarăși pe câmp, am simțit o prezență pregnantă în stânga mea. Mi-am continuat drumul, dar Petrus mă reținu.

— Nu folosește la nimic să fugi, spuse el. Oprește-te și ține-i piept.

Am vrut să mă depărtez de Petrus și să merg mai departe. Aveam un sentiment neplăcut, un fel de colică în zona stomacului. Pentru câteva clipe mi-am spus că era din pricina pâinii cu ulei de măsline, deși mi-era rău mai dinainte, nu mă puteam minți pe mine însumi. Tensiune. Tensiune și frică.

— Uită-te în spate – vocea lui Petrus avea un ton de urgență. Uită-te până nu-i prea târziu!

M-am răsucit brusc. La stânga mea era o căsuță părăsită, cu buruienile arse de soare crescând prin ea. Un măslin își înălța crăcile răsucite spre cer. Iar între măslin și casă, fixându-mă cu privirea, un câine.

Un câine negru, același câine pe care-l alungasem din casa femeii, acum câteva zile.

N-am mai știut nici de Petrus, nici de nimic. Priveam fix în ochii animalului. Ceva înăuntrul meu – poate vocea lui Astrain sau poate a îngerului meu păzitor – îmi spunea că dacă-l scăpam din ochi, mă va ataca. Am stat așa, privindu-ne drept în ochi, minute nesfârșite. După ce trăisem grandoarea Iubirii Care Devorează, mă aflam din nou în fața pericolelor zilnice, constante, ale vieții. Mă întrebam de ce mă urmărise animalul atâta cale, ce voia de fapt, pentru că eu eram doar un pelerin în căutarea unei spade și n-aveam chef, nici răbdare să-mi fac de lucru cu oameni sau animale de pe drum. Am încercat să spun toate astea cu privirea – amintindu-mi de călugării de la mânăstire care își vorbeau din priviri – dar câinele nu se mișca. Continua să se uite la mine, fără expresie, gata să mă atace la cea mai mică neatenție sau semn de teamă.

Teamă! Mi-am dat seama că teama pierise. Mi se părea o situație prea stupidă ca să-mi mai fie frică. Stomacul mi se contractase și îmi venea să vomit de atâta tensiune, dar frică nu mi-era deloc. Dacă mi-ar fi fost, ceva îmi spunea că ochii m-ar fi trădat și animalul m-ar fi pus iar la pământ, cum mai făcuse o dată. Nu l-am pierdut din ochi, nici chiar când am simțit că pe un drumeag din dreapta mea se apropia o formă nedeslușită.

Forma se opri o clipă, apoi se îndreptă direct spre noi. Trecu chiar prin fața ochilor noștri, spunând ceva ce n-am înțeles. Era o prezență feminină, o prezență bună, prietenoasă și pozitivă.

În fracțiunea de secundă când forma s-a aflat între ochii mei și ochii câinelui, stomacul mi s-a liniștit dintr-odată.

Un prieten puternic se afla acolo ca să mă ajute în lupta aceea absurdă și fără rost. După ce forma trecu, câinele își lăsă ochii-n jos. Dintr-un salt fugi spre casa părăsită și pieri din fața mea.

Numai acum inima începu să-mi bată de frică. Era o tahicardie teribilă care m-a paralizat, eram pe punctul de a leșina. Și când toate se învârteau cu mine, mi-am întors privirea spre șoseaua pe care eu și Petrus trecusem cu câteva clipe mai înainte, căutând forma nedeslușită care-mi dăduse putere să înving câinele.

Era o călugăriță. Stătea cu spatele, mergând spre Azofra, iar eu nu-i puteam vedea fața, dar mi-am amintit vocea ei și am presupus că trebuia să aibă cel mult douăzeci și ceva de ani. Mi-am întors privirea spre drumul de unde venise: era o potecuță care se pierdea între buruieni.

— Ea... ea m-a ajutat, am murmurat, în timp ce amețeala creștea.

— Nu mai crea alte fantasme într-o lume și așa extraordinară, spuse Petrus, apropiindu-se și sprijinindu-mă cu o mână. A venit de la mânăstirea din Cañas, la cinci kilometri de aici. E clar că n-ai avut cum s-o vezi.

Inima îmi bătea nebunește și mi-am dat seama că mi-era rău. Eram prea îngrozit ca să pot vorbi sau cere explicații. M-am lăsat jos, iar Petrus îmi aruncă puțină apă pe cap și la ceafă. Mi-am adus aminte că la fel făcuse când am ieșit din casa femeii – dar atunci eu plângeam și mă simțeam ușurat. Acum senzația era exact pe dos.

Petrus m-a lăsat să mă odihnesc. Apa m-a înviorat puțin și greața mi-a mai trecut. Încet-încet, lucrurile reveneau la normal.

Când m-am simțit mai bine, Petrus îmi ceru să mergem puțin, și eu m-am supus. Am mers vreo cincisprezece minute, dar senzația de sfârșeală a revenit. Ne-am așezat la picioarele unui *rollo* – o coloană medievală cu o cruce în vârf, care marca fragmente din Ruta Iacobină.

— Frica ți-a făcut mult mai mult rău decât câinele, spuse Petrus, în timp ce eu mă odihneam.

Am vrut să știu motivul acelei întâlniri absurde.

— În viață, ca și pe Drumul spre Santiago, există lucruri care se petrec împotriva voinței noastre. La prima noastră întâlnire ți-am spus că am citit în ochii țiganului numele diavolului pe care trebuia să-l înfrunți. Am fost foarte mirat să aflu că acest diavol era câine, dar nu ți-am spus nimic atunci. În casa femeii, când ai exprimat pentru prima oară Iubirea Care Devorează, ți-am văzut dușmanul. Când ai gonit diavolul de la femeia aceea, nu l-ai trimis nicăieri. Nimic nu se pierde, totul se transformă, nu-i așa? Tu n-ai trimis spiritele rele într-o grămadă de porci care s-a aruncat într-o prăpastie, cum a făcut Isus. Tu l-ai gonit pur și simplu. Acum, forța asta rătăcește în urma ta. Înainte de a-ți găsi spada, trebuie să te hotărăști dacă vrei să fii sclavul sau stăpânul acestei puteri.

Oboseala începea să mi se risipească. Am respirat adânc, simțind piatra rece a coloanei în spatele meu. Petrus îmi mai dădu cu puțină apă, apoi urmă:

— Cazurile de obsesie apar atunci când oamenii pierd stăpânirea asupra forțelor pământești. Blestemul țiganului a speriat-o pe femeie, iar frica a deschis o breșă prin care a pătruns Mesagerul mortului. Nu e un caz obișnuit, dar nici unul rar. Depinde de cum reacționezi la amenințările celorlalți.

De data asta eu am fost acela care a amintit un pasaj din Biblie. În cartea lui Iov stă scris: „De ceea ce mi-e frică tocmai de aceea am parte."

— O amenințare nu poate provoca nimic dacă nu e acceptată. Când lupți în Lupta Dreaptă, niciodată să nu uiți de acest lucru. Tot așa cum nu trebuie să uiți că atacul și retragerea fac parte din luptă. Nu face parte din luptă să stai paralizat de frică.

Dar mie nu-mi fusese deloc frică. Chiar m-am mirat de mine și i-am spus și lui Petrus.

— Am văzut. Dacă ți-ar fi fost, câinele te-ar fi atacat. Și aproape sigur ar fi câștigat lupta. Fiindcă nici câinelui nu-i era frică. Dar cea mai importantă a fost sosirea călugăriței. Ai simțit o prezență pozitivă și imaginația ta bogată a plăsmuit că venea cineva să te ajute. Credința asta te-a salvat. Chiar dacă era bazată pe un fapt absolut fals.

Petrus avea dreptate. A izbucnit în hohote și eu am râs cu el. Ne-am ridicat să plecăm mai departe. Mă simțeam ușurat și bine dispus.

— Trebuie totuși să știi ceva, spuse Petrus pe drum. Duelul cu câinele nu poate sfârși decât cu victoria unuia dintre voi. Va apărea din nou, și data viitoare încearcă să duci lupta până la sfârșit. Dacă nu, fantasma lui o să te bântuie câte zile vei avea.

La întâlnirea cu țiganul, Petrus îmi spusese că știa numele acelui demon. L-am întrebat cum îl chema.

— Legiune, răspunse. Fiindcă sunt mulți.

Înaintam peste câmpurile pe care țăranii le pregăteau pentru semănat. Ici și colo mânuiau pompe rudimentare de apă în lupta lor seculară împotriva secetei. Pe marginile Drumului spre Santiago pietre îngrămădite una peste alta formau un fel de ziduri care nu se sfârșeau niciunde, se întretăiau și se confundau cu contururile câmpiei. Mă gândeam la multele veacuri în care acele pământuri fuseseră muncite, dar cu toate acestea încă mai apărea câte un pietroi de înlăturat, un pietroi care rupea lama plugului, lăsa calul șchiop, făcea bătături în palmele țăranului. O luptă care se înnoia în fiecare an și nu se termina niciodată.

Petrus era mai tăcut ca de obicei și mi-am dat seama că toată dimineața nu scosese aproape nici o vorbă. După discuția de lângă coloana medievală căzuse într-un mutism complet și nici măcar nu răspundea întrebărilor mele. Voiam să aflu mai multe despre povestea aceea cu „demonii cei mulți". Doar îmi explicase înainte că fiecare om nu are decât un singur Mesager. Dar Petrus n-avea chef de vorbă, așa că m-am hotărât să aștept o ocazie mai bună.

Am suit un povârniș și când am ajuns sus am putut vedea turla principală a bisericii Santo Domingo de la Calzada. Vederea ei m-a bucurat; am început să visez la confortul și la magia Popasului Național. Din câte citisem mai înainte, fusese construit de însuși Santo Domingo pentru a-i găzdui pe pelerini. Înnoptase aici și Sfântul Francisc din Assisi, în pelerinajul lui la Compostela. Toate astea mă umpleau de nerăbdare.

Era cam șapte seara când Petrus ceru să ne oprim. Mi-am amintit de Roncesvalles, de drumul ca de melc pe care-l făcusem când, din cauza frigului, aveam mare nevoie de un pahar de vin, și m-am temut că-mi pregătește ceva asemănător.

— Un Mesager nu te va ajuta niciodată să-l învingi pe altul. Ei nu sunt nici buni, nici răi, cum am mai spus, dar există un sentiment de loialitate între ei. Să nu te bazezi pe Astrain pentru a învinge câinele.

Dar acum nu aveam eu chef să vorbesc de mesageri. Voiam să ajung cât mai repede la Santo Domingo.

— Mesagerii morților pot ocupa trupul cuiva stăpânit de frică. De aceea, în cazul câinelui, sunt așa de mulți. Au venit atrași de frica femeii. Nu numai cel al țiganului asasinat, dar și alți mesageri care hălăduiau prin spațiu căutând un prilej de a intra în contact cu forțele pământului.

Abia acum răspundea întrebării mele. Dar era ceva în felul cum vorbea, ceva ce părea artificial, ca și cum n-ar fi vrut să vorbească despre asta cu mine. Instinctul mi-a aprins imediat beculețul de alarmă.

— De fapt ce vrei, Petrus? l-am întrebat cam iritat.

Călăuza mea nu-mi răspunse. Părăsi drumul și se îndreptă spre un copac bătrân, aproape desfrunzit, care se afla la câțiva zeci de metri depărtare pe câmp și care era singurul copac ce se zărea pe toată câmpia aceea. Cum nu-mi făcuse semn să-l urmez, am rămas pe drum, în picioare. Am asistat la o scenă stranie: Petrus se învârtea în jurul copacului și spunea ceva cu voce tare, cu ochii în pământ. Când termină, îmi făcu semn să mă apropii.

— Așază-te aici, spuse. Era un ton diferit în vocea lui, nu-mi dădeam seama dacă era afecțiune sau milă. Rămâi aici. Ne întâlnim mâine în Santo Domingo de la Calzada.

Înainte să pot spune ceva, Petrus continuă:

— Într-una din zilele astea – și te asigur că nu e azi – va trebui să-ți înfrunți cel mai mare dușman de pe Drumul spre Santiago: câinele. Când va veni ziua, să nu ai teamă fiindcă eu voi fi aproape și-ți voi da puterea de care vei avea nevoie în luptă. Astăzi însă te vei înfrunta cu un alt fel de dușman, un dușman potențial, care te poate distruge sau îți poate fi cel mai bun tovarăș: Moartea. Omul e singura ființă din natură care are conștiința morții. De aceea și numai de aceea am un profund respect pentru rasa umană și cred că viitorul ei va fi cu mult mai bun decât prezentul. Chiar dacă știe că zilele îi sunt numărate și că totul se va sfârși când se așteaptă mai puțin, el face din viață o luptă demnă de o ființă nemuritoare. Ceea ce oamenii numesc vanitate – să lase în urma lor opere, copii, să facă în așa fel încât să nu li se șteargă numele – eu numesc maxima expresie a demnității omului. Adevărul este că, ființă fragilă, el încearcă tot timpul să-și ascundă marea certitudine a Morții. Nu vede că ea îl motivează să facă cele mai bune lucruri din viața lui. Îi e frică de trecerea în întuneric, de groaza necunoscutului, și singurul lui mod de a învinge teroarea asta este să uite că zilele îi sunt numărate. Nu-și dă seama că, având conștiința Morții, va fi capabil de mult mai mult, va putea depăși cu mult victoriile lui de zi cu zi, pentru că dacă Moartea este oricum inevitabilă nu mai are nimic de pierdut.

Ideea de a-mi petrece noaptea la Santo Domingo începea să-mi pară ceva foarte depărtat. Urmăream cu interes crescând vorbele lui Petrus. La orizont, chiar în fața noastră, soarele începea să moară. Poate că și el asculta vorbele acelea.

— Moartea este soața noastră supremă, fiindcă numai ea dă adevăratul sens vieții. Dar pentru a putea vedea adevăratul chip al Morții noastre, trebuie mai întâi să cunoaștem toate neliniștile și spaimele pe care simpla ei numire le deșteaptă în orice ființă vie.

Petrus se așeză sub copac și-mi ceru să fac și eu la fel. Îmi spuse că atunci când se învârtise în jurul lui își amintise de tot ce i se întâmplase când fusese pelerin spre Santiago. Apoi scoase două sandviciuri pe care le cumpărase la prânz.

— Aici unde te afli acum nu există nici un pericol, spuse, în timp ce-mi întindea sandviciurile. Nu există șerpi veninoși, iar câinele se va întoarce să te atace numai după ce va uita înfrângerea de azi-dimineață. Nu există nici tâlhari, nici criminali prin împrejurimi. Te afli într-un loc absolut sigur, cu o singură excepție: pericolul fricii tale.

Petrus îmi spuse că în urmă cu două zile simțisem o senzație la fel de intensă și de violentă ca moartea – era însă Iubirea Care Devorează. Îmi mai zise că, la un moment dat, șovăisem sau simțisem teamă – pentru că eu nu am prejudecăți despre iubirea universală. Însă cu toții avem prejudecăți despre Moarte, fără să ne dăm seama că este doar o manifestare a lui Agape. I-am răspuns că la câtă practică a Magiei aveam eu, îmi pierdusem frica de moarte. De fapt mă înspăimânta mai mult felul în care poți muri decât moartea propriu-zisă.

— Atunci, în noaptea asta, fă experiența celui mai groaznic mod de a muri.

Și Petrus mă învăță EXERCIȚIUL ÎNGROPĂRII DE VIU.

Exercițiul Îngropării de Viu

Așază-te jos și relaxează-te. Pune-ți mâinile pe piept, în poziția mortului.

Imaginează-ți toate amănuntele înmormântării tale, ca și cum va avea loc mâine. Singura diferență este că vei fi înmormântat de viu. Pe măsură ce se desfășoară toată povestea – capelă, cortegiul până la mormânt, coborârea sicriului, viermii din pământ – îți vei încorda din ce în ce mai tare toți mușchii, într-un efort disperat de a te mișca. Dar să nu te miști. Până ce, când nu mai suporți, într-o mișcare cu tot trupul, arunci într-o parte scândurile coșciugului, respiri adânc și ești liber. Mișcarea aceasta va avea mai mult efect dacă o însoțești cu un strigăt, un strigăt din rărunchi, pricepi?

— Trebuie să-l faci o singură dată, spuse el, în timp ce eu îmi aminteam de un exercițiu de teatru, foarte asemănător. Trebuie să trezești tot adevărul, toate spaimele pentru ca exercițiul să poată încolți din rădăcinile sufletului și să lase să cadă masca de oroare care acoperă chipul plăcut al Morții tale.

Petrus s-a ridicat și silueta lui se profila pe fundalul incendiat al apusului de soare. Cum eu stăteam jos, el părea o figură impunătoare, uriașă.

— Petrus, mai am o întrebare.

— Ce este?

— Azi-dimineață ai fost tăcut și te-ai purtat ciudat. Ai simțit înaintea mea venirea câinelui. Cum a fost posibil?

— Când facem amândoi experiența Iubirii Care Devorează, împărțim Absolutul. Absolutul arată tuturor oamenilor ceea ce sunt ei cu adevărat, un imens păienjeniș de cauze și efecte, cu fiecare mic gest al unuia reflectat în viața celuilalt. De dimineață, această felie de Absolut era foarte vie în sufletul meu. Nu te percepeam numai pe tine, ci tot ce există pe lume, fără limită în spațiu și timp. Acum, efectul e mult mai slab și nu va reveni decât după ce voi face încă o dată Exercițiul Iubirii Care Devorează.

Mi-am amintit mâhnirea lui Petrus din dimineața aceea. Dacă era adevărat ce spunea, lumea trecea printr-un moment foarte greu.

— O să te aștept la popas, spuse, în timp ce se depărta. O să las numele tău la recepție.

L-am urmărit cu privirea cât am putut. Pe câmpurile din stânga mea, țăranii își terminaseră treaba și se duceau pe la casele lor. M-am hotărât să fac exercițiul imediat ce se va întuneca de tot.

Eram liniștit. Pentru prima oară de când începusem să bat Straniul Drum spre Santiago, rămâneam complet singur. M-am ridicat și am făcut câțiva pași prin împrejurimi, dar noaptea venea repede așa că m-am întors la copac, de teamă să nu mă rătăcesc. Înainte ca întunericul să fie de nepătruns, am marcat în minte distanța dintre copac și Drum. Cum nu era nici o lumină care să mă deranjeze, puteam vedea perfect cărarea și puteam ajunge la Santo Domingo doar cu palida strălucire a lunii noi care începuse să se înalțe pe cer.

Până atunci n-am simțit nici o teamă și credeam că voi avea nevoie de multă imaginație ca să deștept în mine frica de o moarte oribilă. Dar indiferent câți ani ai, când vine noaptea, aduce cu sine spaime ascunse în sufletul nostru încă de când eram copii. Cu cât se întuneca, cu atât mă simțeam mai neliniștit.

Eram singur pe câmp și, dacă strigam, nimeni nu m-ar fi auzit. Mi-am adus aminte că puteam să fac un infarct în dimineața aceea. În viața mea nu-mi mai simțisem inima bătând așa de nebunește.

Și dacă muream? S-ar fi sfârșit viața – era concluzia logică. Pe drumul Tradiției conversasem deja cu multe spirite. Eram absolut sigur că există viață după moarte, dar niciodată nu-mi venise ideea să întreb cum era trecerea asta. Să treci dintr-o dimensiune în alta, oricât de pregătit ai fi, trebuie să fie teribil. Dacă aș fi murit în dimineața aceea, de pildă, n-ar mai fi avut nici un sens Drumul spre Santiago, anii de studiu, dorul de familie, banii economisiți. Mi-am amintit de floarea pe care o aveam pe masa de lucru, în Brazilia. Și-ar fi continuat viața, ca și alte plante, ca și mersul autobuzelor, ca și zarzavagiul de la colț care totdeauna încărca socoteala, ca și telefonista care-mi spunea numerele ce nu se aflau în cartea de telefon. Toate lucrurile acestea mărunte care ar fi putut să dispară pentru mine, dacă aș fi avut un infarct în dimineața aceea – au căpătat dintr-odată o importanță enormă în ochii mei. Ele erau, nu stelele sau știința, cele care-mi spuneau că sunt viu.

Acum noaptea era neagră, la orizont se zărea strălucirea slabă a orașului. M-am culcat pe jos și mi-am îndreptat privirea spre ramurile copacului de deasupra capului meu. Am început să aud zgomote ciudate, zgomote de tot felul. Erau animalele nocturne care ieșeau la vânat. Petrus nu le putea ști pe toate, dacă era tot atât de om cum eram și eu. Ce garanție puteam avea că nu erau pe-acolo șerpi veninoși? Dar lupii – veșnicii lupi ai Europei, oare nu aveau să apară în noaptea aceea pe acolo, atrași de mirosul meu de om? Un zgomot mai puternic, asemănător cântatului unui cocoș, m-a speriat și inima începu iar să-mi bată nebunește.

Eram foarte încordat, cel mai bine era să fac imediat exercițiul și să mă duc la hotel. Am început să mă relaxez și mi-am pus mâinile pe piept în poziția mortului. Lângă mine s-a mișcat ceva. Am sărit ca ars în picioare.

Nu era nimic. Noaptea cotropise totul și adusese cu ea spaimele omului. M-am întins iar, de data asta hotărât să transform frica într-un stimul pentru exercițiu. Mi-am dat seama că, deși era răcoare bine, eu transpirasem.

Mi-am închipuit cum se închide sicriul și cum sunt bătute cuiele. Stăteam nemișcat, dar eram viu și voiam să le spun alor mei că vedeam tot, că-i iubeam, dar nu-mi ieșea nici un sunet din gură. Tata, mama plângând, prietenii în jurul meu, și eu – singur! Atâția oameni dragi lângă mine și nimeni nu era în stare să vadă că eram viu, că nu făcusem încă tot ce voiam să fac pe lumea asta. Încercam cu disperare să deschid ochii, să fac un semn, să lovesc în scândura coșciugului. Dar nu se mișca nimic din trupul meu.

Am simțit cum se leagănă sicriul – mă duceau la groapă. Auzeam zgomotul inelelor frecându-se de chingi, pașii oamenilor urmându-mă, câte o voce ici și colo. Mirosul florilor de lângă cap începea să mă sufoce.

Mi-am adus aminte că părăsisem vreo două-trei femei de teamă să nu mă lase ele. Mi-am mai amintit și că de câteva ori nu făcusem ce trebuia, zicând că o să fac mai târziu. Mi-a fost foarte milă de mine, nu numai pentru că eram îngropat de viu, dar și pentru că îmi fusese frică să trăiesc. Ce mare lucru era să primesc un „nu", să las un lucru pe mai târziu, dacă cel mai important era să mă bucur din plin de viața asta? Uite-mă acum, închis într-un sicriu și mult prea târziu ca să mă întorc și să arăt curajul pe care ar fi trebuit să-l am până acum.

Acolo stăteam eu, cel care fusesem propriul meu Iuda și mă trădasem pe mine însumi. Stăteam fără a putea să mișc nici un mușchi, cu mintea strigând după ajutor în timp ce oamenii, acolo, afară erau cufundați în viață, preocupați de ce vor face diseară, privind statui și clădiri pe care eu nu le voi mai vedea vreodată. Un sentiment de mare nedreptate mă cuprinse, fiindcă fusesem îngropat în timp ce ceilalți continuau să trăiască. Mai bine să fi fost o catastrofă, ceva, cu noi toți în aceeași barcă, să ne îndreptăm spre același punct negru spre care mă duceau acum. Ajutoor! Sunt viu, n-am murit, mintea mea e trează, funcționează!

Au așezat coșciugul pe marginea gropii. Or să mă îngroape! Nevastă-mea o să mă uite, o să se mărite cu altul și-o să cheltuie banii pe care ne-am luptat să-i adunăm în toți anii ăștia! Dar ce mai contează asta? Vreau să fiu cu ea, acum, fiindcă sunt viu!

Aud plânsete, simt că și din ochii mei se rostogolesc două lacrimi. Dacă ei deschid acum sicriul, or să mă vadă și or să mă salveze. Dar nu simt decât cum coboară coșciugul în mormânt. Deodată, întuneric deplin. Mai înainte intra o geană de lumină, dar acum întunericul e complet. Lopețile groparilor bătătoresc groapa, iar eu sunt viu! Îngropat de viu! Simt aerul din ce în ce mai greu, mirosul florilor e insuportabil, aud pașii oamenilor depărtându-se. Teroarea este totală. Nu reușesc să mă mișc și, dacă pleacă, în curând o să fie noapte și nimeni n-o să mă mai audă bătând în sicriu!

Pașii se depărtează, nimeni nu aude strigătele gândului meu, sunt singur și întunericul, aerul înăbușitor, mirosul florilor încep să mă înnebunească. Deodată aud un zgomot. Sunt viermii, viermii care se apropie ca să mă mănânce de viu. Încerc din răsputeri să mișc ceva din trupul meu, dar totul rămâne inert. Viermii încep să mi se suie pe corp. Sunt unsuroși și reci. Mi se plimbă peste față, îmi intră sub pantaloni. Unul îmi intră în anus, altul se furișează pe nară. Ajutor! Sunt devorat de viu și nimeni nu mă aude, nimeni nu spune nimic. Viermele care mi-a intrat pe nară coboară în gâtlej. Simt altul intrându-mi în ureche. Trebuie să ies de aici! Unde este Dumnezeu, de ce nu răspunde? Au început să-mi mănânce gâtlejul și n-o să mai pot striga niciodată! Acum intră peste tot, prin ureche, pe la colțul gurii, pe orificiul penisului. Simt ororile acelea unsuroase, ca pecinginea, în mine – trebuie să strig, trebuie să mă eliberez! Sunt închis în mormântul ăsta întunecos și rece, singur, și sunt mâncat de viu! Nu mai e aer, iar viermii mă devorează! Trebuie să mă mișc. Trebuie să sparg coșciugul ăsta! Doamne, dă-mi toată puterea să mă mișc! TREBUIE SĂ IES DE AICI! MĂ VOI MIȘCA! MĂ VOI MIȘCA!

AM REUȘIT!

Scândurile sicriului au zburat în toate părțile, mormântul a dispărut și mi-am umplut pieptul cu aerul curat al Drumului spre Santiago. Corpul îmi tremura din cap până-n picioare ca varga și eram lac de sudoare. M-am mișcat puțin și mi-am dat seama că intestinele mele se sloboziseră. Dar nimic din toate acestea nu conta: eram viu.

Tremurul continua, dar n-am făcut nici un efort să-l domolesc. O senzație de liniște interioară imensă m-a invadat și am simțit o umbră lângă mine. Am privit-o și am văzut chipul Morții mele. Nu era moartea pe care o simțisem mai înainte, moartea creată de spaimele și imaginația mea, ci adevărata mea Moarte, prietenă și sfătuitoare, care nu avea să mă mai lase niciodată să fiu laș, nici măcar o singură zi din viața mea. De aici înainte, avea să mă ajute mai mult decât mama sau sfaturile lui Petrus. Nu avea să-mi mai dea voie să las pe mâine tot ce puteam trăi azi. Nu mă va mai lăsa să fug din fața bătăliilor vieții și avea să mă ajute să lupt în Lupta Dreaptă. În viața mea nu mă voi mai simți ridicol dacă fac ceva, indiferent ce. Pentru că ea stătea aici, spunându-mi că atunci când mă va lua în mâinile ei ca să călătorim spre alte lumi, nu va trebui să car după mine cel mai mare păcat dintre toate păcatele: Căința. Având certitudinea prezenței ei, privindu-i chipul plăcut, am fost sigur că o să beau cu nesaț din fântâna cu apă vie a existenței.

Noaptea nu mai avea secrete, nici spaime. Era o noapte fericită, o noapte de pace. Când mi-a trecut tremurul, m-am ridicat și am plecat spre pompele de apă ale țăranilor de pe câmp. Mi-am spălat bermudele și m-am schimbat cu altele, din rucsac. Apoi m-am întors la copac și am mâncat cele două sandviciuri pe care mi le lăsase Petrus. Erau tot ce putea fi mai bun pe lume, fiindcă trăiam, iar Moartea nu mă mai speria.

M-am hotărât să mă culc chiar acolo. În fond, întunericul nopții nu fusese niciodată așa de liniștit.

Păcatele proprii

Ne aflam pe o câmpie imensă, o câmpie cu grâu, care se întindea pe tot orizontul. Singurul lucru care rupea monotonia peisajului era o coloană medievală cu o cruce în vârf, care marca drumul pelerinilor. Când am ajuns în fața coloanei, Petrus își lăsă rucsacul jos și îngenunche. Îmi ceru să fac același lucru.

— Să ne rugăm. Să ne rugăm pentru singurul lucru care-l înfrânge pe pelerin când își găsește spada: păcatele proprii. Oricât ar învăța cu cei mai mari Maeștri cum să mânuiască spada, una din mâinile lui va fi totdeauna cel mai mare dușman al lui. Să ne rugăm ca, în cazul în care reușești să-ți găsești spada, să o apuci totdeauna cu mâna care nu-ți face rău. Erau orele două ale amiezei. Nu se auzea nici un zgomot, așa că Petrus începu:

— Ai milă, Doamne, căci suntem pelerini spre Compostela și asta poate fi un viciu, un păcat. Fă, în nesfârșită mila ta, în așa fel încât să nu întoarcem niciodată știința împotriva noastră.

Ai milă de cei care-și plâng de milă pentru că nu meritau lucrurile care li s-au întâmplat, crezându-se buni și nedreptățiți de viață – fiindcă ei niciodată nu vor reuși să lupte în Lupta Dreaptă. Și ai milă de cei ce sunt cruzi cu ei înșiși și văd numai răutate în propriile fapte, crezându-se bătuți de nedreptatea lumii. Căci ei nu cunosc Legea Ta care spune: „până și firele de păr din cap îți sunt numărate".

Ai milă de cei care cer trudă și de cei care o fac din zori și până-n noapte și se sacrifică în schimbul unei duminici când totul este închis și nu au unde să se ducă. Dar ai milă și de cei care își sfințesc opera și merg până dincolo de nebunie și sfârșesc înglodați în datorii sau țintuiți pe cruce de proprii lor frați. Pentru că ei n-au cunoscut Legea Ta care spune: „fii prevăzător ca șarpele și simplu ca porumbelul".

Ai milă, pentru că omul poate să învingă lumea, fără să dea vreodată bătălia Luptei Drepte cu sine însuși. Dar ai milă și de cei care au învins în Lupta Dreaptă cu ei înșiși, iar acum stau pe la colțuri și prin crâșmele vieții, fiindcă n-au reușit să învingă lumea. Pentru că ei n-au cunoscut Legea Ta care spune: „cine-Mi ascultă vorbele, trebuie să-și ridice casa pe stâncă".

Ai milă de cei cărora le e frică să ia pana, pensula, dalta fiindcă își spun că altcineva a făcut-o deja, mai bine ca ei, și nu se simt demni să intre în locuința minunată a Artei. Dar ai încă și mai multă milă de cei care au luat deja pana, pensula și dalta și au preschimbat Inspirația într-o formă meschină de a se simți mai buni decât ceilalți. Aceștia n-au cunoscut Legea Ta care spune: „totul este acoperit doar pentru a fi descoperit, și totul se tăinuiește doar pentru a fi dezvăluit".

Ai milă de cei ce mănâncă și beau până se simt sătui, dar sunt nefericiți și singuri în belșugul lor. Dar ai milă și de cei care postesc, se înfrânează, interzic și se simt sfinți și-Ți vor striga numele în piață.

Pentru că ei nu cunosc Legea Ta care spune: „dacă eu depun jurământ despre mine, juruința nu-mi este adevărată".

Ai milă de cei ce se tem de Moarte și nu cunosc multele tărâmuri prin care au umblat și multele morți pe care le-au murit deja și sunt nefericiți pentru că se gândesc că totul se va sfârși într-o zi. Dar ai și mai multă milă de cei care și-au cunoscut deja multele lor morți și azi se cred nemuritori, pentru că nu știu Legea Ta care spune: „cine nu se naște din nou nu va putea vedea Împărăția lui Dumnezeu".

Ai milă de cei care intră în sclavie cu lațul de mătase al Iubirii și se cred stăpânii cuiva, sunt geloși și se sinucid cu otravă, se chinuie pentru că nu reușesc să vadă că Iubirea se schimbă precum vântul și precum toate pe lume. Dar ai și mai multă milă de cei care mor de frica de a iubi și resping iubirea în numele unei Iubiri Supreme pe care ei nu o cunosc, pentru că aceștia nu cunosc Legea Ta care spune: „cine va bea din apa aceasta, nicicând nu va mai fi însetat".

Ai milă de cei care reduc Cosmosul la o explicație, pe Dumnezeu la o licoare magică, iar pe om la o ființă cu câteva trebuințe care trebuie să fie satisfăcute, pentru că aceștia niciodată nu vor auzi muzica sferelor. Dar ai și mai multă milă de cei care au o credință oarbă și prefac în ateliere mercurul în aur, înconjurați de cărți despre secretele Tarotului și puterea piramidelor. Pentru că aceștia nu cunosc Legea Ta care spune: „a copiilor este Împărăția Cerurilor".

Ai milă de cei care nu văd mai departe de ei înșiși și pentru care ceilalți sunt un decor șters și depărtat când trec pe stradă în limuzine și se încuie în birouri înghețate la ultimul etaj și suferă în tăcere singurătatea puterii. Dar ai milă și de cei care și-au dat și haina de pe ei, și sunt miloși și încearcă să învingă răul numai cu iubire, pentru că aceștia nu cunosc Legea Ta care spune: „cine nu are spadă, să-și vândă mantia și să-și cumpere una".

Ai milă Doamne, de noi, care căutăm și luăm spada pe care ne-ai promis-o, și care suntem un popor sfânt și păcătos, răspândit pe tot pământul. Pentru că nu ne recunoaștem pe noi înșine, și de atâtea ori credem că suntem îmbrăcați când de fapt suntem goi, și credem că am comis o crimă când în realitate am salvat pe cineva. Nu uita, în mare mila Ta, de noi toți care am luat spada cu mâna unui înger și cu mâna unui demon, strânse în același pumn. Pentru că suntem pe lume, rămânem în lume și avem nevoie de Tine. Avem nevoie mereu de Legea Ta care spune: „când v-am trimis fără pungă, fără desagi și fără încălțări, nimic nu v-a lipsit".

Petrus se opri din rugăciune. Tăcerea continua să stăpânească. El privea fix lanul de grâu din jurul nostru.

Cucerirea

Am ajuns într-o seară la ruinele unui vechi castel al ordinului Templierilor. Ne-am așezat să ne odihnim, Petrus își aprinse nelipsita-i țigară, iar eu am luat o înghițitură din vinul rămas de la prânz. Am privit în jur: câteva căsuțe țărănești, turnul castelului, câmpia ondulată, pământul arat, pregătit pentru semănat. Deodată, la dreapta mea, trecând peste ruine, a apărut un cioban care se întorcea de pe câmp cu oile lui. Cerul era roșu aprins, dar praful ridicat de animale făcu peisajul difuz, ca și cum ar fi fost un vis, o viziune magică. Păstorul ridică mâna și ne făcu un semn. I-am răspuns.

Oile au trecut prin fața noastră urmându-și drumul. Petrus se ridică. Scena îl impresionase.

— Hai să mergem. Trebuie să ne grăbim, spuse el.

— De ce?

— De-aia. În fond, nu crezi că suntem de prea mult timp pe Drumul spre Santiago?

Numai că mie ceva îmi spunea că graba lui era legată de scena magică a păstorului cu oile lui.

Două zile mai târziu am ajuns aproape de niște munți care se înălțau spre sud, rupând monotonia imenselor câmpii acoperite cu lanuri de grâu. Terenul avea ceva denivelări naturale, dar era bine marcat de semnele galbene de care îmi vorbise Părintele Jordi. Dar Petrus, fără nici o explicație, începu să se depărteze de semne și să se ducă tot mai mult spre nord. I-am atras atenția, dar el îmi răspunse sec: el era călăuza mea și știa unde mă conduce.

După vreo jumătate de oră de mers am început să aud un zgomot asemănător cu acela al unei căderi de apă. În jur nu se vedeau decât câmpiile arse de soare, așa că mi-am spus că era doar o închipuire a mea. Dar pe măsură ce înaintam zgomotul creștea mereu până ce n-am mai avut nici o îndoială că venea de la o cascadă. Singurul lucru ciudat era că priveam în jur și nu vedeam nici urmă de munți sau de cascade.

Dar deodată, trecând peste un delușor, am dat peste o extravagantă operă de artă a naturii: într-o prăpastie unde ar fi încăput un bloc de cinci etaje, un lințoliu de apă se revărsa spre centrul pământului. Pe marginile imensei găuri, o vegetație luxuriantă, total diferită de cea pe care călcam eu, înrăma căderea de apă.

— Să coborâm pe aici, spuse Petrus.

Am început să coborâm, iar eu mi-am amintit de Jules Verne, fiindcă era ca și cum am fi mers spre centrul pământului. Panta era abruptă și greu accesibilă, a trebuit să mă țin de crengi spinoase și de pietre ascuțite ca să nu cad. Am ajuns pe fundul prăpastiei zgâriat tot, pe brațe și picioare.

— Frumoasă operă a naturii, spuse Petrus.

Am încuviințat. O oază în mijlocul deșertului, cu verdeață bogată și picături de apă ce formau un curcubeu, o frumusețe de oriunde o priveai – de jos sau de sus.

— Aici natura își arată forța, adăugă el.

— E adevărat, am aprobat eu.

— Și ne dă voie să ne demonstrăm și noi forța. Hai să suim prin cascadă, spuse călăuza mea. Prin apă.

Am mai privit o dată scena din fața mea. Nu mai reușeam să văd oaza cea frumoasă, capriciul sofisticat al naturii. Mă aflam în fața unui zid uriaș de peste cincisprezece metri înălțime, pe unde apa cădea cu o forță asurzitoare. Micul lac format de căderea apei era cam cât un stat de om, fiindcă râul se strecura cu mare zarvă printr-o deschizătură care dădea probabil spre adâncul pământului. Nu existau ieșituri pe zid, de care aș fi putut să mă agăț, nici lacul nu era destul de adânc pentru a amortiza căderea. Mă aflam în fața unei sarcini absolut imposibile.

Mi-am amintit o scenă petrecută cu cinci ani înainte, la un ritual extrem de periculos, care cerea – ca și cel de acum – o escaladare. Maestrul îmi dăduse însă posibilitatea să hotărăsc dacă voiam să continui sau nu. Eram mai tânăr, fascinat de puterile lui și de miracolele Tradiției, și am decis să merg mai departe. Trebuia să-mi arăt curajul și îndrăzneala. După aproape o oră de suiș, când ajunsesem la partea cea mai grea, s-a pornit deodată un vânt așa de puternic, încât a trebuit să mă prind cu toate puterile de mica stâncă de care eram sprijinit pentru a nu mă prăvăli. Am închis ochii și am așteptat să se petreacă tot ce era mai rău, cu unghiile înfipte în stâncă. Și ce surpriză am avut când am simțit, în clipa următoare, că cineva mă ajuta să ajung într-o poziție mai sigură și mai lesnicioasă. Am deschis ochii și l-am văzut pe Maestru lângă mine.

A făcut câteva gesturi cu mâna prin aer și vântul s-a oprit dintr-odată. Cu o agilitate miraculoasă, în care apăreau momente de pură levitație, a coborât de pe munte și mi-a cerut să fac același lucru.

Am ajuns jos cu picioarele tremurând și l-am întrebat, indignat, de ce nu oprise vântul înainte de a mă atinge.

— Pentru că eu l-am pornit, răspunse el.

— Ca să mă omori?

— Ca să te salvez. Nu ești în stare să sui un munte ca ăsta. Când te-am întrebat dacă voiai să sui, nu-ți testam curajul. Îți testam înțelepciunea. Ți-ai închipuit un ordin pe care nu ți l-am dat, continuă Maestrul. Dacă ai fi știut să levitezi, nu ar fi fost nici o problemă. Dar ți-ai propus să fii îndrăzneț, când era de ajuns să fi fost doar inteligent.

În ziua aceea mi-a vorbit despre magi care înnebuniseră în timpul revelațiilor, care nu mai puteau distinge între propriile puteri și puterile discipolilor. În viața mea am cunoscut mari personalități din domeniul Tradiției. Am ajuns să cunosc trei Mari Maeștri – între care se află și propriul meu Maestru – care erau capabili să ducă planul fizic până la trepte aflate cu mult peste ceea ce e omul în stare să viseze. Am văzut miracole, preziceri exacte ale viitorului, cunoașterea reîncarnărilor trecute. Maestrul meu mi-a vorbit de războiul Malvinelor cu două luni înainte ca argentinienii să invadeze insulele. Mi-a descris totul în amănunțime și mi-a explicat cauzele astrale ale acelui conflict.

Dar din ziua aceea, am început să observ că, așa cum spunea Maestrul, există Magi care „înnebuniseră în procesul revelațiilor". Erau persoane care se asemănau întru totul cu Maeștrii, inclusiv în ceea ce privește puterile: l-am văzut pe unul care a făcut o sământă să germineze în cincisprezece minute de concentrare maximă. Dar omul acesta – și alții ca el – îi adusese deja pe mulți discipoli la nebunie și disperare. Erau cazuri când oamenii ajunseseră la spitale psihiatrice și știu cel puțin un caz confirmat de sinucidere. Aceștia se aflau pe așa-numita „listă neagră" a Tradiției, deși e imposibil să menții un control asupra lor și știu sigur că unii continuă să oficieze până în ziua de azi.

Toate aceste lucruri mi-au trecut prin cap într-o fracțiune de secundă, privind acea cascadă imposibil de escaladat. M-am gândit la cât de mult umblasem împreună cu Petrus, mi-am amintit de câinele care mă atacase și căruia nu i-am făcut nimic, de ieșirea avută la restaurant cu băiatul care ne servea, de beția de la nuntă. Numai de astea mi-am putut aduce aminte.

— Petrus, eu nu mă sui prin cascadă în ruptul capului. Pentru un singur motiv: e imposibil.

El nu răspunse. Se așeză pe iarba verde, și eu l-am imitat. Am stat aproape cincisprezece minute fără a scoate o vorbă. Tăcerea lui m-a dezarmat, așa că am luat inițiativa și am vorbit iar.

— Petrus, nu vreau să urc prin cascadă pentru că am să cad. Știu că nu aș muri, căci atunci când am văzut chipul Morții mele, am văzut și ziua când ea va veni. Dar pot să cad și să rămân infirm pe viață.

— Paulo, Paulo... mă privi și-mi zâmbi. Se schimbase complet. Era în vocea lui puțină Iubire Care Devorează, iar ochii îi străluceau.

— O să-mi spui că am încălcat jurământul de supunere pe care l-am făcut înainte de a începe Drumul?

— Nu, n-ai încălcat acel jurământ. Nu ți-e frică, nici lene. Și nu trebuie să te gândești că-ți dau un ordin inutil. Nu vrei să sui pentru că te gândești probabil la Magii Negri. Iar dacă-ți folosești puterea de decizie nu înseamnă că rupi un jurământ. Această putere nu-i este niciodată interzisă pelerinului.

Am mai privit o dată cascada, apoi m-am uitat la Petrus. Evaluam posibilitățile de a urca, dar nu găseam nici una.

— Fii atent, continuă el. Eu voi urca înaintea ta, fără să mă folosesc de nici un har. Și voi reuși. Dacă reușesc numai pentru că am știut unde să pun piciorul, tu va trebui să faci la fel. În felul acesta îți anulez puterea de decizie. Dar dacă refuzi, după ce m-ai văzut că am suit, atunci înseamnă că ți-ai călcat jurământul.

Își scoase tenișii. Era cu cel puțin zece ani mai bătrân ca mine, iar dacă reușea să suie, eu nu mai aveam nici un argument. M-am uitat la cataractă și am simțit un frig în stomac.

Petrus nu se mișcă. Era desculț, dar stătea în continuare tot acolo. Se uită la cer și începu să vorbească:

— La câțiva kilometri de aici i s-a arătat, în 1502, Sfânta Fecioară unui păstor. Azi e sărbătoarea Ei, a Fecioarei Drumului, așa că-i voi dedica victoria mea. Te sfătuiesc să faci la fel. Să-i dedici o victorie. Nu suferința picioarelor tale sau rănile de la mâini. Toată lumea îi dedică numai durerea penitențelor. Nu e nimic rău în asta, dar cred că Ea ar fi fericită dacă, pe lângă dureri, oamenii i-ar oferi și bucuriile lor.

Nu mai aveam chef să vorbesc deloc. Continuam să mă îndoiesc că Petrus ar putea sui pe zidul acela. Mi-am spus că toate astea erau o farsă și că de fapt el mă îmbrobodea cu cuvinte dulci pentru ca apoi să mă oblige să fac ce voia el. Însă cu toate îndoielile, am închis ochii și m-am rugat Sfintei Fecioare a Drumului. I-am promis că, dacă Petrus și eu reușim să suim acel zid, mă voi întoarce într-o zi în acel loc.

— Tot ce ai învățat până acum are valoare numai dacă aplici în practică. Amintește-ți că ți-am spus că Drumul spre Santiago e drumul oamenilor obișnuiți. Ți-am repetat-o de mii de ori. Pe Drumul spre Santiago – ca și în viață – înțelepciunea are valoare numai dacă-l poate ajuta pe om să învingă vreun obstacol. Un ciocan n-ar avea rost pe lume dacă n-ar exista cuie să le bați. Și chiar existând cuiele, ciocanul tot ar fi lipsit de sens dacă s-ar limita la a-și spune: „pot să înfig acele cuie cu două lovituri". Ciocanul trebuie să făptuiască. Să se lase mânuit de stăpân și să fie folosit pentru scopul cu care a fost creat.

Mi-am adus aminte de cuvintele Maestrului la Itatiaia: cine are o spadă trebuie s-o supună mereu la încercări, pentru a nu rugini în teacă.

— Cascada este locul unde vei pune în practică tot ce ai învățat până acum, îmi spuse călăuza. Ai deja un lucru în favoarea ta: îți cunoști data morții, și această frică nu te va mai putea paraliza când va trebui să hotărăști rapid unde pui piciorul. Dar amintește-ți că vei avea de-a face cu apa și vei construi pe ea tot ce ai nevoie; că trebuie să-ți înfigi unghia în deget dacă te cuprinde vreun gând rău. Și, mai ales, că trebuie să te sprijini, în fiecare clipă a urcușului, pe Iubirea Care Devorează, pentru că ea este aceea care-ți călăuzește și-ți justifică fiecare pas.

Petrus încetă să mai vorbească. Își scoase cămașa, pantalonii și rămase complet gol. Apoi intră sub apa rece din mica lagună, se udă și-și deschise brațele către cer. L-am văzut mulțumit, bucurându-se de răcoarea apei și de curcubeul pe care stropii de apă îl formau în jurul nostru.

— Încă ceva, spuse el, înainte de a intra sub vălul cascadei. Căderea aceasta de apă te va învăța cum să fii Maestru. Eu voi sui, dar există o perdea de apă între mine și tine. Voi sui fără ca tu să vezi exact unde pun mâna și piciorul. Tot așa, un discipol nu poate imita niciodată pașii călăuzei lui. Pentru că fiecare are un fel de a vedea viața, de a trece peste dificultăți și de a obține victoria. Să-l înveți pe celălalt înseamnă să-i arăți că este posibil. Să-ți însușești învățătura înseamnă să te faci posibil pe tine însuți.

Apoi tăcu. Intră sub perdeaua de apă a cascadei și începu să suie. Nu-i vedeam decât forma difuză, așa cum vezi pe cineva printr-un geam gros. Dar am văzut că înainta. Încet dar neabătut, avansa spre cer. Cu cât se apropia de final, cu atât mai multă frică se cuibărea în mine, gândindu-mă că aveam să fac și eu la fel. În sfârșit, momentul cel mai groaznic a sosit: să iasă din apă fără a sări în lături, pe mal. Forța apei trebuie că-l arunca înapoi, în jos. Capul lui Petrus apăru sus, iar apa ce cădea i-a devenit mantie argintie. Imaginea a durat foarte puțin, pentru că foarte repede el și-a aruncat tot trupul în sus, prinzându-se cum a putut de stâncă, dar stând încă în apă. L-am pierdut, o clipă, din vedere. În sfârșit, Petrus apăru pe unul din maluri. Era ud tot, plin de lumina soarelui și râdea.

— Hai! strigă el, făcându-mi semn cu amândouă mâinile. E rândul tău.

Acum îmi venise rândul. Sau trebuia să renunț pentru totdeauna la spada mea.

Mi-am aruncat toate hainele și m-am mai rugat o dată Sfintei Fecioare a Drumului. Apoi mi-am băgat capul sub apă. Era înghețată, iar trupul mi-a înțepenit o clipă, dar după aceea m-a cuprins o senzație plăcută – eram viu! Fără a mai sta pe gânduri, m-am îndreptat spre cascadă.

Impactul apei peste cap mi-a redat absurdul „simț al realității", care-l slăbește pe om în clipa când are cea mai mare nevoie de forță. Mi-am dat seama că acea cascadă avea mult mai multă putere decât crezusem eu și dacă-mi cădea drept pe piept m-ar fi dărâmat, chiar dacă stăteam bine înfipt pe picioare, în lac. Am traversat curentul de apă și am ajuns între piatră și apă, într-un spațiu foarte îngust în care îmi încăpea corpul numai lipit de stâncă. Aici am văzut că sarcina era cu mult mai ușoară decât îmi închipuisem.

Apa nu ajungea în locul acela și ceea ce părea un perete lucios din afară, era de fapt o piatră plină de scobituri. M-a uluit numai gândul că aș fi putut renunța la spadă de frica unei pietre lucioase când de fapt era un tip de rocă pe care eu o mai escaladasem de zeci de ori. Parcă îl auzeam pe Petrus: „Vezi? O problemă, după ce o rezolvi, devine de o simplitate îngrozitoare."

Am început să sui cu fața lipită de roca udă. În zece minute aveam să înving aproape tot drumul. Nu lipsea decât un lucru: partea finală, locul unde apa se pregătea să se prăvălească în hău. Victoria obținută cu acea escaladare nu folosea la nimic dacă eu nu reușeam să înving și micul spațiu care mă despărțea de aerul proaspăt. Acolo se afla pericolul, iar eu nu văzusem prea bine cum îl dominase Petrus. M-am rugat iar Sfintei Fecioare a Drumului, o fecioară despre care înainte nu auzisem niciodată vorbindu-se, în care totuși eu îmi puneam toată credința, toată speranța în victorie. Cu multă grijă, mi-am vârât întâi părul, apoi tot capul sub torentul care mugea deasupra mea.

Apa mă învălui complet și-mi întunecă privirea. I-am simțit impactul și m-am agățat mai tare de stâncă, cu bărbia în piept, astfel încât să formez o pungă de aer pentru a respira. M-am încredințat întru totul mâinilor și picioarelor mele. Mâinile ținuseră deja o spadă veche, iar picioarele făcuseră Straniul Drum spre Santiago. Erau prietenii mei care mă ajutau. Dar zgomotul apei în auzul meu era asurzitor și am început să respir cu greutate. M-am gândit să-mi trec capul dincolo de curent, dar pentru câteva clipe totul s-a făcut negru în jur. Luptam din răsputeri să-mi țin mâinile și picioarele agățate de colțurile pietrelor; zgomotul apei părea să mă transporte în altă parte, un loc misterios și depărtat, unde nimic din toate acestea nu mai avea importanță și unde eu puteam ajunge dacă mă lăsam purtat de forța aceea. N-ar mai fi nevoie de eforturile supraomenești pe care brațele și picioarele mele le făceau pentru a rămâne lipite de stâncă: totul ar fi devenit odihnă și liniște.

Dar picioarele și mâinile n-au ascultat de impulsul de a mă lăsa purtat. Au rezistat unei ispite fatale.

Capul meu începu să iasă încet la suprafață, tot așa cum se scufundase. M-a cuprins o profundă dragoste pentru trupul meu, care se afla acolo, ajutându-mă în aventura aceea nebunească a unui om care înfruntă o cascadă în căutarea unei spade.

Când mi-am scos capul complet de sub apă, am văzut soarele strălucind deasupra mea și am tras cu putere aer în piept. Asta mi-a dat putere din nou. Am privit în jur și am zărit, la câțiva centimetri de mine, platoul pe unde mersesem mai înainte, ținta eforturilor mele. Am simțit o dorință imensă să mă arunc înainte și să mă agăț de vreun colț, dar nu puteam vedea nici o crăpătură din pricina apei care cădea. Dorința de a învinge era mare, dar nu sosise clipa cuceririi, iar eu trebuia să mă controlez. Am rămas în poziția cea mai dificilă din toată escalada, cu apa căzându-mi pe piept, cu forța care lupta să mă pună la pământ, de acolo de unde îndrăznisem să mă ridic împins de visele mele.

Nu era momentul să mă gândesc la Maeștri, nici la prieteni și nu puteam privi într-o parte ca să văd dacă Petrus era gata să mă salveze în caz că aș fi alunecat. „El o fi urcat pe aici de mii de ori", m-am gândit, „și știe că aici am nevoie disperată de ajutor." Dar m-a părăsit. Sau nu m-a părăsit, o fi în spatele meu, dar eu nu pot întoarce capul pentru că mi-aș pierde echilibrul. Trebuie să fac eu totul. Trebuie să-mi obțin singur Victoria.

Mi-am fixat picioarele și o mână într-o crăpătură, în timp ce cealaltă se lăsa liberă încercând să se obișnuiască cu apa. Aceasta nu mai opunea nici o rezistență, după ce-mi storsese toate puterile. Mâna, știind toate astea, deveni un pește care se dăruia, dar care avea o țintă. Mi-am amintit de filmele din copilărie în care vedeam somoni sărind din căderile de apă, pentru că aveau un obiectiv și trebuia neapărat să-l atingă.

Brațul începu să se ridice încet, profitând chiar de forța apei. În sfârșit, am reușit să-l înalț de tot, eliberându-l, și acum depindea numai de el să descopere unde să se sprijine și în ce direcție să apuce tot corpul. Ca somonul din filmele copilăriei, brațul începu să scotocească prin apa de pe platou în căutarea unui locșor, a unui punct măcar, în care eu să mă sprijin pentru saltul final.

Numai că piatra fusese spălată și lustruită de secolele de apă ce curseseră peste ea. Totuși, trebuia să fie vreo crăpătură: dacă Petrus o găsise, trebuia s-o găsesc și eu. Am început să simt durerea și efortul, fiindcă știam că eram la un pas de sfârșit și acesta este momentul când forțele te părăsesc și nu mai ai încredere în tine. De multe ori în viața mea pierdusem în ultimul moment, înotând un ocean întreg și înecându-mă acolo unde valurile se spărgeau de mal. Dar acum străbăteam Drumul spre Santiago și povestea asta nu se putea repeta la nesfârșit – în ziua aceea trebuia să înving.

Mâna aluneca peste piatra lucioasă, iar presiunea devenea mereu mai mare. Simțeam că celelate părți ale trupului nu mai rezistau și că în orice clipă putea să mi se pună un cârcel. Apa mă lovea cu violență și peste organele genitale, iar durerea era insuportabilă. Dar dintr-o dată, mâna liberă găsi o crăpătură în piatră. Nu era mare și se afla în afara direcției de urcuș, dar putea fi sprijin pentru cealaltă mână, când îi va veni rândul. Am marcat mental locul și mâna liberă veni iarăși să mă salveze. La câțiva centimetri de prima crăpătură, alt punct de sprijin mă aștepta.

Era acolo. Era acolo locul care, de secole, i-a servit și i-a sprijinit pe pelerinii Drumului spre Santiago. Când am înțeles asta, m-am agățat cu toate puterile. Cealaltă mână se eliberă și ea, dar fu aruncată înapoi de forța râului – descrise un arc de cerc larg și găsi locul care o aștepta. Cu o zvâcnitură, corpul meu apucă pe calea deschisă de brațe și m-am aruncat în sus.

Ultimul și cel mai grozav pas fusese făcut. Tot corpul traversă apa și în clipa următoare sălbăticia cascadei era doar un fir de apă aproape fără curent. M-am târât pe mal și m-am lăsat în voia oboselii. Mă bătea soarele, mă încălzea și-mi amintea iarăși că învinsesem și că eram la fel de viu ca înainte, când mă aflam lângă lacul de jos. Cu tot zgomotul apei, i-am simțit pașii lui Petrus care se apropia.

Am vrut să mă scol ca să-mi arăt bucuria, dar trupul sleit refuză să mă asculte.

— Stai liniștit, odihnește-te, spuse el. Încearcă să inspiri adânc.

Așa am făcut și am căzut într-un somn profund și fără vise. Când m-am trezit, soarele își schimbase poziția, iar Petrus, îmbrăcat din cap până-n picioare, îmi întinse hainele și-mi spuse că trebuia să plecăm.

— Sunt foarte obosit, i-am răspuns.

— Nu-i nimic. Te voi învăța să absorbi energie din tot ce te înconjoară.

Și Petrus mă învăță IMPULSUL DE RAM.

Impulsul de RAM

Dă afară tot aerul din plămâni, golindu-i la maximum. Apoi inspiră încet, ridicând brațele. În timp ce inspiri, concentrează-te pentru a simți cum intră în tine iubirea, pacea și armonia cu universul.

Ține-ți respirația, cu brațele sus, cât mai mult, trăind și bucurându-te de armonia interioară și exterioară. Când nu mai poți, dă aerul afară repede, dintr-odată, în timp ce pronunți cuvântul RAM.

Se repetă timp de cinci minute.

Am făcut exercițiul timp de cinci minute și m-am simțit mai bine. M-am ridicat, m-am îmbrăcat și mi-am luat rucsacul.

— Vino încoace, mă chemă Petrus.

M-am dus până la marginea prăpastiei. Jos, la picioarele mele, spumega cascada.

— Văzută de aici pare mult mai ușor decât de acolo, de jos, am spus eu.

— Așa este. Dacă ți-aș fi arătat această vedere înainte, ai fi fost înșelat. Nu ți-ai fi apreciat corect puterile.

Mă simțeam tot slăbit, așa că am repetat exercițiul. Imediat, tot Universul a început, în juru-mi, să intre în armonie cu mine și să-mi pătrundă în suflet. Am întrebat de ce nu mă învățase IMPULSUL de RAM mai înainte, pentru că de multe ori mă simțisem leneș și obosit pe Drumul spre Santiago.

— Pentru că n-ai arătat niciodată că ai nevoie, spuse el râzând și mă întrebă imediat dacă mai aveam biscuiții aceia delicioși pe care-i cumpărasem la Astorga.

Nebunia

De vreo trei zile făceam un fel de marș forțat. Petrus mă trezea înainte de răsărit și nu ne opream din mers decât la nouă seara. Singurele clipe de odihnă erau cele pentru masă, fiindcă ghidul meu abolise siesta de după prânz. Lăsa impresia că urmează un program misterios pe care nu-mi era dat să-l cunosc.

În plus, își schimbase complet purtarea. La început am crezut că era din cauza îndoielilor mele în episodul cascadei, dar mi-am dat seama că nu era asta. Era foarte nervos cu toată lumea și se uita mereu la ceas. I-am amintit că-mi spusese că noi suntem aceia care creăm noțiunea de timp.

— Pe zi ce trece ești mai deștept, răspunse el. Să vedem dacă o să pui în practică toată deșteptăciunea asta când o fi să fie.

Într-o seară am fost așa de obosit de ritmul călătoriei, că n-am mai reușit să mă scol de jos. Atunci Petrus îmi ceru să-mi scot cămașa și să-mi lipesc coloana vertebrală de un copac ce se afla pe acolo. Am stat așa câteva minute și imediat m-am simțit mai bine. El îmi explică faptul că plantele, mai ales copacii maturi, pot transmite armonie când cineva își lipește centrii nervoși de trunchi. Ore întregi sporovăi despre proprietățile fizice, energetice și spirituale ale plantelor.

Cum citisem toate astea pe undeva, nu m-am apucat să notez nimic. Dar discursul lui Petrus a folosit să-mi șteargă senzația că ar fi fost supărat pe mine. Am început să-i privesc tăcerile cu mai mult respect, iar el, ghicindu-mi poate îngrijorările, încerca să fie simpatic ori de câte ori constanta lui posomoreală o permitea.

Într-o dimineață, am ajuns la un pod imens, cu totul disproporționat pentru firicelul de apă care curgea pe sub el. Era într-o duminică foarte de dimineață, iar cârciumile și barurile din micul orășel încă erau închise. Ne-am oprit să ne luăm cafeaua de dimineață.

— Omul și natura au capricii, am spus eu, încercând să leg o conversație. Noi construim poduri frumoase, iar ea se apucă să devieze cursul râului.

— E de la secetă, spuse el. Și mănâncă mai repede sandviciul pentru că trebuie să plecăm.

Mi-am luat inima-n dinți și l-am întrebat de ce atâta grabă.

— E atâta vreme de când bat Drumul spre Santiago, ți-am mai spus. Am multe treburi de făcut în Italia. Trebuie să mă întorc repede.

Răspunsul lui nu m-a convins. Poate că era adevărat, dar nu era singurul motiv. Când am vrut să insist, el schimbă vorba.

— Și ce știi tu despre podul ăsta?

— Nimic, i-am răspuns. Dar și dacă e secetă, tot e prea mare. Cred că într-adevăr râul și-a deviat cursul.

— Despre asta nu știu nimic, spuse el. Dar podul e cunoscut pe Drumul spre Santiago ca „Trecătoarea de Onoare". Câmpiile astea au fost scenariul unor bătălii sângeroase între suebi și vizigoți și, mai târziu, între soldații lui Alfonso al III-lea și mauri. Poate că podul e așa de mare pentru ca tot sângele ăsta să curgă fără să inunde orașul.

Era o încercare de umor macabru. N-am râs. El rămase cam fără chef, dar totuși continuă:

— Cu toate astea, n-au fost oștile vizigoților, nici strigătele triumfătoare ale lui Alfonso al III-lea care au dat numele podului. A fost o poveste de Iubire și de Moarte. În primele secole ale Drumului spre Santiago, când din toată Europa veneau pelerini, preoți, nobili și chiar regi care voiau să se închine Sfântului, au apărut și tâlhari și hoți. Istoria a înregistrat nenumărate cazuri de furturi din caravane pline cu pelerini și de crime oribile comise asupra călătorilor singuratici.

Istoria se repetă, mi-am spus eu.

— De aceea, câțiva nobili cavaleri s-au hotărât să-i sprijine și să-i protejeze pe pelerini, și fiecare dintre ei și-a luat o parte din Drum sub protecție. Dar așa cum râurile își schimbă cursul, tot așa idealul oamenilor e supus schimbării. Pe lângă faptul că îi speriau pe răufăcători, cavalerii rătăcitori au început să se certe între ei din cauza pretenției fiecăruia de a fi cel mai puternic și mai viteaz de pe Drumul spre Santiago. N-a trecut mult și au început să se lupte unii cu alții, așa că bandiții s-au întors la fărădelegile lor la drumul mare, rămase nepedepsite. Asta s-a petrecut o bună bucată de vreme, până ce, în 1434, un nobil din orașul Leon s-a îndrăgostit de o femeie. Se numea don Suero de

Quiñones, era bogat și puternic, și încerca în toate felurile să câștige mâna doamnei inimii lui. Dar această doamnă, căreia istoria i-a uitat numele, nici n-a vrut să audă de marea lui pasiune și a refuzat cererea în căsătorie.

Muream de curiozitate să aflu ce legătură era între o iubire respinsă și luptele cavalerilor rătăcitori. Petrus a observat interesul meu, dar mi-a spus că va continua povestea numai dacă termin odată cu sandviciul acela și ne reluăm drumul.

— Parcă ai fi mama când eram mic, i-am răspuns. Dar am înghițit și ultima bucată de pâine, mi-am luat rucsacul și am început să traversăm orașul adormit.

Petrus continuă:

— Cavalerul nostru, rănit în amorul propriu, s-a hotărât să facă exact ceea ce fac toți bărbații când se văd respinși: să înceapă un război al lui, personal. Își promise că va realiza asemenea fapte eroice încât domnița nu-i va mai uita niciodată numele. Luni de zile căută un ideal nobil căruia să-i dedice iubirea lui cea disprețuită. Până într-o noapte, când, auzind vorbindu-se despre fărădelegile și luptele de pe Drumul spre Santiago, a avut o idee. Și-a strâns zece prieteni, s-a instalat aici, în orășelul în care suntem acum, și a împrăștiat vorba, printre pelerinii care treceau încoace și încolo pe Drumul spre Santiago, că el o să rămână acolo treizeci de zile și o să rupă trei sute de lăncii, ca să arate că el era cel mai puternic și mai îndrăzneț dintre toți cavalerii de pe Drum. Au făcut tabără cu steaguri, blazoane, paji și servitori și au așteptat să apară cei provocați.

Mi-am închipuit imediat ce chiolhan o fi fost acolo. Mistreți la proțap, vinul curgând neîncetat, muzică, povești și lupte. Am văzut cu ochii minții acel tablou viu, în timp ce Petrus continua istorisirea.

— Luptele au început pe 10 iulie, odată cu sosirea primilor cavaleri. Quiñones și prietenii lui se băteau ziua și chefuiau noaptea. Luptele se dădeau totdeauna pe pod, pentru ca nimeni să nu poată fugi. La un moment dat au sosit atâția luptători, încât s-au aprins focuri pe tot podul pentru ca luptele să poată continua până dimineața. Toți cavalerii învinși erau obligați să jure că niciodată nu se vor mai lupta între ei și că de atunci încolo singura lor misiune era să-i apere pe pelerini până la Compostela. Faima lui Quiñones s-a răspândit în câteva săptămâni în toată Europa. Nu doar cavalerii din regiunea Drumului, dar și generali, soldați și bandiți au început să vină ca să-și încerce puterile. Toți știau că dacă cineva reușea să-l învingă pe bravul cavaler de Leon, devenea faimos peste noapte, cu numele încununat de glorie. Dar în timp ce aceia nu căutau decât faimă, Quiñones avea un scop mult mai nobil: iubirea unei domnițe. Și acest ideal îi dădu puteri să învingă în toate bătăliile. Pe 9 august luptele au încetat și don Suero de Quiñones a fost recunoscut ca fiind cel mai viteaz și cel mai brav dintre toți cavalerii de pe Drumul spre Santiago. De acum înainte, nimeni n-a mai îndrăznit să se laude cu vitejia lui, iar nobilii au revenit la lupta împotriva singurului dușman comun, tâlharii care îi atacau pe pelerini. Această epopee, mai târziu, avea să fie la baza Ordinului Militar „Santiago da Espada".

Am ieșit din micul oraș. Mi-a venit să mă opresc și să mă uit înapoi încă o dată la „Trecătoarea de Onoare", podul pe care se petrecuse toată istoria aceea. Dar Petrus îmi ceru să mergem mai departe.

— Și ce s-a întâmplat cu don Quiñones? am întrebat eu.

— S-a dus până la Santiago de Compostela și a depus în raclă un lănțișor de aur care până în zilele noastre împodobește bustul Sfântului Iacob cel Mic.

— Întreb dacă s-a căsătorit cu domnița.

— Ah, asta nu știu, răspunse Petrus. Pe vremea aceea, istoria era scrisă numai de bărbați. Cu atâtea scene de luptă, cine se mai interesa de sfârșitul unei povești de dragoste?

După ce mi-a povestit istoria lui don Suero de Quiñones, călăuza mea a revenit la mutismul cu care mă obișnuise; am mers două zile în tăcere, aproape fără să ne mai oprim ca să ne odihnim. Dar a treia zi, Petrus începu să meargă mai încet decât de obicei. Îmi spuse că era cam obosit de efortul din săptămâna aceea, că nu mai avea vârsta, nici dispoziția să țină ritmul acela. Încă o dată, am fost sigur că nu spunea adevărul: chipul lui, în loc de oboseală, vădea o preocupare adâncă, parcă ceva foarte important se pregătea să irumpă.

În seara aceea am ajuns la Foncebadon, un sat mare, dar complet distrus. Casele, făcute din piatră, aveau acoperișurile de ardezie găurite de timp și de putreziciunea bârnelor de susținere. O parte a satului dădea spre o prăpastie, iar în fața noastră, peste un munte, stătea unul dintre cele mai importante semne ale Drumului spre Santiago: Crucea de Fier. De data asta, eu eram nerăbdător și dornic să ajung imediat la ciudatul monument, compus dintr-un imens trunchi de aproape zece metri înălțime, având în vârf o Cruce de Fier.

Crucea fusese pusă acolo pe timpul invaziei lui Cezar, în semn de omagiu pentru Mercur. După tradiția păgână, pelerinii de pe Ruta Iacobină obișnuiau să depună la picioarele ei o piatră adusă de departe. Am profitat și eu de mulțimea de pietre din orașul în ruine și am luat de jos o bucată de ardezie.

Numai când am grăbit pasul mi-am dat seama că Petrus mergea foarte încet. Se uita la casele în ruină, scotocea printre crengi și descoperea bucăți de cărți, până ce s-a așezat în mijlocul pieței publice, unde se găsea o cruce de lemn.

— Să ne odihnim puțin, spuse.

Era după-amiază, și chiar dacă am fi stat o oră, tot aveam timp să ajungem la Crucea de Fier înainte de căderea nopții.

M-am așezat lângă el, privind peisajul pustiu. Râurile își schimbă făgașul și la fel fac și oamenii. Casele erau solide, cred că a trecut foarte mult timp până să se dărâme. Era un loc frumos, cu munți în spate și o vale înainte, și m-am întrebat ce i-o fi împins pe atâția oameni să părăsească un loc ca acesta.

— Tu ce crezi, don Suero de Quiñones era nebun? mă întrebă Petrus.

Îl și uitasem pe don Suero, dar probabil că Petrus vrea să-mi amintească de „Trecătoarea de onoare".

— Nu cred să fi fost nebun, am răspuns. Dar am început să mă îndoiesc.

— Ei bine, află că era, la fel cum și Alfonso, călugărul pe care l-ai cunoscut, este. Și cum sunt și eu, iar modul în care mi se manifestă nebunia se vede în desenele pe care le fac. Sau, la tine, în căutarea spadei. Noi toți avem înăuntru, arzând, flacăra sfântă a nebuniei, alimentată de Agape. Pentru asta nu trebuie să vrei să cucerești America sau să vorbești cu păsările, ca Sfântul Francisc din Assisi. Și un tarabagiu din colțul străzii poate arăta flacăra sfântă a nebuniei dacă are chef s-o facă. Agape există dincolo de prejudecățile omului și e contagioasă, pentru că lumea e însetată.

Petrus îmi spuse că eu știam să trezesc Agape prin intermediul Sferei Albastre. Dar pentru ca Agape să poată înflori nu aveam voie să mă mai tem să-mi schimb viața. Dacă-mi plăcea ce făceam, foarte bine. Dar dacă nu, puteam să schimb totul, oricând. Când lăsam să se întâmple o schimbare, mă transformam eu însumi într-un teren fertil și lăsam ca Imaginația Creatoare să arunce semnițele în mine.

— Tot ce te-am învățat, inclusiv Agape, are sens numai dacă ești mulțumit cu tine însuți. Dacă nu este așa, exercițiile pe care le-ai învățat te vor conduce, inevitabil, la dorința de schimbare. Și pentru ca toate exercițiile pe care le-ai învățat să nu se întoarcă împotriva ta, trebuie să dai voie să se petreacă o schimbare.

Acesta e momentul cel mai greu din viața unui om: când vede Lupta Dreaptă și se simte incapabil să-și schimbe viața și să se arunce în luptă. Dacă te lași așa, cunoașterea se va întoarce împotriva celui care o are.

Am privit orășelul Foncebadon. Poate că toți oamenii aceia, într-un glas, au simțit nevoia schimbării. L-am întrebat pe Petrus dacă alesese dinadins locul acela ca să-mi spună asta.

— Nu știu ce s-a întâmplat aici, îmi răspunse. De multe ori, oamenii sunt obligați să accepte o schimbare provocată de soartă, dar eu nu vorbesc despre asta acum. Vorbesc de un act de voință, o dorință concretă de a lupta împotriva a tot ce nu te mulțumește în viața ta de zi cu zi. Pe drumul existenței ne întâlnim mereu cu probleme greu de rezolvat. Cum ar fi să mergi contra curentului unei cascade fără ca ea să te dărâme. În asemenea momente trebuie să lași Imaginația Creatoare să acționeze. În cazul tău, a apărut o provocare pe viață și pe moarte și nu prea aveai mult timp ca să alegi: Agape ți-a arătat singura cale. Dar există și probleme în viață când trebuie să alegem între o cale sau alta. Chestiuni cotidiene, ca o decizie la serviciu, o ruptură afectivă, o întâlnire socială. Fiecare din hotărârile acestea mici pe care le luăm în fiecare clipă a existenței noastre poate însemna o alegere între viață și moarte. Când pleci dimineața la lucru, poți alege între un mijloc de transport care te lasă la ușa întreprinderii teafăr și nevătămat sau un altul, care se va ciocni și-și va omorî călătorii. Acesta e un exemplu radical de cum poate o simplă decizie să afecteze pe cineva pentru tot restul vieții.

Am început să mă gândesc la mine, lăsându-l pe Petrus să vorbească. Alesesem să fac Drumul spre Santiago în căutarea spadei mele. Ea mă interesa acum cel mai mult și trebuia s-o găsesc cu orice preț. Trebuia să iau decizia corectă.

— Singurul mod de a lua o decizie corectă este să cunoști care este decizia greșită, spuse el, după ce i-am zis la ce mă gândisem. Trebuie să cercetezi cealaltă cale, și, apoi, să iei hotărârea.

Atunci Petrus mă învăță EXERCIȚIUL UMBRELOR.

Exercițiul Umbrelor

Relaxează-te.

Timp de cinci minute, privești toate umbrele obiectelor sau oamenilor din jur. Încearcă să afli ce parte a obiectului sau a omului se reflectă în umbra respectivă.

În următoarele cinci minute faci același lucru, dar în același timp, identifici problema pe care vrei s-o rezolvi și cauți toate soluțiile greșite pentru ea.

În sfârșit, încă cinci minute mai privești umbrele și te gândești care sunt toate soluțiile bune care pot exista. Le elimini una câte una, până ce nu rămâne decât soluția bună a problemei.

— Problema ta e spada, spuse el după ce încheie explicația exercițiului.

Am încuviințat.

— Atunci apucă-te de exercițiu chiar acum. Eu plec să dau o raită. Sunt sigur că ai să găsești soluția corectă până mă întorc.

Mi-am amintit de graba lui Petrus din ultimele zile și de discuția din orașul părăsit. Parcă încerca să câștige timp să ia o hotărâre. Am fost foarte bucuros și mi-am început exercițiul.

Am făcut puțin din IMPULSUL de RAM pentru a mă pune în armonie cu atmosfera din jurul meu. Apoi mi-am marcat cincisprezece minute pe ceas și am început să privesc umbrele dimprejur. Umbre ale caselor dărâmate, ale pietrelor, trunchiurilor, ale vechii cruci ce rămăsese în urmă. Privind umbrele, am înțeles cât de greu era să afli care parte era reflectată. Etapa asta a durat zece minute. Nu era greu să mă concentrez, pentru că exercițiul era fascinant. Apoi am început să mă gândesc care ar fi soluțiile greșite pentru a-mi găsi spada. Mi-au trecut prin minte nenumărate idei – de la aceea de a lua autobuzul până la Santiago până la aceea de a-i telefona soției și, printr-o escrocherie sentimentală, să aflu unde o pusese.

Când s-a întors Petrus, eu zâmbeam.

— Ei bine? întrebă el.

— Am descoperit cum și-a scris Agatha Christie romanele, am glumit eu. Transformând ipoteza cea mai greșită într-una corectă. Cred că ea cunoaștea Exercițiul Umbrelor.

Petrus mă întrebă unde era spada mea.

— Mai întâi o să-ți spun ipoteza cea mai greșită pe care am reușit s-o elaborez privind umbrele: spada nu s-ar afla pe Drumul spre Santiago.

— Ești un geniu. Adică ai descoperit că umblăm de atâta timp în căutarea spadei tale. Eu cred că ți s-a spus asta chiar când ai plecat din Brazilia.

— E păstrată într-un loc sigur, am continuat eu, unde soția mea n-ar avea acces. Am dedus că se află undeva la vedere, dar s-a integrat într-atât în atmosfera de acolo încât nu se vede.

Petrus n-a mai râs. Eu mi-am urmat ideea:

— Și cum cel mai absurd ar fi să fie într-un loc plin de lume, ea se află într-un loc aproape pustiu. În plus, pentru ca puținii oameni care o văd să nu observe diferența între o spadă ca a mea și una tipic spaniolă, trebuie să se afle într-un loc unde oamenii să nu poată deosebi stilurile.

— Crezi că se află aici? mă întrebă el.

— Nu, nu e aici. Ar fi cel mai greșit lucru să se facă acest exercițiu exact în locul unde e spada. A fost o ipoteză pe care am abandonat-o imediat. Dar trebuie să fie într-un oraș asemănător acestuia. Nu chiar părăsit, pentru că o spadă într-un oraș părăsit ar atrage imediat atenția pelerinilor și trecătorilor. În scurt timp ar împodobi pereții vreunui bar.

— Foarte bine, îmi spuse el, și am observat că era mândru de mine și de exercițiul pe care mi-l arătase.

— Mai e ceva, am spus eu.

— Ce?

— Locul cel mai greșit pentru a pune spada unui Mag ar fi un loc profan. Trebuie să fie într-un loc sacru. Cum ar fi o bisercă, de pildă, de unde nimeni n-ar îndrăzni s-o fure. În concluzie: într-o biserică dintr-un orășel aproape de Santiago, la vedere, dar potrivindu-se cu locul respectiv – acolo este spada mea. De acum înainte, voi vizita toate bisericile de pe Drum.

— Nu trebuie, îmi răspunse el. Când va veni timpul, o vei recunoaște.

Reușisem.

— Ascultă, Petrus, de ce ne-am grăbit atâta, iar acum stăm așa de mult într-un oraș părăsit?

— Care ar fi hotărârea cea mai greșită?

Am privit umbrele dintr-o aruncătură de ochi. Avea dreptate. Exista un motiv pentru șederea asta.

Soarele se ascunse după munți, dar era încă multă lumină. Mă gândeam că în clipa aceea soarele bătea în Crucea de Fier, crucea pe care eu voiam s-o văd și era la doar câteva sute de metri de mine. Voiam să știu motivul acelei așteptări. Mersesem foarte repede toată săptămâna și singurul motiv mi se părea a fi necesitatea de a ajunge aici într-o zi și la o oră anume.

Am încercat să continui discuția ca să mai treacă timpul, dar mi-am dat seama că Petrus era nervos și preocupat. Îl văzusem de multe ori prost-dispus, dar nu-mi aminteam să-l fi văzut vreodată nervos. Brusc, mi-am dat seama că totuși îl mai văzusem așa, o singură dată. La o cafea de dimineață, într-un sat al cărui nume nu mi-l aminteam, înainte de a ne întâlni cu...

Am întors capul. Era acolo. Câinele.

Câinele turbat care mă trântise, câinele fricos care o luase la sănătoasa imediat. Petrus îmi promisese să mă ajute la următoarea întâlnire și m-am întors spre el. Dar nu mai era nimeni lângă mine.

L-am fixat cu privirea, în timp ce căutam cu înfrigurare un mod de a înfrunta situația. Nici unul dintre noi nu se mișca și mi-au trecut o clipă prin minte duelurile din vestul sălbatic, din orașele părăsite. Nimănui nu-i trecuse prin cap să pună să se dueleze un om cu un câine – era prea de tot. Dar cu toate astea stăteam aici cu dulăul în față, trăind o realitate pe care ficțiunea o considera neverosimilă.

Chiar aici era Legiune, fiindcă erau într-adevăr mulți. La dreapta mea era o casă părăsită. Dacă m-aș fi mișcat iute, mă puteam sui pe acoperiș și Legiune nu m-ar fi urmărit. Eram prins între posibilitățile corpului și cele ale unui câine.

Am renunțat repede la idee, nescăpându-l din ochi deloc. De multe ori, de când mă aflam pe Drum, mă cuprinsese spaima gândindu-mă la momentul acesta. Înainte de a-mi găsi spada trebuia să mă confrunt cu Dușmanul, să-l înving sau să fiu învins de el. Nu-mi rămânea decât să-l înfrunt. Dacă fugeam acum, cădeam într-o capcană. Poate că dulăul nu s-ar mai fi arătat, dar eu aveam să umblu cu frică pe Drumul spre Santiago de Compostela. Și chiar după aceea, aveam să visez câinele nopți în șir, gândindu-mă că urma să apară iar, trăind cu spaima asta câte zile mai aveam.

Pe când îmi treceau toate astea prin cap, am văzut câinele cum încerca să se apropie de mine. Imediat am renunțat la orice reflecție și m-am concentrat numai asupra luptei care avea să înceapă. Petrus fugise, iar eu rămăsesem singur. Am simțit teamă. Imediat, câinele începu să se apropie încet, mârâind înăbușit. Faptul că nu lătra în gura mare era mult mai amenințător, de aceea spaima crescu parcă în mine. Văzându-mi slăbiciunea oglindită în ochi, se repezi la mine.

Parcă un pietroi mi-ar fi căzut pe piept. M-a trântit la pământ și-și pregătea mușcătura. Vag mi-a trecut prin cap că-mi cunoșteam Moartea, care nu avea să fie așa, dar spaima mă cuprinsese cu totul și n-am mai reușit s-o controlez. Am început să lupt ca să-mi apăr fața și beregata. O durere ascuțită în picior mă făcu să mă ghemuiesc tot, și mi-am dat seama că mă mușcase. Mi-am luat mâinile de pe față și de la gât și mi-am prins piciorul rănit. Câinele profită de asta și se pregăti să se arunce spre fața mea. Atunci, mâna simți o piatră lângă mine. Am apucat-o repede și l-am lovit cu toată puterea și disperarea.

S-a depărtat puțin, mai mult surprins decât rănit, iar eu am reușit să mă ridic. Încă se mai trăgea înapoi, iar pe mine piatra plină de sânge m-a îmbărbătat. Prea mă ținuse la respect cu forța lui, iar asta era o capcană. Nu putea fi mai puternic decât mine. Mai agil, poate, dar mai puternic în nici un caz, doar eu eram mai greu și mai înalt decât el. Frica începu să scadă, însă eram încă zăpăcit, și m-am apucat să răcnesc cu piatra în mână. Animalul mai făcu un pas înapoi și, deodată, se opri.

Părea că-mi citește gândurile. În disperarea mea mă simțeam puternic și ridicol, pentru că mă luptam cu un câine. O senzație de Putere mă cuprinse brusc, în timp ce un vânt fiebinte începu să sufle peste orașul pustiu. Mi se făcu o silă nesfârșită de lupta aceea – la urma urmelor era de ajuns să-l lovesc cu piatra în moalele capului și aș fi învins. Am vrut să termin toată povestea imediat, să-mi văd de rana de la picior și să închei o dată pentru totdeauna istoria asta absurdă cu spade și stranii drumuri spre Santiago.

Era însă o capcană. Câinele făcu un salt și mă puse iarăși jos. De data asta reuși să se ferească de piatră cu viclenie, mușcându-mi mâna pentru a scăpa piatra. Am început să-l lovesc și să-l scutur cu mâinile goale, dar nu prea-i făceam nimic. Reușeam doar să evit altă mușcătură.

Ghearele ascuțite au început să-mi sfâșie hainele și carnea și mi-am dat seama că era doar o chestiune de secunde ca să mă domine cu totul.

Deodată am auzit o voce înăuntrul meu. O voce care spunea că dacă renunțam, lupta se termina și eu eram salvat. Învins dar viu. Mă durea piciorul, iar trupul tot îmi ardea din cauza pielii sfâșiate. Vocea insista spunându-mi să abandonez lupta, și acum am recunoscut-o: era vocea lui Astrain, Mesagerul meu, care-mi vorbea. Câinele se opri și el, ca și cum ar fi auzit aceeași voce, și încă o dată am vrut să las baltă totul. Astrain îmi spunea că mulți oameni nu și-au găsit spada în lumea asta, și ce conta? Eu voiam doar să ajung acasă, să fiu cu soția, să am copii și să lucrez la ce-mi place. Ajunge cu atâtea absurdități, înfruntări cu câini și urcușuri prin cascade. Era a doua oară când îmi treceau prin cap toate astea, acum însă doream cu mai multă putere să se termine totul, și am fost sigur că în clipa următoare aveam să mă predau.

Un zgomot în satul părăsit atrase atenția animalului. Am privit într-o parte și am văzut un păstor care venea cu oile de pe câmp. Imediat mi-am amintit că mai văzusem scena înainte, la ruinele vechiului castel. Dar când dulăul văzu oile, sări de pe mine și se pregăti să le atace. Asta era salvarea mea.

Ciobanul începu să strige și oile o luară la sănătoasa. Înainte ca javra să sară de lângă mine, m-am decis să mai rezist o secundă ca să dau timp animalelor să fugă – și am apucat câinele de picior. Mai era și speranța absurdă ca ciobanul să-mi sară poate în ajutor, așa că o clipă s-a întors și speranța în spadă și Puterea RAM.

Câinele încerca să scape de mine. Nu mai eram dușmanul lui, eram o belea. Ce voia el acum se afla în fața lui – oile. Numai că eu îl prinsesem de picior, așteptând un cioban care nu venea și niște oi care nu prea fugeau.

A fost secunda care mi-a salvat sufletul. O forță imensă crescu în mine – nu mai era iluzia Puterii, care provoacă silă și dorința de a renunța. Astrain îmi vorbi iar, dar acum era altceva. Spunea că trebuia să înfrunt lumea cu aceleași arme cu care eram provocat. Și că nu puteam înfrunta un câine decât transformându-mă în câine.

Asta era nebunia despre care îmi vorbise Petrus atunci. Am început să mă simt câine. Am strâns din dinți și am mârâit înăbușit, cu ura urcându-mi în glas. Dintr-o ochire am văzut chipul speriat al ciobanului și oile îngrozite și de mine, și de câine.

Legiune pricepu și fu cuprins de teamă. Atunci l-am atacat. Era prima oară în toată lupta când făceam asta. L-am atacat cu dinții și cu unghiile, încercând să-l mușc de gât, exact la fel cum mă temusem să nu facă el cu mine. În mine nu exista nimic altceva decât o dorință imensă de victorie. Nimic nu mai conta. M-am aruncat asupra animalului și l-am trântit la pământ. Se zbătea să iasă de sub mine, ghearele lui îmi sfâșiau pielea, dar și eu îl mușcam și-l zgâriam. Dacă ieșea de sub mine avea să fugă încă o dată, iar eu nu voiam să mai trec așa ceva. Azi aveam să-l înving și să-l lichidez.

Animalul începu să mă privească cu groază. Acum eu eram câinele, și el părea transformat în om. Vechea mea frică se răsfrânsese asupra lui cu atâta putere, încât reuși să scape, dar l-am prins din nou în fundul unei case părăsite. După un zid scund de ardezie se afla prăpastia – nu mai avea cum să scape. Era cineva care acolo avea să vadă chipul Morții lui.

Deodată am înțeles că ceva nu era în regulă. Eram prea puternic. Gândurile îmi orbecăiau prin ceață; am zărit chipul unui țigan și alte imagini difuze în jurul lui. Mă transformasem în Legiune. Asta îmi era puterea. Diavolii îl părăsiseră pe bietul câine speriat care peste o clipă avea să cadă în prăpastie. Acum erau în mine. Am simțit o pornire de nestăpânit să-l fac bucăți pe animalul neajutorat. „Tu ești Principele, iar ei sunt Legiune", îmi șopti Astrain. Dar eu nu voiam să fiu un Principe și am auzit, slabă, vocea Maestrului meu spunând cu insistență că exista o spadă ce trebuia obținută. Trebuia să mai rezist un minut. Nu trebuia să ucid câinele.

Am aruncat o privire spre păstor. Chipul lui îmi confirma gândul. Acum era mai speriat de mine decât de câine.

Am început să simt o amețeală, totul se învârtea în jurul meu. Nu se putea să leșin. Dacă leșinam acum, Legiune m-ar fi învins. Trebuia să găsesc o soluție. Nu mai luptam cu un animal, ci cu forța care mă posedase. Mi s-au înmuiat picioarele și m-am sprijinit de un perete, dar acesta a cedat. În moloz, printre lemne și resturi, am căzut cu fața în jos, pe pământ.

Pământ. Legiune era pământul, fructele pământului. Fructe bune și fructe rele, dar ale pământului. Acolo era casa lui și de acolo el stăpânea sau se lăsa stăpânit de lume. Agape explodă în mine și atunci mi-am înfipt cu putere unghiile în pământ. Am scos un urlet, un țipăt asemănător celui auzit când m-am întâlnit prima oară cu câinele. Am simțit cum Legiune trece prin corpul meu și se scurge în pământ, fiindcă în mine se afla Agape, iar Legiune nu voia să fie înghițit de Iubirea Care Devorează. Aceasta era voința mea, voința care mă făcea să lupt cu puținele puteri ce-mi mai rămăseseră împotriva leșinului, voința de Agape cuibărită în suflet, rezistând. Trupul mi se cutremură tot.

Legiune cobora cu putere în pământ. Am început să vomit, dar simțeam că era Agape care creștea și-mi exploda prin toți porii. Am continuat să tremur până ce, în sfârșit, am simțit că Legiune se întorsese în împărăția lui.

Am simțit cum ultimele lui rămășițe mi s-au scurs prin degete. Eram la pământ, rănit și zdrobit, când în fața mea am văzut o scenă absurdă. Un câine, sângerând dar dând din coadă și un păstor speriat care mă privea.

— Ați mâncat ceva ce v-a făcut rău, spuse ciobanul, care refuza să-și creadă ochilor. Dar dacă ați vomitat, o să treacă.

Am încuviințat cu o mișcare din cap. El îmi mulțumi că-mi ținusem câinele și plecă mai departe cu oile.

Apăru Petrus și nu scoase o vorbă. Își rupse o bucată din cămașă și-mi făcu un bandaj pentru piciorul care-mi sângera tare. Îmi ceru să-mi mișc tot corpul și-mi spuse că nu mai aveam nici o rană serioasă.

— Ești într-un hal fără hal, îmi spuse el zâmbind; îi revenise rara lui bună-dispoziție. Așa că nu prea merge să vizităm azi Crucea de Fier. Or fi turiști pe acolo și s-ar putea să-i sperii.

Nu m-am lăsat. M-am ridicat, am scuturat praful de pe mine și am văzut că puteam merge. Petrus îmi sugeră să fac puțin din Impulsul de RAM, și-mi luă rucsacul. Am făcut Exercițiul Impulsului de RAM și din nou eram pe aceeași undă cu lumea. Într-o jumătate de oră aveam să ajung la Crucea de Fier.

Într-o bună zi, Foncebadon va renaște din propriile-i ruine. Legiune lăsase acolo multă Putere.

Poruncă și supunere

Am ajuns la Crucea de Fier dus pe sus de Petrus, fiindcă nu puteam păși cum trebuie. Când a văzut cât de grave erau rănile pe care mi le făcuse câinele, a hotărât să mă pună la pat până ce aveam să mă fac suficient de bine pentru a continua Straniul Drum spre Santiago. Era un sat chiar acolo, loc de popas pentru pelerinii surprinși noaptea pe drum înainte de a trece munții. Petrus a găsit două camere în casa unui fierar și ne-am instalat acolo.

Odaia mea avea o mică verandă – revoluție arhitectonică ce începuse în satul acela și se răspândise în toată Spania secolului al VIII-lea. Puteam admira munții pe care, mai devreme sau mai târziu, trebuia să-i trec pentru a ajunge la Santiago. Am căzut frânt în pat și nu m-am trezit decât a doua zi, cu puțină febră, dar simțindu-mă destul de bine.

Petrus a adus apă de la o fântână căreia localnicii îi spuneau „puțul fără fund" și mi-a spălat rănile. Seara veni cu o bătrână ce locuia prin împrejurimi. Amândoi mi-au pus fel de fel de ierburi pe răni și pe zgârieturi, iar baba m-a obligat să beau un ceai amar. Îmi amintesc că Petrus îmi cerea să-mi ling în fiecare zi rănile, până se închid complet. Simțeam gustul amestecat al sângelui, metalic și dulce, ceea ce-mi făcea greață, dar călăuza mea susținea că saliva este un dezinfectant puternic și mă ajută să lupt împotriva unei posibile infecții.

A doua zi, febra a revenit. Petrus și bătrâna iar mi-au adus ceaiul amar, iar m-au oblojit cu ierburi, dar fierbințeala, deși nu era foarte mare, nu ceda. Atunci, călăuza mea s-a dus la o bază militară din apropiere după fețe, fiindcă nu se găsea nimic pentru pansarea rănilor în tot satul, nu era nici urmă de tifon sau plasturi.

Peste câteva ore, Petrus se întoarse cu feșele. Venea cu el și un ofițer tânăr, medic, care voia numaidecât să afle unde era animalul care mă mușcase.

— După rană, câinele e turbat, dădu medicul verdictul, cu un aer important.

— Nici vorbă, i-am răspuns eu. M-am cam întrecut cu joaca, dar îl cunosc de multă vreme.

Ofițerul nu mă crezu. Voia neapărat să-mi dea un vaccin antirabic n-am avut încotro, a trebuit să-i dau voie să-mi facă prima doză, altfel m-ar fi transferat la spitalul Bazei. Apoi a vrut să știe unde era câinele care mă mușcase.

— La Foncebadon, i-am răspuns.

— Foncebadon e o ruińă. Nu există câini acolo, mi-o întoarse el, cu aerul cunoscătorului care nu înghite minciuni.

Am început să gem de o durere închipuită, și ofițerul medic se lăsă condus de Petrus afară din cameră. Dar lăsă tot ce aveam nevoie: bandaje sterile, plasture și un unguent cicatrizant.

Petrus și bătrâna nu s-au folosit de unguent. Au oblojit rănile cu pansamente pline cu ierburi. Ce m-a bucurat cel mai mult a fost că n-a mai trebuit să-mi ling rănile. Noaptea, amândoi îngenuncheau lângă patul meu și, cu mâinile întinse peste corpul meu, se rugau cu voce tare. L-am întrebat pe Petrus despre ce era vorba, iar el a pomenit vag de Carisme și de Drumul spre Roma. Am insistat, dar el nu mi-a mai răspuns.

Două zile mai târziu eram complet refăcut. M-am dus la fereastră și am văzut câțiva soldați scotocind prin curțile oamenilor și printre stâncile din împrejurimi. L-am întrebat pe unul dintre ei ce se întâmplă.

— E un câine turbat prin apropiere, îmi răspunse el.

Chiar în seara aceea fierarul, stăpânul camerelor, a venit să-mi spună că trebuie să plec din sat imediat ce voi putea merge. Se dusese vestea printre toți locuitorii satului și tuturor le era frică să nu turbez și eu și să le transmit boala. Petrus și bătrâna au încercat să discute cu fierarul, dar acesta era de neclintit. Ba, la un moment dat, a ajuns până într-acolo încât a spus că văzuse un firicel de spumă la colțul gurii mele, când dormeam.

Nimic nu l-a putut convinge că de fapt i se poate întâmpla oricui, în timpul somnului. Noaptea, bătrâna și călăuza mea au stat îndelung în rugăciune, cu mâinile întinse peste mine. Iar a doua zi, șchiopătând, iată-mă din nou pe Straniul Drum spre Santiago.

L-am întrebat pe Petrus dacă fusese îngrijorat de boala mea.

— Există o regulă pe Drumul spre Santiago despre care nu ți-am pomenit, spuse el: odată început, singurul motiv pentru care îl poți întrerupe este o boală. Dacă nu ți s-ar fi vindecat rănile și febra ar fi persistat, ar fi fost un semn că această călătorie a noastră trebuia să se încheie aici. Dar, continuă cu un fel de mândrie, rugăciunile ne-au fost ascultate.

Am avut certitudinea că tot curajul acela era important și pentru el, și pentru mine.

Acum drumul mergea numai la vale, și Petrus îmi spuse că o s-o ținem așa două zile. Ne întorsesem la ritmul nostru obișnuit, cu siesta după fiecare prânz, când soarele ardea cel mai tare. Cum eu eram bandajat, el îmi ducea rucsacul. Nu ne mai grăbeam: întâlnirea la care trebuia să ajungem avusese loc.

Starea sufletească prin care treceam se îmbunătățea pe zi ce trece și eram mândru de mine: escaladasem o cascadă și învinsesem demonul Drumului. Nu mai lipsea decât sarcina cea mai importantă: să-mi găsesc spada. Am adus vorba despre asta.

— Victoria da, a fost frumoasă, dar ai eșuat în ce era mai important, spuse el, aducându-mă la realitate.

— În ce?

— N-ai știut momentul exact când avea să înceapă lupta: a trebuit ca eu să merg mai repede, să-ți impun un marș forțat, și tu nu te-ai gândit la altceva decât că-ți căutam spada. La ce e bună o spadă dacă omul nu știe unde-l așteaptă dușmanul?

— Spada e unealta Puterii, i-am răspuns eu.

— Te încrezi prea mult în Puterea ta, îmi spuse el. Cascada, Practicile RAM, discuțiile cu Mesagerul tău te-au făcut să uiți că mai aveai un dușman de înfrânt. Și că aveai o întâlnire deja stabilită cu el. Înainte ca mâna să folosească spada, trebuie să localizezi dușmanul și să știi cum să-l înfrunți. Spada dă numai lovitura. Dar mâna este victorioasă sau înfrântă înainte de a lovi. Ai reușit să-l învingi pe

Legiune fără spadă. Există un secret în căutarea asta, un secret pe care tu nu l-ai descoperit încă, dar fără de care niciodată nu vei putea găsi ceea ce cauți.

Am căzut pe gânduri. De fiecare dată când eram sigur că ajunsesem aproape de obiectivul meu, Petrus îmi arăta, insistent, că eram un simplu pelerin, și că încă îmi mai lipsea ceva pentru a găsi ce căutam. Bucuria pe care o simțisem cu câteva minute în urmă dispăru ca prin farmec.

Vasăzică eram tot ca la începutul Straniului Drum spre Santiago, iar asta m-a dezamăgit complet. Pe cărarea pe care pășeam eu, mii de oameni trecuseră de-a lungul celor douăsprezece secole, într-un convoi neîncetat către Santiago de Compostela. În cazul lor, era doar o chestiune de timp să ajungă acolo unde doreau. În cazul meu, capcanele Tradiției așezau piedică după piedică, și fiecare trebuia învinsă, încercare după încercare și fiecare trebuia depășită.

I-am spus lui Petrus că obosisem și ne-am așezat la umbră. Pe marginea drumului erau cruci mari de lemn. Petrus puse cele două rucsacuri jos și vorbi din nou:

— Un dușman reprezintă întotdeauna partea noastră slabă. Care poate fi frica de durere fizică, dar și senzația vremelnică de victorie sau dorința de a abandona lupta, considerând că nu merită efortul. Dușmanul nostru intră în luptă numai pentru că știe că ne poate lovi. Exact în acel punct în care orgoliul nostru ne face să credem că suntem de neînvins. În timpul luptei, încercăm totdeauna să ne apărăm partea slabă, în timp ce Dușmanul lovește partea lipsită de apărare – cea în care avem noi mai multă încredere. Și ajungem să fim învinși pentru că se întâmplă ceea ce nu trebuia să se întâmple niciodată: să-l lăsăm pe Dușman să aleagă modul de a lupta.

Tot ce-mi spunea Petrus se petrecuse în lupta mea cu câinele. În același timp, respingeam ideea că aveam dușmani și că eram obligat să lupt cu ei. Când Petrus mi-a vorbit de Lupta Dreaptă, am crezut că vorbea de lupta pentru viață.

— Ai dreptate, dar Lupta Dreaptă nu e numai asta. Nu e un păcat să te războiești, spuse el, după ce i-am împărtășit îndoielile mele. Să te războiești e un act de iubire. Dușmanul ne dezvoltă și ne perfecționează, așa cum a făcut câinele cu tine.

— Dar se pare că tu nu ești niciodată mulțumit. Tot timpul lipsește ceva. Acum te rog să-mi vorbești de secretul spadei mele.

Dar Petrus îmi spuse că asta era ceva ce eu trebuia să știu înainte de a începe drumul. Și continuă să-mi vorbească despre Dușman.

— Dușmanul e parte din Agape și există pentru a ne pune la încercare mâna, voința, arta de a mânui spada. A fost pus în viața noastră – și noi, în viața lui – cu un scop. Acest scop trebuie atins. De aceea, a fugi din luptă e tot ce poate fi mai rău. E mai rău decât să pierzi lupta, pentru că din înfrângere tot înveți ceva, dar fugind nu reușim decât să-i cedăm victoria Dușmanului.

I-am spus atunci că mă mira să-l aud pe el, Petrus, care părea atât de legat de Isus, vorbind despre violență în felul acela.

— Gândește-te la necesitatea existenței lui Iuda pentru Isus, îmi spuse. El trebuia să aleagă un Dușman, altfel lupta Lui pe pământ n-ar fi putut fi proslăvită.

Crucile de lemn ce străjuiau drumul erau o mărturie a felului în care fusese construită acea glorie: cu sânge, trădare și abandon. M-am ridicat și am spus că puteam porni.

Pe drum, am întrebat care era, într-o luptă, punctul cel mai puternic pe care omul se putea sprijini pentru a-și învinge Dușmanul.

— Prezentul. Omul se bazează cel mai bine pe ceea ce face în prezent, pentru că aici se află Agape, voința de a învinge cu Entuziasm. Și încă un lucru foarte important pe care vreau să-l clarific: rareori Dușmanul reprezintă Răul. El apare când o spadă nefolosită ruginește în teacă.

Mi-am adus aminte că odată, când construiam o casă de vară, soția mea a schimbat peste noapte poziția uneia dintre camere. Mi-a revenit mie sarcina neplăcută de a-i anunța constructorului schimbarea. L-am chemat pe zidar, un om destul de bătrân, de aproape șaizeci de ani, și i-am spus ce vrem. El s-a uitat, a studiat, apoi a venit cu o soluție și mai bună, care utiliza peretele deja început. Soția mea a fost încântată de idee. Poate că asta voia Petrus să-mi spună, în cuvinte așa de complicate – respectul pentru utilizarea forței care zace în lucrul început, pentru a învinge Dușmanul.

I-am vorbit despre soluția zidarului.

— Viața ne învață totdeauna mai mult decât Straniul Drum spre Santiago, mi-a spus. Numai că noi nu prea avem încredere în învățăturile vieții.

Crucile continuau de-a lungul Rutei Iacobine până la capăt. Erau opera unui pelerin care trebuie să fi avut puteri aproape supraomenești ca să poată ridica lemnul acela solid și greu. Așezate din treizeci în treizeci de metri, se întindeau cât vedeam cu ochii. L-am întrebat pe Petrus ce era cu ele.

— Un străvechi și anacronic instrument de tortură, spuse el.

— Dar la ce folosesc ele aici?

— O fi vreun legământ. De unde să știu eu?

Ne-am oprit în fața uneia care căzuse.

— Poate că a putrezit lemnul, am spus eu.

— Lemnul e la fel ca la celelalte. Doar una a putrezit.

— Sau poate nu a fost destul de adânc înfiptă în pământ.

Petrus privi în jur. Lăsă rucsacul și se așeză. Ne odihniserăm în urmă cu câteva minute, așa că nu i-am înțeles gestul. Instinctiv am privit în jur, căutând câinele.

— Ai învins câinele, spuse el, ca și cum mi-ar fi ghicit gândurile. Nu te mai speria de fantasmele morților.

— Atunci de ce ne-am oprit?

Petrus îmi făcu semn să tac și rămase și el tăcut câteva minute. Simțeam iar vechea mea spaimă de câine, așa că am rămas în picioare, așteptând ca el să vorbească.

— Ce auzi? mă întrebă el după un timp.

— Nimic. Liniștea.

— Ce bine ar fi să avem destulă clarviziune ca să putem asculta liniștea! Dar nu suntem decât oameni și nu știm nici măcar să ne ascultăm flecăreala proprie. Nu m-ai întrebat niciodată cum am presimțit sosirea lui Legiune, dar am să-ți spun eu: l-am auzit. Zgomotul a început cu multe zile înainte, eram încă la Astorga. De atunci am început să merg mai repede, fiindcă toate indiciile arătau că aveam să ne întâlnim la Foncebadon. Și tu ai auzit același zgomot ca și mine, dar nu l-ai băgat în seamă. Totul stă scris în zgomote. Trecutul, prezentul și viitorul omului. Un om care nu știe să audă, nu poate asculta de sfaturile pe care ni le dă viața în fiecare clipă. Numai cine ascultă șoapta prezentului poate lua decizia corectă.

Petrus îmi ceru să mă așez și să uit de câine. Apoi îmi spuse că mă va învăța una dintre Practicile cele mai ușoare dar și dintre cele mai importante ale Drumului spre Santiago.

Și mi-a explicat EXERCIȚIUL AUZULUI.

Exercițiul Auzului

Relaxează-te. Închide ochii.

Încearcă, timp de câteva minute, să te concentrezi asupra tuturor sunetelor care te învăluie, așa cum își acordează o orchestră instrumentele.

Imediat vei distinge fiecare sunet separat. Concentrează-te și ia-le unul câte unul, ca și cum ar fi un singur instrument care le-ar cânta. Încearcă să alungi alte sunete din minte.

Făcând zilnic acest exercițiu, vei începe să auzi voci. Mai întâi vei crede că sunt rodul imaginației tale. Apoi vei descoperi că sunt vocile oamenilor din trecut, prezent și viitor, toți participanți la Memoria Timpului.

Acest exercițiu trebuie realizat numai dacă deja cunoști vocea Mesagerului tău.

Durata minimă: zece minute.

— Fă-l chiar acum, îmi spuse el.

Am început exercițiul. Ascultam vântul, o voce feminină în depărtare, iar la un moment dat am auzit un cântat de cocoș. Nu era un exercițiu greu, simplitatea lui m-a fascinat. Am lipit urechea de pământ și am început să ascult zgomotul surd ce venea de acolo. Imediat am reușit să despart fiecare sunet: foșnetul frunzelor fără vânt, sunetul vocii în depărtare, fâlfâitul aripilor de pasăre. A făcut un zgomot și un animal, dar n-am reușit să-mi dau seama ce vietate era. Cele cincisprezece minute din exercițiu au trecut în zbor.

— Cu timpul, vei vedea că exercițiul te va ajuta să iei decizia corectă, spuse Petrus, fără să mă întrebe ce auzisem. Agape vorbește prin Sfera Albastră, dar și prin viziune, prin simțul tactil, prin miros, prin inimă și prin auz. Într-o săptămână vei începe să auzi voci. La început vor fi voci timide, dar încet-încet îți vor spune lucruri importante. Numai de Mesager să ai grijă, fiindcă va încerca să te zăpăcească. Dar cum tu îi cunoști vocea, nu va mai fi un pericol.

Petrus mă întrebă dacă auzisem chemarea veselă a unui Dușman, invitația unei femei sau secretul spadei mele.

— Doar o voce feminină în depărtare, i-am răspuns. Dar era o țărancă ce-și chema copilul.

— Privește atunci la crucea asta din fața ta și ridic-o în picioare cu puterea gândului.

Am întrebat care era exercițiul.

— Să ai încredere în gândul tău, îmi răspunse.

M-am așezat pe jos, în poziția lotusului. Știam că după tot ce reușisem – câinele, cascada –, o să reușesc și acum. Am privit fix crucea. M-am închipuit ieșind din propriul trup, apucând-o de brațe și ridicând-o cu trupul meu astral. Pe drumul Tradiției mai făcusem câteva asemenea mici „miracole". Reușisem să sparg pahare, statuete de porțelan sau să mișc lucruri de pe masă. Era un truc simplu de magie care, deși nu însemna Putere, ajuta mult la convingerea „necredincioșilor". Nu încercasem niciodată cu vreun obiect de mărimea și greutatea acelei cruci, dar dacă-mi ceruse Petrus, trebuia să reușesc.

O jumătate de oră am încercat în toate felurile. Am folosit călătoria astrală și sugestiile. Mi-am amintit cât de bine stăpânea Maestrul forța gravitației și am încercat să repet cuvintele pe care le pronunța în asemenea ocazii. Nu s-a întâmplat nimic. Eram teribil de concentrat, dar crucea nu se mișca. L-am invocat pe Astrain, care a apărut între coloanele de foc. Dar când i-am pomenit de cruce, mi-a răspuns că detesta obiectul acela.

Petrus mă scutură și mă scoase din transă.

— Hai că treaba asta începe să mă plictisească, spuse el. Dacă nu reușești cu gândul, atunci pune crucea în picioare cu mâinile.

— Cu mâinile?

— Supune-te!

M-am speriat. În fața mea se afla dintr-odată un om aspru, foarte diferit de acela care-mi îngrijise rănile. Nu știam nici ce să zic, nici ce să fac.

— Supune-te! repetă el. E un ordin!

Aveam mâinile bandajate până sus, de la lupta cu câinele. În pofida Exercițiului Auzului, urechile mele refuzau să creadă în ceea ce auzeau. Fără un cuvânt, i-am arătat bandajele. El însă mă privea rece, lipsit de expresie. Aștepta ca eu să mă supun. Călăuza și prietenul care mă însoțiseră tot timpul, care mă învățaseră Practicile RAM și-mi povestiseră frumoasele istorii ale Drumului spre Santiago păreau să nu se mai afle aici. În locul lor vedeam doar un om care mă privea ca pe un sclav și-mi cerea o prostie.

— Ce mai aștepți? insistă el.

Mi-am amintit de cascadă. Mi-am amintit că în ziua aceea mă îndoisem de Petrus, dar el fusese generos cu mine. Își arătase dragostea și mă împiedicase să renunț la spadă. Nu înțelegeam de ce cineva atât de generos se arăta așa de grosolan acum, reprezentând în acel moment tot ceea ce rasa omenească încerca să alunge cât mai departe, adică oprimarea omului de seamănul lui.

— Petrus, eu...

— Supune-te sau Drumul spre Santiago se termină acum!

Iarăși frica. În clipa aceea mi-era mai frică de el decât îmi fusese de cascadă sau de câinele care mă înspăimântase atâta vreme. M-am rugat cu disperare ca natura să-mi dea vreun semn, să pot vedea sau auzi ceva care să justifice ordinul acela fără sens. Totul rămase mut în jur. Trebuia să mă supun lui Petrus sau să uit de spadă. Încă o dată am ridicat brațele bandajate, dar el se așeză jos așteptând ca eu să împlinesc porunca.

M-am hotărât să mă supun.

M-am dus până la cruce și am încercat s-o împing cu piciorul, ca să-i încerc greutatea. Abia s-a urnit. Și dacă aveam mâinile sănătoase tot ar fi fost foarte greu s-o ridic, așa că mi-am închipuit că sarcina aceea era imposibil de realizat cu mâinile bandajate. O să mor aici în fața lui, dacă așa trebuie, o să asud sânge precum Isus atunci când a cărat povara crucii, dar avea să vadă că sunt demn și poate că asta o să-i înmoaie inima și o să mă scutească de încercarea aceea.

Am observat că primul lucru ce trebuia făcut nu era să mișc crucea, ci să o desprind de postament, apoi să fac o groapă și s-o împing acolo. Am luat o piatră ascuțită și, stăpânindu-mi durerea, am început să lovesc și să curăț capătul de lemn.

Durerile creșteau mereu, iar așchiile cedau cu mare greutate. Trebuia să termin repede, înainte ca rănile să se desfacă și mișcările să devină insuportabile. Am început să lucrez un pic mai lent, ca să pot sfârși înainte ca durerea să mă învingă. Mi-am scos tricoul și mi-am înfășurat mâna, pentru a o proteja. Ideea a fost bună: s-a rupt prima așchie, apoi a doua. Piatra s-a tocit și am căutat alta. De câte ori mă opream din lucru, aveam impresia că nu voi mai putea reîncepe. Am strâns mai multe pietre ascuțite – acum le foloseam una după alta, pentru ca fierbințeala mâinii ce lucra să scadă durerea. Săriseră aproape toate așchiile postamentului, dar bucata principală încă mai rezista. Durerea creștea și ea, așa că am abandonat planul inițial și am început să lucrez frenetic. Acum știam că o să ajung la un punct în care durerea avea să devină insuportabilă. Eram foarte aproape de el, era doar o chestiune de timp, un timp pe care eu trebuia să-l înving. Eram așa de nervos că m-am ridicat și am dat un șut cu toată puterea în trunchiul acela care-mi provoca atâta suferință.

Cu un zgomot, crucea căzu într-o parte, eliberată de postament.

Bucuria a durat numai câteva clipe. Mâna a început să pulseze violent când abia-mi începusem munca. M-am uitat la Petrus, dar el adormise. O vreme m-am tot gândit cum să-l înșel, să pun crucea în picioare fără ca el să-și dea seama.

Dar chiar asta voia Petrus: să pun crucea în picioare. N-aveam cum să-l înșel, fiindcă sarcina depindea numai de mine.

M-am uitat în jos, la pământul galben și uscat. Pietrele vor fi iarăși singura mea scăpare. Nu mai puteam lucra cu mâna dreaptă, mă durea prea tare și avea ceva păstos înăuntru, care-mi provoca și mai multă suferință. Am scos încet tricoul care înfășura bandajul: roșul sângelui pătase pansamentul, după ce rana era aproape cicatrizată. Petrus era inuman.

Am căutat alt fel de piatră, mai grea și mai rezistentă. Mi-am înfășurat mâna stângă cu tricoul și am început iar să scurm pământul, săpând la piciorul crucii. Ritmul inițial, care părea rapid, încetini brusc când am dat de un pământ pietros și uscat. Săpam, dar gaura părea la fel ca la început. M-am hotărât să n-o lărgesc prea tare, în așa fel încât crucea să se potrivească fără să lase prea mult joc, dar în felul acesta era foarte greu să scot pământul de la fund. Nu mă mai durea mâna dreaptă, dar sângele coagulat îmi făcea greață și mă enerva. Cum nu eram stângaci, scăpam tot timpul piatra din mână.

Am săpat la nesfârșit. De câte ori piatra lovea pământul, de câte ori scoteam ce săpasem cu mâna făcută căuș mă gândeam la Petrus. Îi priveam somnul liniștit și-l uram din tot sufletul. Nici zgomotul, nici ura mea nu păreau să-l tulbure. „Petrus o fi având motivele lui", mă gândeam eu, dar nu puteam înțelege slugăreala aceea, felul cum mă umilise. Atunci pământul se transforma în figura lui, eu loveam cu piatra și mânia mă ajuta să sap mai adânc. Acum era doar o chestiune de timp: mai devreme sau mai târziu aveam să reușesc.

Tocmai când mă gândeam la toate astea, piatra lovi în ceva tare și-mi scăpă iarăși din mână. Era chiar lucrul de care mă temeam: după atâta muncă, dădusem peste un bolovan, prea mare ca să-l pot ocoli cumva.

M-am ridicat, mi-am șters sudoarea de pe față și am căzut pe gânduri. Nu aveam destulă putere să mut crucea în alt loc. N-aș fi putut lua totul de la capăt, pentru că – acum, că mă oprisem – mi-am dat seama că nu-mi mai simțeam mâna stângă. Era mai rău decât durerea și eram foarte îngrijorat. Mi-am privit degetele și am văzut că abia le mai puteam mișca, dar răspundeau încă la comandă, numai că instinctul îmi spunea că nu trebuia să-mi sacrific mâna.

M-am uitat în gaură. Nu era destul de adâncă pentru a susține crucea.

„Soluția greșită ți-o va arăta pe cea bună." Mi-am adus aminte de Exercițiul Umbrelor și de fraza lui Petrus. Și tot el susținea cu tărie că Practicile RAM aveau sens numai dacă le puteam aplica la provocările zilnice ale vieții. Chiar în fața unei situații absurde ca aceea, Practicile RAM puteau să folosească cumva.

„Soluția greșită ți-o va arăta pe cea bună." Calea imposibilă era să târăsc crucea în alt loc, pentru că nu aveam putere pentru așa ceva. Tot o soluție imposibilă era să continui să sap, să cobor mai adânc în pământ.

Atunci, dacă era greșit să cobor mai adânc în pământ, o soluție posibilă era să ridic pământul. Dar cum?

Și, deodată, toată dragostea mea se revărsă peste Petrus. Avea dreptate. Puteam să înalț pământul.

Am început să strâng toate pietrele de primprejur și să le așez în jurul găurii, amestecându-le cu pământul proaspăt săpat. Cu mare greutate am ridicat puțin piciorul crucii și i-am băgat dedesubt pietre, ca să stea mai sus. Într-o jumătate de oră movila era destul de înaltă, gaura – destul de adâncă.

Nu-mi mai rămânea decât să trag crucea în gaură. Era ultimul efort, trebuia să reușesc. Nu-mi mai simțeam o mână, iar cealaltă mă durea. Brațele erau oblojite amândouă. Dar spinarea era sănătoasă, nu avea decât câteva zgârieturi. Dacă mă băgam sub cruce și mă ridicam încet, o puteam face să alunece în groapă.

M-am lăsat la pământ, simțind gustul prafului care-mi intrase și în ochi. Mâna pe care n-o mai simțeam făcu un ultim efort și ridică un pic crucea, cât să încap eu dedesubt. M-am așezat cu multă grijă, în așa fel încât trunchiul crucii să vină pe coloana mea vertebrală. Îi simțeam greutatea, era mare, dar nu imposibil de cărat. Mi-am amintit Exercițiul Seminței și, cu mare grijă, m-am cuibărit în poziție fetală sub cruce, potrivind-o în echilibru pe spatele meu. De câteva ori am crezut că o să alunece unde nu trebuia, dar mă mișcam extrem de încet, în așa fel încât reușeam să prevăd dezechilibrarea și s-o corectez prin poziția corpului. În sfârșit, am ajuns în poziția fetală deplină, sub cruce, cu genunchii la frunte și cu crucea în echilibru pe spate. Pentru o clipă, piciorul crucii se mișcă pe movila de pietre, dar nu ieși din lăcașul ei.

„Bine că nu trebuie să salvez Universul", mi-am zis, zdrobit sub povara crucii și a tuturor lucrurilor care mi se întâmplau. Un profund sentiment religios mă cuprinse. Mi-am amintit că Cineva dusese deja în spinare o cruce și că mâinile rănite nu putuseră să scape, ca ale mele, de durere și de asprimea lemnului. Era un sentiment religios plin de durere pe care l-am îndepărtat repede din minte, fiindcă crucea de pe spinare era gata să cadă iar.

Și atunci, ridicându-mă încet, am început să renasc. Nu puteam privi în spate, singura mea orientare era zgomotul – or tocmai învățasem să ascult lumea, ca și cum Petrus ar fi ghicit că avea să-mi trebuiască asemenea cunoștințe chiar acum. Simțeam greutatea și pietrele așezându-se, dar crucea se înălța încet pentru a mă izbăvi de încercarea aceea și pentru a redeveni ciudata strajă de pe Drumul spre Santiago.

Eram la ultima sforțare. Când aș fi ajuns să stau pe călcâie, ea trebuia să alunece lin de pe spinarea mea și să se afunde în gaură. O piatră, două s-au mișcat de la locul lor, dar acum crucea mă ajuta, fiindcă nu se deplasase de pe direcția movilei de pământ. În sfârșit, o smucitură resimțită pe spinare mi-a spus că piciorul crucii era deasupra găurii. Era momentul final, asemănător celui de la cascadă, când a trebuit să străpung curentul apei. Clipa cea mai grea, fiindcă omului îi e frică să nu piardă și vrea să se dea bătut înainte de a se petrece acel lucru. Încă o dată am simțit absurditatea sarcinii mele, aceea de a așeza o cruce în picioare când tot ce-mi doream eu era să-mi găsesc spada și să dărâm toate crucile pentru a putea renaște în lumea lui Isus Mântuitorul. Nimic din toate acestea nu avea importanță. Cu o mișcare bruscă, m-am împins cu toate puterile în crucea din spate, crucea alunecă, și atunci am înțeles încă o dată că destinul era cel care-mi îndruma opera pe care o realizasem.

Am așteptat bufnitura crucii în groapă, și în cădere aceasta antrenă pietrele de pe margine, puse de mine ca să înalț movila. Imediat mi-a trecut prin cap că nu era prea bine așezată și că putea veni peste mine. Dar n-am auzit decât un zgomot surd, de ceva care cade în fundul pământului.

M-am întors încet. Crucea stătea în picioare, încă mișcându-se ușor. Câteva pietre se rostogoleau de pe movilă, dar ea nu avea să cadă. Am început să pun iute la loc pietrele căzute și am luat crucea în brațe pentru a nu se mai mișca. Acum am simțit-o vie, caldă și am fost sigur că-mi fusese prietenă tot timpul cât muncisem. M-am desprins încet, aranjând pietrele cu piciorul.

Am stat și mi-am admirat munca preț de câteva clipe, până ce rănile au început să mă doară. Petrus încă mai dormea. M-am dus lângă el și l-am împins cu piciorul.

— Foarte bine, a fost tot ce a spus. La Ponferrada o să-ți schimbi pansamentele.

Tradiția

— Aș fi preferat să ridic un copac. Crucea aceea în spinare mi-a făcut impresia că obiectivul căutării înțelepciunii este să fii sacrificat de oameni.

Am privit în jur și propriile mele cuvinte mi-au sunat fals. Episodul crucii era ceva depărtat, ca și cum s-ar fi întâmplat cândva de mult, nu în ziua anterioară. Nu se potrivea deloc cu baia de marmură neagră, apa călduță din cada cu hidromasaj și cupa ca un crin de cristal plin cu un excelent vin de Rioja pe care-l gustam încet. Petrus se afla în afara câmpului meu vizual, în odaia luxosului hotel unde ne cazasem.

— De ce o cruce? am insistat.

— A fost foarte greu să-i conving la recepție că nu ești cerșetor, strigă el din camera alăturată.

Schimbase vorba și eu știam, din proprie experiență, că nu folosea la nimic să insit. M-am ridicat, mi-am pus pantalonii și o bluză curată și am început să-mi refac bandajele. Desfăcusem tifonul cu mare grijă, de teamă să nu găsesc rănile deschise, dar numai coaja se desfăcuse, lăsând să iasă un firișor de sânge. Începuse să se închidă și locul acela, iar eu mă simțeam întremat și bine dispus.

Am luat cina în restaurantul hotelului. Petrus ceru specialitatea casei, *paella valenciana*, pe care am mâncat-o tăcuți, stropind-o cu savurosul vin de Rioja. După cină, m-a invitat să facem o plimbare.

Am ieșit din hotel și ne-am dus spre gară. Revenise la tăcerea lui obișnuită și nu vorbi deloc tot timpul drumului. Am ajuns în dreptul unor vagoane murdare care miroseau a ulei, și el se așeză pe scara unei locomotive uriașe.

— Să ne oprim aici, spuse.

Eu nu voiam să-mi murdăresc pantalonii de ulei, așa că am rămas în picioare. Am întrebat dacă nu era mai bine să mergem până în piața principală din Ponferrada.

— Drumul spre Santiago e pe cale să se încheie, spuse călăuza mea. Și cum realitățile noastre sunt mai aproape de aceste vagoane de tren mirosind a ulei decât de bucolicele colțuri pe care le-am cunoscut în călătoria noastră, e mai bine ca discuția noastră de azi să se desfășoare aici.

Petrus îmi ceru să-mi scot adidașii și cămașa. Apoi scoase bandajele de la brațe, lăsându-le mai libere. Dar nu se atinse de cele de la mâini.

— Nu te îngrijora, spuse el. N-o să ai nevoie de mâini acum; cel puțin nu pentru a lovi ceva.

Era mai serios decât de obicei și tonul vocii lui mă îngrijoră. Trebuia să urmeze ceva important.

Petrus se așeză din nou pe scara locomotivei și mă privi îndelung. Apoi zise:

— N-o să-ți spun nimic despre episodul de ieri. Vei descoperi singur semnificația lui când te vei hotărî să faci Drumul spre Roma, care este Drumul Carismei și al miracolelor. Vreau să-ți spun un singur lucru: oamenii care se cred înțelepți sunt nehotărâți când trebuie să poruncească și nesupuși când trebuie să servească. Li se pare rușinos să dea ordine și dezonorant să le primească. Niciodată să nu te porți așa. În cameră, spuneai că drumul înțelepciunii duce la sacrificiu. E o greșeală. Ucenicia ta nu s-a terminat ieri: mai ai de descoperit spada și secretul pe care-l ascunde. Practicile RAM îl fac pe om să lupte în Lupta Dreaptă și să aibă mai multe șanse de victorie în viață. Experiența prin care ai trecut ieri a fost doar o încercare a Drumului, o pregătire pentru Drumul spre Roma. Dacă vei dori să-l faci – și mă întristează că te-ai gândit la altceva.

Într-adevăr, era o undă de tristețe în vocea lui. Mi-am dat seama că tot timpul pusesem la îndoială aproape toate învățăturile lui. Nu eram un Castañeda umil și puternic în fața învățăturilor lui Don Juan, ci un om înfumurat și nesupus în fața marii simplități a Practicilor RAM. Am vrut să i-o spun, dar știam că acum era prea târziu.

— Închide ochii, spuse Petrus. Fă Impulsul de RAM și încearcă să te armonizezi cu fierul ăsta, cu mașinăria și mirosul de ulei. Aceasta e lumea noastră. Trebuie să deschizi ochii doar când eu îmi voi fi terminat partea mea și voi începe să te învăț un exercițiu.

M-am concentrat asupra Impulsului, am închis ochii și corpul a început să se relaxeze. Se auzea zgomotul orașului, câțiva câini lătrând în depărtare și un murmur de voci discutând, nu prea departe de locul unde ne aflam. Deodată, l-am auzit pe Petrus fredonând un cântec italian care fusese un mare succes în adolescența mea, în interpretarea lui Pepino din Capri. Nu înțelegeam cuvintele, dar cântecul îmi aduse aminte de lucruri extraordinare și mă ajută să intru într-o stare de liniște mai profundă.

— Cu ceva timp în urmă, începu el după ce se oprise din cântat, pe când pregăteam un proiect pentru a-l preda Prefecturii din Milano, am primit un mesaj de la Maestrul meu. Cineva urmase până la sfârșit calea Tradiției, dar nu-și primise spada. Eu trebuia să-l călăuzesc pe Drumul spre Santiago. Lucrul nu m-a surprins: așteptam să mă sune în orice clipă, pentru că eu nu îndeplinisem încă sarcina ce-o aveam: să călăuzesc un pelerin pe Calea Lactee, la fel cum fusesem eu călăuzit cândva. Dar mi-a creat o stare nervoasă, pentru că era prima și ultima oară când făceam așa ceva și nu știam cum aveam să-mi îndeplinesc rolul.

Cuvintele lui Petrus au fost o mare surpriză pentru mine. Credeam că făcuse asta de zeci de ori.

— Ai venit și te-am condus, continuă el. Mărturisesc că la început a fost foarte greu, pentru că erai mult mai interesat de latura intelectuală a învățăturilor decât de adevăratul sens al Drumului, care e drumul oamenilor obișnuiți. După întâlnirea cu Alfonso, am început să am o relație mult mai puternică și strânsă cu tine și credeam că o să te pot învăța secretul spadei tale. Dar asta nu s-a întâmplat, așa că va trebui să înveți singur, în puținul timp care-ți rămâne pentru asta.

Discuția începuse să mă streseze și nu mă mai puteam concentra asupra Impulsului de RAM. Petrus a observat probabil, fiindcă a început iar să fredoneze cântecul acela de demult și nu s-a oprit decât când eu eram din nou relaxat.

— Dacă vei descoperi secretul și-ți vei găsi spada, vei descoperi și fața RAM, și vei fi stăpânul Puterii. Dar asta nu e totul: pentru a atinge înțelepciunea totală, va trebui să mai parcurgi celelalte Trei Drumuri, inclusiv drumul secret care nu-ți va fi revelat nici chiar de acela care l-a străbătut. Îți spun toate astea pentru că nu ne vom mai întâlni decât o singură dată.

Mi-a sărit inima și, involuntar, am deschis ochii. Petrus avea o aură, cu lumina aceea pe care n-o mai văzusem decât la Maestrul meu.

— Închide ochii! mi-a zis și eu m-am supus imediat. Dar inima mi se făcuse cât un purice și nu mai reușeam să mă concentrez. Călăuza mea își reluă melodia italiană, și numai după multă vreme m-am mai relaxat un pic.

— Mâine vei primi un bilet care-ți va spune unde mă aflu. Va fi un ritual de inițiere colectivă, un ritual în cinstea Tradiției. Dedicat bărbaților și femeilor care timp de secole au ajutat să mențină aprinsă flacăra înțelepciunii, a Luptei Drepte și a lui Agape. Poți să nu vorbești cu mine. Locul unde ne vom întâlni e sacru, scăldat de sângele cavalerilor care străbăteau drumul Tradiției și nu au fost în stare să învingă, deși aveau spadele ascuțite. Dar sacrificiul lor nu a fost zadarnic și dovadă este că, după secole, oameni care au străbătut diferite drumuri vor fi acolo pentru a-și da tributul lor. Asta e important și nu trebuie să uiți niciodată: chiar dacă vei ajunge Maestru, să știi că drumul tău e doar unul din multele care duc spre Dumnezeu. Isus a spus odată: „În casa Tatălui Meu multe locașuri sunt." Și știa foarte bine despre ce vorbește.

Petrus îmi spuse iar că, după ziua de mâine, nu-l voi mai vedea.

— Într-o zi, în viitor, vei primi o înștiințare de la mine care îți va cere să conduci pe cineva pe Drumul spre Santiago, tot așa cum te-am condus eu.

Atunci vei putea trăi marele secret al acestei călătorii, un secret pe care ți-l voi dezvălui acum, dar numai prin cuvinte. E un secret care trebuie să fie trăit pentru a fi înțeles.

A urmat o lungă tăcere. Ajunsesem să cred că se răzgândise sau că plecase de lângă tren. Am simțit o dorință puternică să deschid ochii ca să văd ce se petrece, dar m-am abținut ca să mă pot concentra asupra Impulsului de RAM.

— Secretul e următorul se auzi vocea lui Petrus după o tăcere nesfârșită. Nu poți învăța decât atunci când îi înveți pe alții. Am făcut împreună Straniul Drum spre Santiago, dar în timp ce tu învățai Practicile, eu începeam să cunosc semnificația Practicilor. Predându-ți-le, eu am învățat cu adevărat. Asumându-mi rolul călăuzei, am reușit să-mi găsesc propriul meu drum. Dacă reușești să-ți găsești spada, va trebui să înveți pe cineva cum e Drumul. Și numai când se va întâmpla acest lucru, când vei accepta rolul de Maestru, atunci vei găsi toate răspunsurile în inima ta. Toți știm absolut tot, înainte ca cineva să ne fi pomenit măcar ceva. Viața ne învață cu fiecare clipă, și singurul secret este să accepți că, doar cu viața noastră de zi cu zi, putem fi tot așa de înțelepți ca Solomon și puternici ca Alexandru cel Mare. Dar nu devenim conștienți de asta decât când suntem obligați să învățăm pe cineva și când participăm la aventuri atât de ieșite din comun cum este aceasta.

Trăiam una dintre despărțirile cele mai neașteptate din viața mea. Cineva cu care avusesem o legătură atât de strânsă, de la care speram să mă conducă spre obiectivul meu, mă părăsea așa, tam-nisam, în mijlocul drumului. Într-o gară, în miros de ulei, ținându-mă cu ochii închiși.

— Nu-mi place să spun adio, continuă Petrus. Sunt italian și sunt emotiv. Prin efectul Legii va trebui să-ți descoperi spada singur – este unicul mod de a crede în propria ta putere. Tot ce am avut să-ți transmit, ți-am transmis. Mai lipsește doar Exercițiul Dansului, pe care ți-l voi explica acum, iar tu îl vei face mâine, la aniversarea rituală.

Tăcu o vreme, apoi vorbi iar.

— Acela care se laudă, să se laude întru Domnul. Poți deschide ochii.

Petrus stătea așezat pe o treaptă a locomotivei, în cel mai normal mod posibil. Nu aveam chef să vorbesc deloc, pentru că eu eram brazilian și deci emotiv și eu. Becul de mercur care ne lumina a început să clipească, iar un tren șuieră în depărtare, anunțându-și sosirea.

Atunci Petrus mă învăță EXERCIȚIUL DANSULUI.

Exercițiul Dansului

Relaxează-te. Închide ochii.

Închipuie-ți primele melodii pe care le-ai ascultat în viața ta. Cântă-le în gând. Apoi lasă ca anumite părți din corp – picioarele, burta, mâinile, capul etc. –, dar numai una câte una, să înceapă să danseze pe melodia pe care o cânți.

Peste cinci minute, nu mai cânta în gând, ascultă zgomotele care te înconjoară. Compune cu ele o melodie și dansează cu tot trupul. Evită orice gând care te-ar putea fura, încearcă doar să ții minte imaginile care-ți vor apărea spontan.

Dansul este una dintre cele mai perfecte forme de comunicare cu Inteligența Infinită.

Durată: cincisprezece minute.

— Încă ceva, spuse el, privindu-mă drept în ochi. Când mi-am sfârșit pelerinajul, am pictat un tablou foarte mare și frumos, dezvăluind tot ce se petrecuse cu mine pe acest drum. Aceasta este calea oamenilor obișnuiți, și tu poți să faci la fel dacă vrei. Dacă nu știi să pictezi, scrie ceva, inventează un balet. Astfel, indiferent unde se află, oamenii vor putea să străbată Ruta Iacobină, Calea Lactee sau Straniul Drum spre Santiago.

Trenul care șuierase intră în gară. Petrus făcu un semn și se sui între vagoanele staționate. Eu am rămas acolo în mijlocul acelui scârțâit de frâne de oțel, încercând să descifrez misterioasa Cale Lactee de deasupra capului meu, cu stelele care mă conduseseră până aici și care conduceau, cu tăcerea lor, solitudinea și destinul tuturor oamenilor.

A doua zi am găsit o notiță în crăpătura ușii: *7.00 p.m. Castelul Templierilor.*

Mi-am petrecut restul zilei hoinărind de colo-colo. Am traversat de mai mult de trei ori orașul Ponferrada, în timp ce priveam din depărtare, pe un deal, castelul unde trebuia să ajung la căderea serii. Templierii mi-au stârnit totdeauna imaginația, iar castelul din Ponferrada nu era singurul semn al Ordinului

Templierilor pe Ruta Iacobină. Creat de nouă cavaleri care au decis să nu se mai întoarcă în cruciade, în scurtă vreme și-au răspândit puterea în toată Europa și au provocat o adevărată revoluție în obiceiurile acelui început de mileniu. În timp ce majoritatea nobililor din epocă se ocupa numai de îmbogățirea pe seama șerbiei din sistemul feudal, Cavalerii Templieri și-au dedicat viața, averile și spadele unei singure cauze: să-i apere pe pelerini pe Drumul spre Ierusalim, găsind un model de viață spirituală care să-i ajute la căutarea înțelepciunii.

Era în 1118, când Hugues de Payns și alți opt cavaleri se întâlneau în curtea unui vechi castel abandonat și făceau jurământ de dragoste pentru întreaga omenire. Două secole mai târziu, existau peste cinci mii de comenduiri răspândite în toată lumea cunoscută la acea vreme, îmbinând două ocupații care până atunci păreau incompatibile: viața militară și viața religioasă. Donațiile membrilor ei și ale miilor de pelerini recunoscători a făcut ca Ordinul Templierilor să acumuleze în scurt timp o bogăție uriașă, care de multe ori a servit pentru a răscumpăra creștini răpiți de musulmani. Cinstea Cavalerilor era așa de mare, încât regi și nobili le încredințau bogățiile, luând cu ei o simplă hârtiuță care să arate existența acelor valori. Documentul putea fi răscumpărat în oricare din castelele Ordinului Templierilor pentru o sumă echivalentă și a stat la originea scrisorilor bancare de schimb din zilele noastre.

Cucernicia, la rândul ei, a făcut ca Templierii să înțeleagă marele adevăr amintit de Petrus în noaptea precedentă: casa Tatălui are multe locașuri. Au început să lase deoparte luptele pentru credință și să strângă la un loc principalele religii monoteiste din epocă: creștină, iudaică și islamică. Capelele lor au început să aibă cupola rotundă a templului iudaic al lui Solomon, pereții octogonali ai moscheelor arabe și navele specifice bisericilor creștine.

Cu toate acestea, ca tot ce se petrece mai înainte de soroc, Templierii au început să fie priviți cu neîncredere. Marea lor putere economică a început să fie râvnită de regi, iar deschiderea religioasă a devenit o amenințare pentru biserică. Într-o sâmbătă, la 13 octombrie 1307, Vaticanul și principalele state europene au dezlănțuit una dintre cele mai mari operațiuni polițienești din Evul Mediu: noaptea, principalii șefi templieri au fost răpiți din castelele lor și duși la închisoare. Erau acuzați de practica unor ceremonii secrete care cuprindeau adorația demonului, blasfemii împotriva lui Isus Hristos, ritualuri orgiace și sodomii cu aspiranții. După torturi violente, abjurări și trădări, Ordinul Templului a fost șters de pe harta istoriei medievale. Ultimul Maestru al Ordinului, Jacques de Molay, a fost ars de viu în centrul Parisului, împreună cu alt cavaler. Ultima lui dorință a fost să moară privind turnurile Catedralei Notre-Dame.

În tot acest timp Spania, ocupată cu recucerirea Peninsulei Iberice, celebra Reconquista, a crezut de cuviință să-i accepte pe toți cavaleii care fugeau din Europa, ca să-i ajute pe regii spanioli în luptele împotriva maurilor. Acești cavaleri au fost absorbiți de ordinele spaniole, între care și Ordinul Santiago al Spadei, răspunzător cu paza Drumului.

Toate acestea îmi treceau prin cap în seara când, la șapte fix, am intrat pe poarta principală a bătrânului Castel al Templului din Ponferrada, unde aveam întâlnire cu Tradiția.

Nu era nimeni. Am așteptat o jumătate de oră, fumând țigară după țigară, de am ajuns să-mi închipui ce era mai rău: Ritualul trebuie să fi fost la 7.00 a.m., adică dimineața. Dar chiar când mă pregăteam să plec, două tinere cu steagul Olandei și cu scoica – simbol al Drumului spre Santiago – brodată pe haine, și-au făcut apariția. Au venit la mine, am schimbat câteva cuvinte și am conchis că așteptam același lucru. Biletul nu fusese greșit, m-am gândit eu cu ușurare.

La fiecare cincisprezece minute venea cineva. Au apărut un australian, cinci spanioli și încă un olandez. În afară de câteva întrebări despre orar – îndoială comună tuturor – nu prea am vorbit. Ne-am așezat cu toții în aceeași parte a castelului – un atrium în ruine care servise și drept depozit de alimente în timpuri străvechi – și ne-am hotărât să așteptăm să se petreacă ceva. Chiar dacă trebuia să așteptăm încă o zi și încă o noapte.

Așteptarea s-a prelungit, așa că ne-am apucat să vorbim despre motivele care ne aduseseră acolo. Atunci am văzut că Drumul spre Santiago e folosit de mai multe Ordine, majoritatea legate cumva de Tradiție. Cei care se aflau acolo trecuseră prin multe încercări și inițieri, dar erau încercări pe care eu le știam de mult, din Brazilia. Numai eu și australianul eram în căutarea gradului maxim al Primului Drum. Chiar fără a intra în detalii, mi-am dat seama că procesul parcurs de australian era absolut diferit de Practicile de RAM.

Pe la 8.45, când începuserăm să trăncănim despre viețile noastre personale, a sunat un gong. Zgomotul venea din vechea capelă a castelului. Ne-am îndreptat toți într-acolo.

A fost o cină impresionantă. Capela – sau ce mai rămăsese din ea, pentru că cea mai mare parte era în ruine – era luminată toată cu făclii. În locul unde cândva se ridica altarul, se profilau șapte siluete îmbrăcate în straiele seculare ale templierilor: glugă și coif de oțel, cămașă de zale, spadă și scut. Am împietrit: părea că timpul făcuse un salt înapoi. Singurul lucru care ținea încă de realitate era îmbrăcămintea noastră – jeans și tricouri cu scoici brodate.

Deși lumina făcliilor era slabă, mi-am dat seama că unul dintre Cavaleri era Petrus.

— Apropiați-vă de Maeștrii voștri, spuse cel care părea mai bătrân. Priviți drept în ochii lor. Scoateți-vă hainele și primiți costumele.

M-am îndreptat spre Petrus și l-am privit drept în ochi. Era într-un fel de transă și păru că nu mă recunoaște. Dar am observat în privirea lui un fel de tristețe, aceeași tristețe pe care vocea i-o trădase în noaptea precedentă. Mi-am scos toate hainele, iar Petrus îmi dădu un fel de tunică neagră, parfumată, care-mi veni ca turnată pe talie. Am dedus că unul dintre Maeștri avea mai mulți discipoli, dar n-am putut vedea care, pentru că stăteam cu privirea fixă în ochii lui Petrus.

Marele Preot se îndreptă spre centrul capelei, iar doi cavaleri începură să traseze un cerc în jurul nostru, sfințindu-l în același timp:

— Trinitas, Sother, Messias, Emmanuel, Sabahot, Adonai, Athanatos, Isus...

Și cercul se închise, protecție indispensabilă pentru cei ce se aflau în interiorul lui. Mi-am dat seama că patru persoane aveau tunici albe, ceea ce însemna jurământul deplin de castitate.

— Amides, Theodonias, Anitor! spuse Marele Preot. Cu meritele Îngerilor, Doamne, îmi pun haina izbăvirii, și fie ca tot ce voi dori eu să se poată transforma în realitate, prin Tine, o, Sacru Adonai, a cărui Împărăție durează întru veșnicie. Amin!

Marele Preot își puse peste zaua de metal o mantie albă, care avea în mijloc Crucea Templierilor brodată cu roșu. Ceilalți Cavaleri i-au imitat gestul.

Era fix ora nouă seara, ora lui Mercur, Mesagerul. Iar eu stăteam din nou aici, în centrul unui cerc al Tradiției. Un miros de tămâie, de izmă, busuioc și smirnă se răspândi în capelă. Și începu marea invocație, făcută de către toți Cavalerii:

— O, Mare și Puternice Rege N., care împărățești prin puterea Supremului Dumnezeu, EL, peste toate spiritele superioare și inferioare, dar mai cu seamă peste Ordinul Infernal al Domeniului de Răsărit, Te invoc... (suprimat) ...astfel încât să pot obține ce doresc, indiferent de ce voi cere și care ține de truda Ta, prin puterea lui Dumnezeu, EL, care a creat și care poruncește peste toate lucrurile, cerești, din văzduh, pământești sau din infern.

O tăcere profundă se așternu peste noi toți și, chiar dacă n-am văzut, am simțit prezența numelui invocat. Aceasta era sfințirea Ritualului, semn benefic pentru continuarea operațiunilor magice. Participasem deja până atunci la sute de astfel de ceremonii, cu rezultate mult mai surprinzătoare. Totuși, Castelul Templierilor probabil că mi-a aprins imaginația, fiindcă am crezut că zăresc, planând în colțul stâng al capelei, un fel de pasăre strălucitoare nemaivăzută.

Preotul Suprem ne stropi cu apă, fără a călca înăuntrul cercului. Apoi, cu Cerneala Sacră, scrise pe jos cele șaptezeci și două de nume cu care Dumnezeu este numit în Tradiție.

Noi toți, pelerini și cavaleri, am început să recităm numele sfinte. Flacăra făcliilor a scânteiat, semn că spiritul invocat era prezent.

Sosi momentul Dansului. Petrus mă învățase să dansez cu o zi în urmă, dar era un dans diferit de acela pe care obișnuiam eu să-l fac în această etapă a ritualului.

Nu ni se spusese o regulă, dar toți știam: nimeni nu putea călca în afara cercului de protecție fiindcă nu aveam ocrotirea dată de ceea ce Cavalerii purtau pe sub zalele lor. Mi-am reprezentat mental mărimea cercului și am făcut exact cum mă învățase Petrus.

Am început să mă gândesc la copilărie. O voce, o depărtată voce de femeie începu să cânte în mine cântecelul horei. Am îngenuncheat, m-am ghemuit tot în poziția seminței și am simțit că pieptul meu – doar pieptul – începea să danseze. Mă simțeam bine, și eram acum întru totul în Ritualul Tradiției. Curând, muzica din mine începu să se transforme, mișcările au devenit mai bruște și am intrat într-un extaz puternic. Vedeam totul întunecat, trupul își pierduse greutatea în întuneric. M-am plimbat peste câmpiile înflorite din Aghata și acolo mi-am întâlnit bunicul și un unchi care mi-a marcat toată copilăria. Am simțit vibrația Timpului în perfecțiunea pânzei de păianjen, în care toate drumurile se amestecă, se confundă și se aseamănă, deși sunt așa de diferite. La un moment dat l-am văzut trecând, cu mare iuțeală, pe australian: avea o strălucire aprinsă în trup.

Următoarea imagine completă a fost aceea a unui potir și a unui vas de împărtășanie și imaginea aceasta stărui multă vreme, ca și cum ar fi vrut să-mi spună ceva. Eu încercam s-o descifrez, dar nu înțelegeam nimic, deși eram sigur că avea legătură cu spada mea. Apoi am crezut că văd cuțitul de RAM răsărind în întunericul ce s-a format după ce potirul și vasul au dispărut. Dar când imaginea se apropie, am văzut că era doar chipul lui N., spiritul invocat și vechea mea cunoștință. N-am stabilit nici un fel de comunicare mai specială, iar fața lui se risipi în întunericul care venea în valuri.

Nu știu cât am dansat. Dar deodată am auzit o voce:

— IAHWEH, TETRAGRAMMATON... iar eu nu voiam să ies din transă, dar vocea insista:

— IAHWEH, TETRAGRAMMATON... și am recunoscut vocea Marelui Preot, care cerea tuturor să iasă din transă. Treaba asta mi-a displăcut. Tradiția mai zăbovea la rădăcina mea și nu voiam să mă întorc. Dar Maestrul stăruia:

— IAHWEH, TETRAGRAMMATON...

N-am mai putut menține transa. Contrariat, m-am întors pe Pământ. Mă aflam din nou în cercul magic, în atmosfera străveche a Castelului Templierilor.

Noi, pelerinii, ne priveam. Întreruperea bruscă părea să nu fi fost pe placul nimănui. Am simțit o dorință puternică să-i spun australianului că-l văzusem. Când l-am privit, am văzut că vorbele erau de prisos: și el mă văzuse.

Cavalerii au venit în jurul nostru. Au pus mâna pe spade și au început să bată cu ele în scuturi, făcând un zgomot asurzitor. Până ce Marele Preot spuse:

— Spirite N., pentru că ai răspuns cu zel cererilor mele, în mod solemn îți dau voie acum să pleci, fără să aduci atingere vreunui om ori sălbăticiuni. Du-te, îți spun, și fii gata și dornic să te întorci, ori de câte ori vei fi exorcizat și conjurat cum se cuvine de Riturile Sacre ale Tradiției. Te conjur să te retragi liniștit și în pace, pentru ca Pacea Domnului să poată dăinui veșnic între noi. Amin.

Cercul a fost desfăcut și noi am îngenuncheat, cu capul plecat. Un Cavaler se rugă cu noi – șapte Tatăl nostru și șapte Ave Maria. Marele Preot a adăugat șapte Crezuri, anunțându-ne că Sfânta Fecioară din Medjugorje – ale cărei apariții s-au tot produs în Iugoslavia, din 1982 – ceruse toate acestea. Începeam acum un Ritual Creștin.

— Andrew, ridică-te și vino aici, spuse Marele Preot. Australianul merse până în fața altarului, unde se aflau toți cei șapte Cavaleri.

Un cavaler – care trebuie să fi fost călăuza lui – vorbi:

— Frate, Domnia Ta cere compania Casei?

— Da, răspunse australianul. Iar eu am înțeles la ce ritual creștin aveam să fim martori: Inițierea unui Templier.

— Cunoaște Domnia Ta marea asprime a Casei și ordinele ei caritabile?

— Sunt gata să îndur totul, întru Dumnezeu, și doresc să fiu servitor și sclav al Casei, totdeauna, pentru tot restul zilelor mele, răspunse australianul.

Urmă o serie de întrebări rituale, dintre care câteva nu-și mai aveau rostul în lumea de azi, iar altele – de profund devotament și dragoste. Andrew, cu capul plecat, răspundea la toate.

— Distinse frate, Domnia Ta îmi cere un lucru mare, fiindcă din religia noastră nu vezi decât coaja, caii cei frumoși, straiele mândre, îi spuse călăuza. Dar nu cunoști asprele legăminte care se află înăuntru: și este mare lucru ca Domnia Ta, stăpân pe viața Domniei Tale, să te faci serv al altora, fiindcă rareori vei mai face vreun lucru din proprie voință. Dacă vei dori să stai aici, te vor trimite peste mări, și de vei vrea să fii în Acre, poruncă vei primi să te duci la Tripoli sau în Antiohia sau în Armenia. Și când vei pofti să dormi, obligat vei fi să veghezi, și dacă vei fi doritor de veghe, vei fi trimis la culcare pe lavița Domniei Tale.

— Vreau să intru în Casă, răspunse australianul. Părea că strămoșii Templieri care locuiseră cândva în acel castel asistau mulțumiți la ceremonia de inițiere. Făcliile scoteau scântei după scântei.

Au urmat mai multe predici moralizatoare și la toate australianul răspunse cu supunere că accepta și voia să intre în Casă. În sfârșit, călăuza lui se întoarse spre Marele Preot și repetă toate răspunsurile pe care le dăduse australianul. Marele Preot, solemn, îl mai întrebă o dată dacă era pregătit să urmeze toate regulile pe care le impunea Casa.

— Da, Maestre, cu voia lui Dumnezeu. Vin înaintea Domnului și înaintea Voastră și, de fața cu toți frații, vă implor și vă cer, în numele lui Dumnezeu și al Sfintei Fecioare, să mă primiți în confreria voastră și în binefacerile Casei, spiritual și temporal, ca pe unul care vrea să fie serv și sclav al Casei, câte zile va avea de acum înainte.

— Poruncesc să vină, pe iubirea de Dumnezeu, spuse Marele Preot.

În clipa aceea toți Cavalerii și-au scos săbiile din teacă și le-au îndreptat spre cer. Apoi au lăsat lamele în jos și au făcut o coroană de oțel în jurul capului lui Andrew. Focul făcea ca lamele să reflecte lumina aurie și dădea un aer sacru acelui moment.

Solemn, Maestrul se apropie și-i înmână spada.

Undeva a început să bată un clopot și dangătul se repeta în ecou când se lovea de pereții castelului, repetându-se pe sine la infinit. Toți ne-am plecat capetele, iar Cavalerii au dispărut. Când ne-am ridicat privirea din pământ, nu mai eram decât zece, fiindcă australianul plecase cu ei la banchetul ritual.

Ne-am schimbat hainele și ne-am despărțit fără prea multe formalități. Dansul trebuie să fi durat mult, pentru că acum se crăpa de ziuă. Mă cuprinse un sentiment imens de singurătate.

L-am invidiat pe australian, care-și găsise spada și ajunsese la capătul căutărilor lui. Eu eram singur, nu aveam pe nimeni să mă călăuzească de acum încolo, pentru că Tradiția – undeva departe, într-o țară din Amercia de Sud – mă expulzase dintr-însa fără să-mi arate drumul de întoarcere. Și a trebuit să străbat Straniul Drum spre Santiago, care acum se apropia de sfârșit, fără să aflu secretul spadei mele sau modul prin care aș fi putut s-o regăsesc.

Clopotul continua să bată. La ieșirea din castel, odată cu ivirea zorilor, mi-am dat seama că era clopotul unei biserici din apropiere care-și chema credincioșii la utrenie. Orașul se trezea pentru a-și începe munca, se trezea din iubiri suferinde, din vise depărtate și din datorii rămase bune de plată. Și nici clopotul, nici orașul nu știau că, în noaptea aceea, un ritual ancestral se mai consumase o dată, iar ceea ce ei considerau a fi mort de mult continua să se înnoiască și să-și arate imensa Putere.

Muntele Cebreiro

— Sunteți pelerin? întrebă o fetiță, singura ființă vie din amiaza aceea toridă din Villafranca del Bierzo.

Am privit-o și nu i-am răspuns. Avea vreo unsprezece anișori, era prost îmbrăcată și venise în fugă la fântâna lângă care mă așezasem ca să-mi trag puțin sufletul.

Nu aveam decât un singur gând – să ajung cât mai repede la Santiago de Compostela și să termin odată cu toată aventura aceea nebunească. Nu reușeam să-mi scot din minte vocea tristă a lui Petrus din haltă, nici privirea lui distantă când m-am uitat drept în ochii lui, în timpul Ritualului Tradiției. Ca și cum tot efortul pe care-l făcuse ca să mă ajute ar fi fost în van. Când australianul a fost chemat la altar am fost sigur că i-ar fi plăcut să fiu și eu chemat. Spada mea putea foarte bine să fie ascunsă în acel castel plin de legende și de înțelepciune ancestrală. Era un loc care se potrivea perfect cu toate concluziile la care ajunsesem: pustiu, vizitat doar de câțiva pelerini care respectau relicvele Ordinului Templierilor și, pe deasupra, un loc sacru.

Dar numai australianul a fost chemat la altar. Iar Petrus trebuie să se fi simțit umilit față de ceilalți, pentru că nu fusese o călăuză capabilă să mă conducă până la spada mea.

În plus, Ritualul Tradiției deșteptase din nou în mine ceva din fascinația pentru înțelepciunea Ocultismului, pe care învățasem să o uit pe Straniul Drum spre Santiago, „drumul oamenilor obișnuiți". Invocațiile, controlul absolut asupra materiei, comunicarea cu alte lumi, toate acestea erau mult mai interesante decât Practicile RAM. Era posibil ca Practicile să aibă o aplicație mai obiectivă în viața mea; fără îndoială, mă schimbasem mult de când începusem să străbat Straniul Drum spre Santiago. Descoperisem, cu ajutorul lui Petrus, că toate cunoștințele acumulate mă puteau face să înfrunt cascade, să înving Dușmani, să discut cu Mesagerul despre lucruri practice și obiective. Văzusem chipul Morții mele, văzusem Sfera Albastră a Iubirii Care Devorează inundând întreaga lume. Eram gata să lupt în Lupta Dreaptă și să fac din viață o pânză de păianjen numai din victorii.

Cu toate acestea, unei părți ascunse din mine încă îi mai era dor de cercurile magice, de formule transcendentale, de tămâie și de Cerneala Sacră. Ceea ce Petrus numise „un omagiu adus străbunilor" fusese pentru mine un contact intens și dorit cu vechile lecții uitate. Și simpla supoziție că niciodată nu o să mai pot avea acces la această lume mă lăsa deznădăjduit și fără chef să continui.

Când m-am întors la hotel după Ritualul Tradiției, lângă cheie se afla *Ghidul pelerinului*, o carte pe care Petrus o folosea acolo unde marcajele galbene erau mai puțin vizibile și pentru a calcula distanța dintre orașe. Am părăsit Ponferrada chiar în dimineața aceea, fără a mă odihni, și am urmat Drumul.

În prima seară am descoperit că harta nu era făcută la scară, ceea ce mă obligă să petrec o noapte sub cerul liber, într-un adăpost natural din stâncă.

Acolo, gândindu-mă la toate câte mi se întâmplaseră încă de la întâlnirea cu madame Lourdes, nu-mi ieșea din cap insistența cu care Petrus se chinuia să mă facă să înțeleg că, invers de cum fuseserăm învățați, important era rezultatul. Efortul era salutar și indispensabil, dar, fără rezultate, nu însemna nimic. Și singurul rezultat pe care eu îl puteam aștepta de la mine și de la tot ce se petrecuse era să-mi găsesc spada. Ceea ce nu se întâmplase până acum. Și mai erau doar câteva zile de mers până la Santiago.

— Dacă sunteți pelerin, vă pot duce la Portalul Iertării, insistă fetița de lângă fântâna din Villafranca del Bierzo. Cine trece prin Portalul acela nu mai trebuie să meargă până la Santiago.

I-am întins câteva monede, ca să plece și să mă lase-n pace. Dar în loc de asta, fata începu să se joace cu apa din fântână, udându-mi rucsacul și bermudele.

— Haide, hai, măi nene, repeta ea. Chiar în clipa aceea eu mă gândeam la unul din nenumăratele citate ale lui Petrus: „Cel care ară trebuie să are cu nădejde, și cel care treieră trebuie să treiere cu nădejdea că va avea parte de roade". Era dintr-o epistolă a Apostolului Pavel.

Trebuia să mai rezist puțin. Să-mi continui căutările până la sfârșit, fără teama de a fi învins. Să am încă speranță că-mi voi regăsi spada și-i voi descifra secretul.

Și – cine știe? Copila aceea încerca să-mi spună ceva ce eu nu voiam să ascult. Și dacă Portalul Iertării, care era intrarea într-o biserică, avea același efect spiritual ca și Catedrala Sfântului Iacob, de ce n-ar putea fi acolo și spada mea?

— Hai să mergem, i-am spus copilei. M-am uitat la muntele pe care tocmai îl coborâsem; trebuia să mă întorc și să urc iar o bucată. Trecusem pe lângă Portalul Iertării fără nici o dorință de a-l cunoaște, fiindcă singurul meu obiectiv, bătut în cuie, era să ajung la Santiago. Dar acum iat-o pe fetișoara asta, singura ființă vie din amiaza aceea toridă de vară, insistând să mă întorc din drum și să văd ceva pe lângă care trecusem la distanță. Poate că graba și deznădejdea mă făcuseră să trec pe lângă obiectivul meu fără să-l recunosc. Și, la urma urmelor, de ce puștoaica nu plecase după ce i-am dat bănuții?

Petrus spunea mereu că-mi place să văd lucrurile cu multă fantezie. Dar poate că se înșela.

În vreme ce mergeam alături de puștoaică, mi-am amintit istoria Portalului Iertării. Era un fel de „rânduială" pe care biserica o făcuse cu pelerinii bolnavi, fiindcă de aici înainte Drumul devenea accidentat și traversa munții până la Compostela. Atunci, în secolul XII, un Papă a spus că pentru acela care nu mai are putere să meargă, era suficient să treacă pe sub Portalul Iertării și primea aceleași indulgențe ca și pelerinii care ajungeau până la capătul Drumului. Printr-o licență-scamatorie, acel papă rezolvase problema munților și stimulase pelerinajul.

Am suit pe aceeași potecă pe care trecusem mai înainte: cărări întortocheate, periculoase și abrupte, iar fetița în față, care mergea de-i scăpărau călcâiele, încât de multe ori a trebuit să-i cer să meargă mai încet. Ea asculta o vreme, dar pierdea repede noțiunea vitezei și iar o lua la picior. După o jumătate de oră de temperări ale avântului ei, am ajuns în sfârșit la Portalul Iertării.

— Am cheia bisericii, spuse copila. Mă duc să intru și să deschid Portalul, ca să puteți intra.

Fata intră pe poarta principală, iar eu am rămas s-o aștept afară. Era o capelă micuță, iar Portalul își avea deschiderea spre nord. Toată fațada era decorată cu scoici și scene din viața Sfântului Iacob. Când am auzit zgomotul cheii în broască, un imens ciobănesc german – apărut parcă din pământ – se apropie și se așeză între mine și Portal.

M-am încordat imediat, pregătindu-mă de luptă. „Încă o dată", mi-am zis. „Povestea asta parcă nu se mai sfârșește. Mereu încercări, lupte și umilințe. Și nici urmă de spadă."

Dar în clipa aceea Portalul Iertării se deschise și apăru fetița. Văzând cum mă privea câinele și cum îl fixam eu, ea spuse câteva vorbe de alint și imediat animalul se îmblânzi. Dând din coadă, intră și se pierdu în biserică.

Era posibil ca Petrus să aibă dreptate. Îmi plăceau la nebunie fanteziile. Un simplu ciobănesc german se transformase în ceva amenințător și supranatural. Ăsta era semn rău – semn de oboseală care duce la înfrângere.

Dar mai era o speranță. Fetița îmi făcu semn să intru. Cu inima plină de speranțe, am trecut prin Portalul Iertării și am primit acele indulgențe pe care toți pelerinii le primesc la Santiago.

Scrutam templul pustiu, aproape fără icoane, în căutarea singurului lucru care mă interesa.

— Aici capitelurile sunt în formă de scoică, simbol al Drumului, începu copila, îndeplinindu-și rolul de ghid turistic. Aceasta e Sfânta Agueda, din secolul...

Mi-am dat seama foarte repede că mă întorsesem din drum degeaba.

— Iar aici e Santiago Matamoros[1], zăngănindu-și spada, cu maurii căzuți sub calul lui, statuie din secolul...

Da, iată spada Sfântului Iacob. Dar nu era a mea. I-am mai întins câteva pesete fetiței, dar ea le respinse. Cam jignită, îmi ceru să plec imediat și sfârși brusc orice explicație despre biserică.

Iar am coborât de pe munte și mi-am reluat drumul spre Compostela. Pe când traversam a doua oară Villafranca del Bierzo, îmi apăru un om care-mi spuse că se numea Angel și care mă întrebă dacă nu voiam să văd Biserica Sfântului Iosif Muncitorul. În ciuda magiei numelui său, cum eu tocmai avusesem o decepție și eram sigur că Petrus era un fin cunoscător al naturii umane, n-am fost prea încântat. Totdeauna avem tendința să creem fantezii despre lucruri care nu există și să fim orbi la marile lecții care se află în fața noastră.

Dar numai pentru a-mi confirma încă o dată toate acestea m-am lăsat condus de Angel până la biserică. Era închisă, iar el nu avea cheia. Îmi arătă, pe fațadă, statuia Sfântului Iosif cu unelte de tâmplar în mână. Eu m-am uitat, i-am mulțumit și i-am

[1] Santiago Matamoros: Sfântul Iacob Ucigătorul-de-Mauri: legenda Sfântului Iacob de Compostela, ocrotitorul Spaniei, spune că în secolul al XII-lea, în plină luptă de Recucerire a Peninsulei Iberice ocupate de arabi, i-a ajutat pe creștini într-o luptă considerată gata pierdută (*n.tr.*).

oferit câteva pesete. El nu vru să le ia și mă lăsă în mijlocul străzii.

— Suntem mândri de orașul nostru, spuse. Nu facem asta pentru bani.

Iar m-am întors pe același drum și în cincisprezece minute am lăsat în urmă Villafranca del Bierzo cu portalurile, străzile și ghizii ei misterioși care nu cereau nimic în schimbul muncii lor.

Am mers pe drumul de munte din fața mea, drum pe care efortul era mare, iar progresul mic. La început m-am gândit numai la preocupările mele de până atunci – singurătatea, rușinea de a-l fi decepționat pe Petrus, spada mea și secretul ei. Dar curând chipul copilei și al lui Angel începură să-mi apară cu insistență în minte. În timp ce eu nu-mi urmăream decât recompensa, ei dăduseră tot ce aveau mai bun în ei. Dragostea lor pentru acel oraș. Fără să ceară ceva în schimb. O idee, confuză încă, începea să mi se formeze în străfunduri. Era ca un fel de element de legătură între toate acelea. Petrus mereu spunea că era absolut necesară căutarea recompensei dacă voiam să ajung la Victorie. Dar de câte ori eu uitam de restul lumii și mă preocupam numai de spada mea, el mă făcea să revin la realitate prin procese dureroase. Mi se întâmplase asta de mai multe ori cât timp m-am aflat pe Drum.

Era ceva plin de miez în asta. Aici trebuia să se afle secretul spadei mele. Ceea ce era cufundat în adâncul sufletului meu începu să se scuture și să dea o rază de lumină. Nu știam încă la ce mă gândeam exact, dar ceva îmi spunea că mă aflam pe drumul cel bun.

Am mulțumit pentru că mă întâlnisem cu fetița și cu Angel; în felul cum vorbeau despre biserici era

Iubirea Care Devorează. Mă făcuseră să străbat de două ori drumul pe care eu voisem să-l termin în seara aceea. Dar datorită lor am lăsat de-o parte fascinația Ritualului Tradiției și m-am întors pe pământurile Spaniei.

Mi-am adus aminte de o zi foarte depărtată, când Petrus mi-a povestit că parcursesem de mai multe ori același drum din Pirinei. Mi-a fost dor de ziua aceea. Avusesem un început bun; cine știe dacă acum, repetiția aceluiași fapt nu era prevestirea unui sfârșit bun.

În seara aceea am ajuns într-un sat și am cerut găzduire la casa unei bătrâne care-mi luă doar câțiva bănuți pentru pat și mâncare. Am stat puțin de vorbă, îmi spuse că ea credea în Sfânta Inimă a lui Isus și că era îngrijorată de recolta de măsline din anul acela așa de secetos. Am băut vinul, am mâncat supa și m-am dus să mă culc devreme.

Mă simțeam mai liniștit, din cauza acelui gând care se clocea în mine și avea să explodeze curând. M-am rugat, am făcut câteva exerciții învățate de la Petrus și m-am hotărât să-l invoc pe Astrain.

Trebuia să discut cu el despre ce se întâmplase în timpul luptei cu câinele. În ziua aceea făcuse tot ce-i stătea în putință ca să-mi facă rău și, după refuzul primit în episodul cu crucea, eram hotărât să-l îndepărtez pentru totdeauna din viața mea. Pe de altă parte, dacă nu i-aș fi recunoscut vocea, aș fi căzut pradă tuturor ispitelor din timpul luptelor.

„Ai făcut tot posibilul să-l ajuți pe Legiune să învingă", i-am spus.

„Eu nu lupt împotriva fraților mei", răspunse Astrain.

Era răspunsul pe care-l așteptam. Fusesem prevenit, așa că era o prostie să mă supăr că Mesagerul își urmează propria natură. Trebuia să caut în el camaradul care m-ar ajuta în momente cum era cel pe care-l trăiam acum – acesta era singurul lui rol. Am lăsat ranchiuna deoparte și am început să discutăm cu însuflețire despre Drum, despre Petrus și despre secretul spadei pe care eu simțeam că s-ar afla deja în mine. El nu-mi spuse nimic important, doar că asemenea taine îi erau ascunse lui. Dar cel puțin aveam pe cineva căruia să mă destăinuiesc, după o seară întreagă petrecută în tăcere. Am vorbit până târziu, până când bătrâna îmi bătu în ușă, spunând că vorbesc în somn.

M-am sculat mai bine dispus și mi-am reluat drumeția foarte devreme. După calculele mele, urma să ajung chiar în seara aceea pe pământurile Galiciei, unde se afla Santiago de Compostela. Drumul era urcuș continuu, așa că a trebuit să-mi sporesc eforturile, timp de aproape patru ore, ca să mențin ritmul pe care mi-l impusesem. Tot timpul așteptam ca, după prima coamă de deal, să înceapă coborârea. Dar nu era așa și am început să-mi pierd nădejdea că voi putea merge repede toată dimineața. În depărtare se zăreau niște munți mai înalți și nu mă gândeam decât că mai devreme sau mai târziu trebuia să-i trec și pe aceia. Dar efortul fizic mă rupsese cu totul de gândurile mele, așa că am început să mă simt mai împăcat cu mine însumi.

Haida de, mi-am zis, la urma urmelor câți oameni pe lumea asta ar fi putut lua în serios pe cineva care-și lasă tot rostul ca să caute o spadă? Și ce putea să însemne pentru viața mea, cu adevărat, faptul că nu o găsesc? Învățasem Practicile RAM, îmi cunoscusem Mesagerul, luptasem cu câinele și-mi privisem Moartea – îmi repetam eu, încercând să mă conving că Drumul spre Santiago era în sine foarte important pentru mine. Spada era doar o consecință. Mi-ar fi plăcut să o găsesc, dar și mai mult mi-ar fi plăcut să știu ce să fac cu ea. Fiindcă trebuia s-o folosesc în ceva practic, cum folosisem exercițiile pe care mi le arătase Petrus.

M-am oprit brusc. Gândul înăbușit până atunci explodă. În jurul meu totul se lumină și o revărsare necontrolată de Agape țâșni dinăuntrul meu. Mi-am dorit din tot sufletul, atunci, ca Petrus să fie cu mine ca să-i pot povesti lucrul pe care el dorea să-l audă de la mine, singurul pe care de fapt spera ca eu să-l descopăr și care încununa toată acea lungă perioadă de învățături de pe Straniul Drum spre Santiago: care era secretul spadei mele.

Iar secretul spadei mele, ca și secretul oricărei victorii pe care omul o caută în viața asta, era lucrul cel mai simplu din lume: ce să fac cu ea.

Niciodată nu mă gândisem la asta. Pe tot Drumul spre Santiago singurul lucru pe care am vrut să-l aflu a fost unde era ascunsă. Nu mă întrebasem de ce voiam s-o regăsesc și la ce-mi trebuia. Toată energia mea era îndreptată spre recompensă, fără a înțelege că atunci când cineva dorește ceva, trebuie să aibă un scop foarte clar pentru dorința lui. Acesta e singurul motiv pentru care se poate căuta o recompensă, și acesta era secretul spadei mele.

Petrus trebuia să afle că eu descoperisem asta, dar eram sigur că nu aveam să-l mai văd. Așteptase atâta ziua aceasta, și nu avusese parte s-o vadă.

Atunci, tăcut, am îngenuncheat, am rupt o foaie din carnetul meu de notițe și am scris ce voiam să fac cu spada. Apoi am împăturit cu grijă hârtiuța și am pus-o sub o piatră, pentru că îmi amintea de numele și de prietenia lui. În scurtă vreme timpul avea să distrugă hârtia, dar în mod simbolic eu i-o înmânasem lui Petrus.

Acum el știa ce voiam eu să obțin cu spada mea. Și misiunea mea față de Petrus era în sfârșit îndeplinită.

Mi-am continuat urcușul, cu Agape revărsându-se din mine și colorând peisajul din jur. Acum că descoperisem secretul, trebuia să descopăr și ce căutam. O credință, o certitudine de nezdruncinat puseră stăpânire pe mine. Am început să cânt melodia italiană pe care Petrus o fredonase în gară. Cum nu știam versurile, am început să inventez cuvintele. Nu era nimeni prin apropiere, mi-am dat seama că vorbele nu aveau nici un sens și erau absurde, dar era un mijloc de comunicare cu o lume pe care numai eu o cunoșteam, fiindcă acum lumea mă învăța ceva.

Trecusem prin asta, dar altfel, când am avut primea mea întâlnire cu Legiune. În ziua aceea se dezvăluise în mine Harul Limbilor. Fusesem servul Spiritului, care m-a folosit pentru a salva o femeie, a crea un Dușman și a mă învăța forma crudă a Luptei Drepte. Acum era altfel: eu eram Maestrul meu și-mi arătam cum să comunic cu Universul.

Am început să vorbesc cu toate lucrurile care-mi ieșeau în cale: cu trunchiurile copacilor, cu izvoarele, cu frunzele căzute și cu păsările cele mai colorate. Era un exercițiu al oamenilor obișnuiți, copiii îl spuneau oamenilor mari, care îl uitau imediat. Dar acum exista un răspuns misterios al lucrurilor, ca și cum acestea ar fi înțeles ce le spuneam și în schimb, mă scăldau în Iubirea Care Devorează. Am intrat într-un fel de transă și m-am cam speriat, dar eram dispus să continui până ce voi fi obosit cu jocul acela.

Încă o dată, Petrus avusese dreptate: învățându-mă pe mine însumi, mă transformam într-un Maestru.

Veni ora prânzului, dar nu m-am oprit ca să mănânc. Când traversam satele de pe drum, vorbeam mai încet, râdeam singur, și dacă cineva din întâmplare se uita la mine, fără îndoială că trăgea concluzia că în ziua de azi pelerinii se țicneau până ajungeau la Catedrala Sfântului Iacob. Dar nu avea nici o importanță, eu proslăveam viața din jur și aflasem ce aveam de făcut cu spada când o voi găsi.

Toată după-amiaza am mers ca în transă, conștient de locul unde trebuia să ajung, dar și mai conștient de viața care mă învăluia și-mi reda pe Agape. Pe cer au început să apară, pentru prima oară, nori groși; iar eu m-am rugat să plouă – după atâta timp de drumeție pe secetă, ploaia ar fi fost o experiență nouă, emoționantă. Când a bătut de orele trei ale amiezii, intram deja pe pământul Galiciei și am văzut pe hartă că nu mai aveam decât un munte de trecut ca să închei toată etapa aceea. Mi-am spus că aveam să-l trec și apoi voi dormi în primul popas locuit de pe panta de coborâre: Tricastela, acolo unde un mare rege, Alfonso al IX-lea, visase să facă un mare oraș care, peste secole, nu mai era decât un sat oarecare.

Tot cântând și vorbind limba pe care o inventasem ca să comunic cu lucrurile, am început să sui ultimul munte: Cebreiro. Numele îi venea de la străvechile așezări romane de acolo și se pare că însemna luna „februarie", când trebuie să se fi întâmplat ceva important. Pe vremuri era considerată partea cea mai grea de pe toată Ruta Iacobină, dar în zilele noastre lucrurile s-au schimbat. Depășind coasta muntelui, mai abruptă ca celelalte, o imensă antenă de televiziune de pe muntele vecin servea drept punct de reper pelerinilor și prevenea rătăcirile, frecvente și fatale în trecut.

Norii au început să coboare tot mai mult și în scurt timp intram în negură. Ca să ajung la Tricastela, trebuia să urmăresc cu mare grijă dungile galbene, fiindcă antena de televiziune dispăruse în ceață. Dacă mă pierdeam, aveam să mai dorm o noapte sub cerul liber – dar de data aceasta, cu amenințarea ploii, experiența se dovedea cam neplăcută. Una e să lași stropii să-ți cadă pe față, să te bucuri din plin de libertate și viață, dar să-ți închei noaptea într-un loc primitor, cu un pahar de vin și un pat unde să te odihnești bine pentru drumeția de a doua zi, și cu totul alta e să lași ca stropii de ploaie să-ți aducă o noapte de nesomn, așezat în noroi, cu pansamentele ude – condiții numai bune pentru o infecție la genunchi.

Trebuia să mă hotărăsc repede. Ori mergeam mai departe și traversam negura – încă mai era destulă lumină – ori mă întorceam și înnoptam în cătunul prin care trecusem în urmă cu câteva ore și lăsam traversarea muntelui Cebreiro pentru a doua zi.

Când am ajuns la concluzia că trebuia să iau imediat o decizie, mi-am dat seama că se petrecea ceva straniu cu mine. Certitudinea că descoperisem secretul spadei mă împingea de la spate spre negura care în scurt timp avea să mă înghită cu totul. Era un sentiment foarte diferit de acela care mă făcuse să o urmez pe fetiță până la Portalul Iertării sau pe omul care mă dusese la Biserica Sfântului Iosif.

Mi-am adus aminte că, în puținele ocazii când am acceptat să țin Cursuri de Magie în Brazilia, am comparat experiența mistică cu o altă experiență pe care toți am făcut-o: mersul pe bicicletă. Începi prin a te sui pe bicicletă, pedalezi și cazi. Mergi și cazi, mergi și cazi și nu înveți să te echilibrezi așa de repede. Nu există o experiență de acumulare, ci un fel de „miracol", care nu se petrece decât atunci când bicicleta începe „să te meargă" ea pe tine; adică, după ce accepți să urmezi dezechilibrul celor două roți și, pe măsură ce-l urmărești, începi să utilizezi impulsul inițial spre cădere într-o curbă sau în alt impuls pentru pedale.

În acel moment al suișului muntelui Cebreiro, la patru după-amiaza, am înțeles că se petrecuse aceeași minune. După atâta amar de mers pe Drumul spre Santiago, Drumul spre Santiago începea „să mă meargă". Eu îmi urmam ceea ce toată lumea numește Intuiția. Și, din pricina Iubirii Care Devorează, pe care o simțisem toată ziua, din pricina secretului spadei mele pe care tocmai îl descoperisem sau poate pentru că omul, în momente de criză, ia totdeauna decizia corectă, mergeam fără frică în direcția negurei.

„Negura asta trebuie să se termine", mă gândeam eu, în timp ce mă străduiam să descopăr marcajele galbene pe pietrele și pe copacii de pe Drum. De aproape o oră vizibilitatea era foarte proastă, eu continuam să cânt pentru a alunga frica și așteptam să se petreacă ceva extraordinar. Înconjurat de ceață, singur în atmosfera aceea ireală, mi s-a părut iarăși că Drumul spre Santiago era un film, care ajunsese la momentul când eroul face ceea ce nimeni altcineva nu e în stare, în timp ce în sală oamenii își spun că asemenea lucruri se petrec numai la cinematograf. Numai că eu eram acolo și trăiam situația în viața reală. Pădurea devenea din ce în ce mai liniștită, iar negura începu să se ridice. Poate că ajunsesem la final, dar lumina aceea difuză mă zăpăcea și picta totul în jur cu culori misterioase și înspăimântătoare.

Era o liniște nepământeană pe care o ascultam atent, când mi s-a părut că aud, venind din stânga mea, o voce de femeie. M-am oprit imediat. Așteptam să se repete sunetul, dar nu s-a mai auzit nimic, nici chiar foșnetele normale dintr-o pădure, nici greierii, nici păsările, nici animalele călcând pe frunze uscate. Mi-am privit ceasul: era ora 5.15 fix. Am calculat că mai erau încă patru kilometri până la Tricastela și aveam timp destul ca să-i pot parcurge pe lumina zilei.

Când mi-am ridicat ochii de pe ceas, am auzit iar vocea feminină. Din clipa aceea, aveam să trăiesc una din experiențele cele mai importante din viața mea.

Vocea nu venea nicidecum din pădure, ci din mine. O auzeam clar, perfect, și prin ea mi se ascuțea simțul Intuiției. Nu era vocea mea, nici a lui Astrain. Îmi spunea doar că trebuia să merg mai departe, și m-am supus orbește. Era ca și cum s-ar fi întors Petrus și mi-ar fi vorbit despre porunci și supunere, iar eu aș fi devenit în clipa aceea un simplu instrument al Drumului care „mă mergea".

Negura se ridica din ce în ce, părea că am ajuns la marginea ei. Lângă mine, copaci rari, poteca umedă și alunecoasă, și aceeași pantă abruptă pe care o bătusem pieptiș de atâta vreme.

Deodată, ca printr-o scamatorie, negura dispăru complet. Și în fața mea, înfiptă în munte, stătea Crucea.

Am privit în urmă, am văzut oceanul de nori prin care trecusem și un alt ocean de nori, sus de tot, deasupra capului. Între aceste două oceane, vârfurile cele mai înalte ale munților și Cebreiro, cu crucea. Mă cuprinse o dorință imensă să mă rog. Chiar dacă știam că mă abăteam din drumul spre Torrestrela, am decis să sui până-n vârful muntelui și să-mi fac rugăciunile la piciorul Crucii. Patruzeci de minute de urcuș în liniștea din jur și în aceea din mine. Limba inventată cu puțin timp în urmă îmi dispăruse din cap – nu-mi mai folosea nici pentru a comunica cu oamenii, nici cu Dumnezeu. Drumul spre Santiago „mă mergea" și avea să-mi dezvăluie locul unde se găsea spada mea. Încă o dată, Petrus avusese dreptate.

Ajuns în vârf, am văzut un om așezat lângă Cruce, scriind ceva. Câteva clipe am crezut că era un trimis, o viziune supranaturală. Dar Intuiția îmi șopti că nu, și atunci i-am văzut scoica brodată pe haină; era doar un pelerin care mă privi lung, apoi plecă, deranjat de prezența mea. Poate că și el aștepta același lucru ca și mine, un Înger, și ne-am descoperit ca fiind oameni. Pe drumul oamenilor obișnuiți.

În pofida dorinței de a mă ruga, n-am reușit să scot o vorbă. Am rămas în fața Crucii vreme îndelungată, privind munții și norii, care acopereau cerul și pământul, lăsând numai crestele înalte deasupra ceții. La vreo sută de metri mai jos, un cătun cu vreo cincisprezece case și o bisericuță începea să-și aprindă luminile. Cel puțin aveam unde să-mi petrec noaptea, dacă Drumul mi-ar fi poruncit așa. Nu știam exact la ce oră avea să se petreacă, dar cu toate că Petrus plecase, nu rămăsesem fără călăuză. Drumul „mă umbla".

Un miel rătăcit sui muntele și se așeză între mine și cruce. Mă privea, cam speriat. Multă vreme am stat să privesc cerul aproape negru, crucea și mielul alb la piciorul ei. Atunci am simțit, dintr-odată, oboseala din tot timpul acela de încercări, de lupte, de lecții și de drumeție. O durere teribilă îmi străpunse stomacul, apoi începu să suie spre gâtlej și se transformă în suspine seci, fără lacrimi, în fața mielului aceluia și a crucii. O cruce pe care nu trebuia s-o ridic în picioare, pentru că se afla în fața mea, dreaptă, rezistând timpului, solitară și uriașă. Arăta destinul pe care omul îl dăduse, nu zeilor, ci lui însuși. Lecțiile Drumului spre Santiago începeau să mi se perinde toate prin minte, în timp ce suspinam în fața mielului – martor tăcut al stării mele.

— Doamne, am spus, reușind în sfârșit să mă rog. Nu sunt răstignit pe crucea asta și nici pe Tine nu te văd. Crucea asta este goală și așa trebuie să rămână pe vecie, căci timpul Morții a trecut și acum un zeu renaște în mine. Crucea aceasta a fost simbolul Puterii infinite pe care noi toți o avem, după răstignirea și moartea omului. Acum Puterea renaște pentru viață, lumea e salvată, iar eu sunt în stare să-i îndeplinesc Miracolele. Fiindcă am străbătut drumul oamenilor obișnuiți și în ei am descoperit propriul Tău secret. Și Tu ai străbătut drumul oamenilor obișnuiți. Ai venit să ne arăți toate lucrurile de care eram în stare, și noi n-am vrut să ascultăm. Ne-ai arătat că Puterea și Gloria erau la îndemâna tuturor, dar această viziune bruscă a puterilor noastre a fost prea mult pentru noi. Te-am crucificat nu pentru că suntem nerecunoscători cu Fiul lui Dumnezeu, ci fiindcă ne era foarte frică să acceptăm propria noastră putere. Te-am răstignit de frică să nu ne transformăm în dumnezei. Cu timpul și prin tradiție, ai devenit doar o divinitate depărtată, iar noi ne-am întors la destinul nostru de oameni.

Nu există nici un păcat în fericire. Câteva exerciții și un auz atent sunt de ajuns pentru ca un om să-și împlinească visele cele mai imposibile. Din pricina orgoliului cu care-mi priveam înțelepciunea, m-ai trimis să bat un drum pe care toți îl puteau străbate și să descopăr ceea ce toți știu, dacă sunt un pic mai atenți la viață. M-ai făcut să văd că orice căutare a fericirii este personală, nu are un model pe care să ni-l dăm unii altora. Înainte de a-mi găsi spada, a trebuit să-i descopăr secretul – și era așa de simplu, trebuia doar să știu ce să fac cu ea. Cu ea și cu fericirea pe care mi-o va aduce.

Am bătut atâta amar de drum ca să descopăr lucruri pe care le știam, pe care toți le știm, dar care sunt așa de greu de acceptat. Este ceva mai greu pentru om, Doamne, decât descoperirea adevărului că poate atinge Puterea? Durerea de acum, din pieptul meu, care mă face să suspin și să sperii mielul, este de când există omul. Puțini și-au acceptat povara propriei victorii: majoritatea a renunțat la vise tocmai când ele deveniseră posibile. Au refuzat să lupte în Lupta Dreaptă, fiindcă nu știau ce să facă cu propria fericire, erau prea încătușați de lucrurile din lume. Ca mine, care voiam să-mi găsesc spada fără a ști ce să fac cu ea.

Un zeu adormit se trezea în mine, iar durerea era din ce în ce mai puternică. Simțeam prezența Maestrului meu în apropiere și am reușit, cu greu, să transform suspinele în lacrimi. Am plâns de recunoștință, pentru că m-a făcut să caut spada pe Drumul spre Santiago. Am plâns de recunoștință pentru Petrus, pentru că mă învățase, fără cuvinte, că-mi voi atinge visul dacă descopeream mai întâi ce doream să fac cu el. Am văzut crucea fără nimeni pe ea și mielul la picioarele ei, liber să se plimbe pe unde voia prin munții aceia, să vadă norii de deasupra capului și de sub picioarele lui.

Mielul se ridică și eu l-am urmat. Știam unde avea să mă ducă, pentru că, în pofida norilor, lumea devenise transparentă pentru mine. Cu toate că nu vedeam Calea Lactee pe cer, era sigur că ea era acolo și că arăta tuturor Drumul spre Santiago. Am luat-o pe urmele mielului, care apucă spre așezarea aceea, numită tot Cebreiro, ca și muntele. Aici, odată, se petrecuse o minune – minunea de a transforma ceea ce faci în ceea ce crezi. Secretul spadei mele și al Straniului Drum spre Santiago.

Pe când coboram muntele, mi-am amintit toată istoria. Un țăran dintr-un cătun apropiat a suit ca să asculte slujba la Cebreiro, într-o zi cu o furtună grozavă. Slujba o ținea un călugăr aproape lipsit de credință care disprețui, în sinea lui, efortul țăranului. Dar în momentul împărtășaniei, cuminecătura a devenit carnea lui Isus, iar vinul – sângele Lui. Relicvele sunt încă acolo, păstrate în capela cea mică, o comoară mai mare decât toate bogățiile Vaticanului.

Mielul se opri puțin la intrarea în cătun; nu exista decât o uliță, care ducea până la biserică. Atunci m-a cuprins o spaimă îngrozitoare și am început să repet fără oprire: „Doamne, nu sunt demn să intru în Casa Ta." Dar mielul se uită la mine și-mi vorbi din priviri. Îmi spunea să uit pentru totdeauna faptul că nu eram demn, fiindcă Puterea renăscuse în mine tot așa cum putea renaște în toți oamenii care și-ar fi transformat viața într-o Luptă Dreaptă. Va veni ziua – spuneau ochii mielului – în care omul va fi iar mândru de el, și atunci Natura întreagă va slăvi deșteptarea zeului care dormea în el.

Mielul nu-și lua privirea de la ochii mei și eu am putut citi toate aceastea – iar acum el era călăuza mea pe Drumul spre Santiago. O clipă, totul se întunecă, iar eu am zărit scene foarte asemănătoare cu cele despre care citisem în Apocalipsă: Marele Miel pe tron, oamenii spălând straiele de sângele Mielului. Era clipa deșteptării zeului adormit în fiecare. Am văzut și niște lupte, perioade grele, catastrofe ce aveau să zguduie Pământul în următorii ani. Dar totul se încheia cu victoria Mielului și cu fiecare om de pe fața pământului deșteptându-și zeul adormit, cu toată Puterea din el.

M-am urnit din loc și am luat-o după miel până la micuța capelă, ridicată de acel țăran și de călugărul care, de atunci, a crezut în ceea ce făcea. Nimeni nu știe exact cine au fost. Două pietre funerare fără nume arată, în cimitirul de alături, locul unde se află rămășițele lor. Dar nu se poate ști care e mormântul călugărului și care e al țăranului. Și asta fiindcă, pentru a se împlini Minunea, trebuia ca două forțe să lupte în Lupta Dreaptă.

Capela era luminată atunci când am ajuns la ușa ei. Da, eram demn să intru, pentru că aveam o spadă și știam ce trebuie să fac cu ea. Nu era Portalul Iertării, fiindcă fusesem deja iertat, îmi spălasem straiele în sângele Mielului. Acum nu voiam decât să pun mâna pe spadă și să plec să lupt în Lupta Dreaptă.

În mica clădire nu era nici o cruce. În altar se aflau relicvele Minunii: potirul și vasul de împărtășanie pe care le văzusem în timpul Dansului, un relicvariu de argint cu trupul și sângele lui Isus. Începusem din nou să cred în miracole și în lucrurile imposibile pe care omul, în viața de zi cu zi, le poate obține. Culmile înalte ce mă înconjurau păreau să spună că mă aflam acolo numai pentru a lansa o provocare omului. Și că omul exista numai pentru a accepta onoarea acestei provocări.

Mielul se strecură printre bănci, iar eu am privit înspre altar. În fața aceluia, zâmbind – poate și puțin ușurat – stătea Maestrul. Cu spada mea în mână.

M-am oprit locului, el a venit spre mine, a trecut chiar prin mine și a ieșit afară. L-am urmat. În fața capelei, privind cerul întunecat, a scos spada din teacă și mi-a cerut s-o prind de mâner împreună cu el. Îndreptă lama în sus și recită Psalmul sacru al celor care călătoresc și luptă pentru a învinge:

„Cădea-vor dinspre latura ta o mie și zece mii
de-a dreapta ta,
dar de tine nu se vor apropia
Nu vor veni către tine rele și bătaie nu
se va apropia de locașul tău.
Că îngerilor Săi va porunci pentru tine ca să
te păzească în toate căile tale."

Atunci am îngenuncheat, iar el îmi atinse umerii cu lama sabiei, spunând:

„Peste aspidă și vasilisc vei păși
Și vei călca peste leu și peste balaur".

Cum a sfârșit aceste cuvinte, a început să plouă. Ploua și hrănea pământul, iar apa aceea avea să se întoarcă în cer numai după ce va fi făcut să nască o sământă, să crească un copac, să deschidă o floare. Ploua din ce în ce mai tare, iar eu am stat cu capul sus, simțind, pentru prima oară pe tot Drumul spre Santiago, apa care venea din cer. Mi-am adus aminte de câmpiile pustii și eram fericit pentru că în noaptea aceea aveau să fie udate. Mi-am adus aminte de pietrele din Leon, de lanurile din Navarra, de uscăciunea Castiliei, de viile din Rioja care acum beau apa care venea în torente și care aducea cu sine forța din ceruri. Mi-am amintit că ridicasem o cruce în picioare, dar pe care acum furtuna avea s-o dărâme iar, pentru ca alt pelerin să poată învăța Porunca și Supunerea. M-am gândit la cascadă, care acum trebuia să fie și mai puternică cu apa de ploaie, și la Foncebadon, unde lăsasem atâta putere care să îngrașe iar pământul. M-am gândit la câte ape am băut din tot atâtea fântâni, care acum erau răsplătite. Eu eram demn de spada mea, pentru că știam ce voi face cu ea.

Maestrul îmi întinse spada, iar eu am primit-o. Am încercat să caut mielul din priviri, dar dispăruse. Dar asta nu mai avea nici o importanță: Apa Vie cobora din ceruri și făcea ca lama spadei să strălucească.

EPILOG

Santiago de Compostela

De la fereastra hotelului pot vedea Catedrala Sfântului Iacob, cu cei câțiva turiști care se află lângă portalul principal. Studenți în haine negre medievale se plimbă printre oameni, iar vânzătorii de suveniruri încep să-și deschidă barăcile. E dimineața devreme, și acestea sunt primele rânduri pe care le scriu despre Drumul spre Santiago.

Am ajuns ieri în oraș, după ce am luat autobuzul care făcea curse regulate între Pedrafita – aproape de Cebreiro – și Compostela. În patru ore am parcurs cei o sută cincizeci de kilometri care despărțeau cele două orașe și mi-am amintit de călătoria cu Petrus – uneori aveam nevoie de două săptămâni ca să străbatem o distanță ca asta. Peste puțin timp aveam să merg la mormântul Sfântului Iacob să las acolo icoana Sfintei Fecioare Întrupate, montată în scoici. Apoi, cât mai curând posibil, voi lua avionul înapoi spre Brazilia fiindcă am multă treabă. Îmi amintesc de faptul că Petrus îmi spusese că-și condensase toate experiențele într-un tablou și mă gândesc să scriu o carte despre tot ce mi s-a întâmplat. Dar este încă un gând depărtat, am foarte mult de lucru acum, că mi-am recuperat spada.

Secretul spadei e al meu și nu-l voi dezvălui niciodată. A fost scris și lăsat sub o piatră, dar ploaia a distrus hârtia până acum. E mai bine așa. Petrus nu avea nevoie să știe.

L-am întrebat pe Maestru cum de știa când voi ajunge acolo sau dacă era acolo de mai multă vreme. El a râs și mi-a răspuns că sosise cu o zi înaintea mea și că ar fi plecat a doua zi, dacă eu nu apăream.

Am întrebat cum de era posibil, dar el nu-mi răspunse. Când ne-am despărțit, după ce s-a suit în mașina închiriată ca să-l ducă înapoi la Madrid, el îmi dădu o mică insignă a Ordinului Santiago al Spadei și-mi spuse că am avut o mare Revelație când am privit fix în ochii mielului.

Și dacă aveam să mai fac ceva eforturi, așa cum făcusem deja, poate o să reușesc, într-o bună zi, să înțeleg că oamenii ajung totdeauna la ora fixă în locurile unde sunt așteptați.

CUPRINS

CUVÂNT ÎNAINTE 5
După douăzeci de ani
PROLOG 15
Sosirea 19
Exercițiul Seminței 37
Creatorul și creația 42
Exercițiul Vitezei 48
Cruzimea 57
Exercițiul Cruzimii 67
Mesagerul 71
Ritualul Mesagerului 80
Dragostea 87
Exercițiul Apei (Deșteptarea Intuiției) 100
Nunta 103
Entuziasmul 114
Exercițiul Sferei Albastre 123
Moartea 129
Exercițiul Îngropării de viu 139
Păcatele proprii 147
Cucerirea 151
Impulsul de RAM 164

Nebunia 166
Exerciţiul Umbrelor 175
Poruncă şi supunere 186
Exerciţiul Auzului 195
Tradiţia 205
Exerciţiul Dansului 212
Muntele Cebreiro 224
EPILOG 247
Santiago de Compostela

La prețul de vânzare se adaugă 2%,
reprezentând valoarea timbrului literar.